병아리

3

글 권새나
그림 신사고

병아리 ³

나비노블

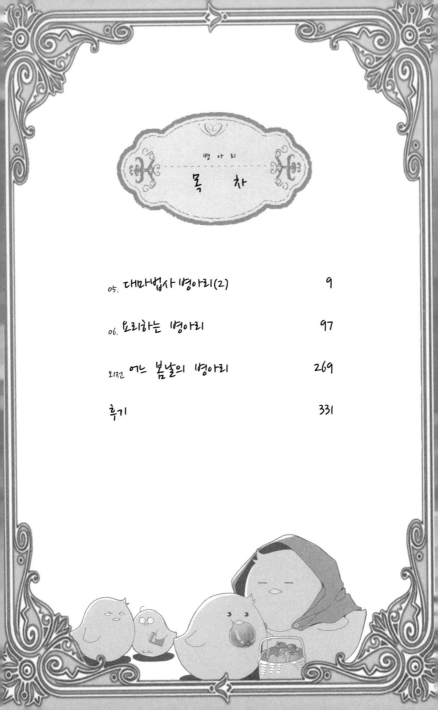

병 아 리

목　차

05. 대마법사 병아리

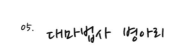

    가을이 자꾸만 뭐라고 말을 하는 것도 같았는데 내 귀에는 하나도 들리지 않았다. 난 얼이 빠진 얼굴로 석상처럼 굳어 있었다.

    나는 이 이상한 세상에 떨어져 난데없이 여자가 되고, 사탄의 자식이라고 해도 이상하지 않을 형이 교황이라는 말을 들었을 때보다 지금 훨씬 더 충격을 받은 상태였다. 우리 형이 사실은 형이 아니라 누나라는 말을 들어도 이보다는 덜 충격적일 것 같았다.

    "아빠가 할 말 있다고 집에 한 번 들르래요."

    "또 시답잖은 소리나 지껄이겠지."

    "그건 모르겠고, 아무튼 저흰 이만 가볼게요."

    가을은 내 상태가 이상하다고 느꼈는지 날 이끌고 자리를 벗어나려 했지만 난 다리에 힘을 꾹 주고 버텼다.

아이돌에 환장한 여고생처럼 무신을 만나고 싶어 했기 때문이기도 했지만 무신은 목소리까지 내 이상형이었기 때문이었다.

일그러진 얼굴로 다시 로브를 쓰는 무신의 팔을 붙잡은 건 거의 무의식중에 한 행동이었다.

"저기, 번호……."

로브에 가려져 얼굴은 잘 보이지 않았지만, 또렷하게 빛나는 시커먼 무신의 눈동자와 정면에서 눈이 마주쳤다. 나는 헉하고 숨을 들이켰다. 순간 몸이 굳다 못해 몸속에 돌고 있는 피마저 다 굳은 듯한 착각이 들 정도로 몸이 뻣뻣해졌지만 나는 용기를 내어 다시 말했다.

"전화번호!"

내 외침에도 무신은 차가운 얼굴로 내 손을 뿌리치고 등을 돌렸다. 나는 무안하게 허공에 뜬 내 손을 멀뚱멀뚱 보다가 다시 손을 뻗었다.

"저기요! 전화번호 좀……!"

내가 그를 거의 덮치다시피 몸을 날린 것 역시 무의식중에 나온 행동이었다. 그만큼 나는 필사적이었다.

이상형을 보고도 전화번호 하나 못 따내면 그건 남자가 아니다. 어떻게든 다음에 한 번 더 만나겠다는 일념 하에 다시 전화번호 좀 가르쳐 달라고 하는데 무신의 로브가 벗겨졌다. 기다란 머리카락이 다시 한 번 허공에 떴다가 차분하게 가라앉는 모습을 보니 눈앞이 아찔해졌다.

말도 하지 못하고 입만 쩍 벌리고 있는데 뒤에서 가을이 내 입과 코를 소매로 가렸다.

그제야 정신이 번쩍 든 나는 가을의 손을 치웠다. 그리고 입을 열고 말을 하려는데, 뭔가 흘러들어오는 비릿한 맛에 나는 인상을 찡그렸다.

"강가을."

무신이 가을을 불렀다. 내가 힐끔 고개를 돌려 가을을 보자 그는 굉장히 곤란하다는 얼굴을 하고 있었다. 다시 무신을 보자 그는 불쾌하다는 얼굴로 날 빤히 보며 말했다.

"폴리모프라도 시켰나?"

"네?"

"이거 네 엄마냐고."

무신은 잔뜩 일그러진 얼굴로 알 수 없는 소리를 했다. 가을은 떨떠름한 얼굴로 고개를 저었고, 나는 그제야 내가 코피를 흘리고 있다는 사실을 깨달았다.

무신은 다시 로브를 쓰며 등을 돌렸다. 일말의 미련도 없다는 듯 냉정하게 등을 돌리고 사라지려는 무신의 뒷모습을 보며 나는 비명을 지르듯 외쳤다.

"저기요! 저기요!"

"그만해."

"안 돼! 저기요! 전화번호! 번호 좀 주고 가세요! 저기요!"

할 수만 있으면 무신의 바짓가랑이라도 붙들고 싶었다. 하지만 가을은 날 붙잡고 놔주질 않았다.

"가만히 좀 있어봐. 피 나잖아."

"지금 피가 문제가 아니라고!"

내 이상형이 점점 멀어지고 있었다. 무신의 뒷모습이 점점 작아지더니 인파에 가려져 더 이상 보이지 않게 됐고, 나는 절망했다. 내가 절망하거나 말거나 가을은 내 코와 입을 소매로 막고 날 어디론가 데려 갔다. 나는 팔뚝을 붙잡혀 거의 끌려가다시피 가면서 버럭 소리쳤다.

"야! 산적두목이라며!"

"무슨 소리야? 아무튼 소리 지르지 말고 가만히 있어."

"산적 두목이라며! 도끼 휘두르는 산적 두목!"

저게 산적 두목이냐? 도끼를 휘둘러? 저런 사람이 도끼를 어떻게 휘두르냐? 머리에 링만 있으면 천사라고 착각하겠네!

괜히 억울해서 씩씩거리고 있는데 가을이 내 코와 입을 막고 있던 손으로 문을 열었다. 저번에 가을이 내게 자신의 가게라고 했던 그 곳이었다.

문이 열리면서 작고 허름했던 외관과는 달리 신세계가 펼쳐지는 일은 이제 더 이상 놀랍지도 않았다.

안으로 들어와서도 가을은 내 팔뚝을 잡은 손을 놓지 않고 날 잡아당 겼다. 코피가 질질 나와서 반사적으로 고개를 들어 천장을 보며 끌려가 는데 가을이 내 뒤통수를 앞으로 밀며 억지로 고개를 숙이게 했다.

"고개 들지 마."

"뭐라고 말 좀 해봐. 진짜 그 사람이 무신이야? 산적 두목이라며? 조폭처럼 무섭게 생겼다고 했잖아!"

"내가 언제 산적 두목이라고 했어? 빨리 씻어."

날 데리고 욕실로 들어온 가을은 세면대에 물을 틀며 한숨을 내쉬었다. 거울을 보자 그냥 코피도 아니고 쌍코피가 터져 피로 얼룩덜룩해진 얼굴이 꼭 누구에게 얻어터진 사람 같았다. 어푸어푸 소리를 내며 빠르게 세수를 마친 나는 고개를 번쩍 들어 거울 속에 비친 가을을 보며 말했다.

　"그 사람이 무신이라고?"

　"어디 아파? 갑자기 코피가 왜 나?"

　"나도 몰라. 근데 그 사람 진짜……."

　"또 난다."

　가을이 내 머리를 누르며 한숨을 내쉬었다. 몇 번 더 세수를 해도 자꾸만 코피가 나서 결국 흥 하고 몇 번 코를 푼 뒤에야 피가 멎었다. 말끔하게 세수를 마친 나는 내 뒤에서 멀뚱멀뚱 날 보고 있는 가을에게 시선을 돌렸다.

　"진짜 그 사람이 무신이야?"

　"왜 자꾸 물어봐?"

　"야! 너 같으면 안 물어보겠냐! 네가 아저씨라며!"

　"아빠 친구면 아저씨 아니야?"

　가을은 내게 보송보송한 수건을 건네며 말했다. 수건으로 대충 얼굴을 닦은 나는 의아한 얼굴로 날 쳐다보는 가을에게 한숨을 내쉬며 말했다.

　"너 바보냐? 그게 아저씨야?"

　"그럼 뭔데?"

"아저씨가 아니라 아줌마지, 병신아!"

"……."

나는 수건을 바닥에 패대기치며 소리쳤다. 무신이 남자라는 사실은 이미 내 머릿속에 지워진 지 오래였다.

분해서 참을 수가 없었다. 진짜 전화번호를 물어보지 못한 게 천추의 한이 될 것 같았다. 이 등신! 바보, 멍청이 같으니라고! 목이 터지는 한이 있어도 불러 세웠어야지! 다시 그 사람을 만날 수 있다는 보장도 없고…….

거기까지 생각한 나는 퍼뜩 가을을 쳐다봤다. 그는 이상한 얼굴로 날 보고 있었다. 나는 아차 싶어 패대기친 수건을 다시 주워들고 툭툭 털며 헛기침을 했다.

"미안, 수건에 벌레 같은 게 있어서……."

나는 힐끔힐끔 그를 보며 조심스레 입을 열었다.

"너 그 사람이랑 많이 친하지? 아빠 친구면 친한 거 맞지?"

"울아, 그 사람 아줌마 아니야."

"어? 아, 그건 네가 아저씨라고 하니까 그런 거지. 나도 알아. 아무튼 그 누나랑 많이……."

내 말이 끝나기도 전에 가을은 수건으로 물기가 남아있는 내 얼굴을 닦아주며 물었다.

"전화번호가 뭐야?"

"여긴 전화기 없냐? 핸드폰 이런 거 없어?"

"없어. 그게 뭔데?"

말을 하려다가 나는 입을 다물었다. 설명을 하려니까 뭐라고 해야 할지 잘 모르겠다. 전화기를 뭐라고 설명해야 하지? 나는 곰곰이 생각하다가 말했다.

　"멀리서도 목소리를 들을 수 있는 기계?"

　"얼마나 멀리?"

　"엄청 멀리. 로밍만 하면 지구 반대편에서도……. 아니, 아무튼 엄청 멀리서도 들을 수 있는 거야."

　나는 욕실에서 나와 거실 소파에 앉으며 말했다. 그러자 내 맞은편에 앉은 가을이 의아한 얼굴로 물었다.

　"아벨 아저씨 목소리를 왜 멀리서 들어?"

　"그건 목소리를 들으려고 그런 게 아니라……. 아니, 그것도 맞기는 맞는데, 그러니까 연락처가 있어야 다음에도 연락을 할 수가 있잖아. 근데 여긴 전화기나 그런 거 없다고 하니까……."

　"연락을 왜 해?"

　정말 모르겠다는 얼굴로 묻는 가을을 보며 나는 뜨끔했다. 남자가 여자한테 번호 따는 이유는 하나밖에 없었다. 아니, 어차피 나는 지금 여자기는 하지만 그래도…….

　내가 우물쭈물하자 가을이 입고 있던 회색 로브를 벗었다.

　"아무튼 너 친한 거 맞지?"

　"그건 왜 자꾸 물어봐?"

　그는 소파 팔걸이에 로브를 걸치고 허리춤에서 작은 단도 하나를 뽑았다.

나는 티끌 하나도 없는 새하얀 검집을 신기하다는 듯 구경하며 말했다.

"내가 어제 말한 거 기억하지? 무신이랑 친한 사이면 한 번만 더 만날 수 있게 네가 자리 좀……."

"내가 준다는 게 이거야. 급하게 만들어서 좋은 건 아닌데, 그래도 없는 것보다는 나으니까 일단 이거라도 들고 다녀."

"아니, 지금 칼이 중요한 게 아니……."

칼이고 나발이고 머릿속에는 오로지 내 이상형 무신에 관한 것들 뿐이었다. 어떻게 하면 한 번이라도 더 만날 수 있을까, 어떻게 하면 잘 보일 수 있을까. 물론 지금 여자인 내 입장에서는 쓸데라곤 쥐뿔도 없는 것들이었다.

그러다 방금 전 가을이 허리춤에서 검을 꺼낸 게 기억난 나는 의아한 얼굴로 물었다.

"칼은 집에 있다며? 근데 왜 거기서 꺼내?"

가지고 온 거였으면 그냥 아까 카페에서 받아도 됐는데. 내 질문에 일순 가을이 당황하는 것처럼 보였다. 나는 고개를 저으며 말했다.

"아무튼 고마워. 너도 뭐 필요한 거 있으면 나한테 말해, 내가 해줄 수 있는 건 꼭 해줄 테니까. 그리고 나 그 사람이랑 다시 만나게 해줄 거지?"

나는 어렸을 때 형한테 게임기 사달라고 온갖 아양을 다 부리고 스스로 노예가 되기를 자청했을 때와 똑같은 얼굴로 간절하게 부탁했다. 하지만 그런 날 가만히 보던 가을은 짧게 대답했다.

"싫어."

"뭐?"

싫어? 싫기는 뭐가 싫어? 안 된다는 것도 아니고 싫다는 건 또 무슨 말이란 말인가. 어쨌건 만나게 해주지 않겠다는 뜻인 걸 안 나는 울상을 지을 수밖에 없었다.

"왜?"

"왜 만나고 싶은데?"

"어? 그거야……."

예쁘니까……. 하마터면 별생각 없이 속마음에 있던 말을 그대로 할 뻔했다. 나는 한 박자 쉰 다음, 다시 입을 열었다.

"그 사람이 무신이잖아. 난 검사가 되고 싶으니까 무신한테 배우면 더 세질 수 있잖아. 그러니까 만나야지."

결코 사심이 있어서 그런 게 아니라는 내 눈빛도 통하지 않은 건지 가을은 입을 열지 않았다. 나는 대답도 하지 않고 말끄러미 날 쳐다보는 가을을 덩달아 보다가 괜히 무안해져서 이맛살을 찌푸렸다.

"야, 근데 너는 아까 그 칼 가지고 있었으면서 왜 집에 있다고 했어? 그럼 그냥 거기서 받아도 됐던 건데."

거기서 받으나 여기서 받으나 사실 별로 상관은 없었다. 하지만 나는 괜히 트집을 잡았다.

무신이랑 많이 친한 사이 같던데, 그냥 좀 만나게 해주면 안 되나? 평소에는 뭐 달라는 말 안 해도 다 주면서 사람 불편하게 하더니, 부탁하니까 하나도 안 들어주네.

속으로 툴툴거리고 있는데 느닷없이 가을이 사과를 했다.

"미안해."

"……."

나는 다시 당황했다. 집에서 가지고 나온 걸 깜빡 잊어서 그랬던 걸 수도 있는데 갑자기 뭐 저렇게 정색을 하고 사과하는 거야? 사람이 살면서 좀 깜빡하고 그럴 수도 있는 거지…….

"아니, 뭐……. 네가 갖고 있었다는 걸 까먹을 수도 있……."

"그건 집에 데려오려고 뻥 친 거였어."

……아, 맞다. 그래, 넌 그런 놈이었지. 까먹기는 개뿔……. 왜 저런 말을 하는지 대강 짐작이 가서 나는 한숨을 내쉬었다.

"너 수플레가 그렇게 먹고 싶냐?"

"아니, 오므라이스."

마치 기다렸다는 듯 당당하게 대답하는 그를 보며 나는 다시 한 번 한숨을 내쉬었다. 그래, 저 인간 밤샜다는데 밥이라고 먹었겠나. 분명 또 굶었을 거다.

칼도 주고 금이도 준 것도 있고 해서 오늘은 그냥 별말 없이 자리에서 일어났다.

"오므라이스만 하면 돼?"

"해줄 거야?"

오므라이스 그게 뭐 그렇게 어려운 거라고. 그냥 밥 볶다가 달걀 부쳐서 둘둘 말기만 하면 되는 건데. 나는 기대에 가득 찬 눈으로 날 쳐다보는 가을을 보며 큰마음 먹고 말했다.

"오늘은 네가 해달라는 거 다 해줄게."

네가 칼도 줬으니까. 여기서 무신만 만나게 해주면 진짜 감사의 절이라도 할 텐데. 가을은 내 말이 끝나자마자 대뜸 말했다.

"그럼 자고 가."

"죽고 싶냐? 밥 말이야, 밥! 밥을 네가 해달라는 거 다 만들어 준다고!"

갑자기 자고 가라는 건 또 뭐야! 그러고 보니까 이 커다란 집에 누가 있는 걸 본 적이 한 번도 없었다. 나한테 잘해주는 것도 동생이 일찍 결혼해서 집을 나가서 그런 것 같다고 했지. 또 잠도 잘 안 자고 밥도 잘 안 먹는 거 보니까 부모님이랑도 따로 사는 거 같은데…….

혹시 쟤가 외로워서 나한테 자꾸 자고 가라고 하는 건가? 버럭 소리를 지르다가 문득 그런 생각이 들었다.

갑자기 가을이 조금 불쌍해졌다. 초월자면 뭐해, 저렇게 애가 잠도 안 자고 밥도 못 먹고 다니는데……. 나는 조심스레 물었다.

"너 근데 부모님이랑은 왜 따로 살아?"

"쫓겨났어."

"어? 왜? 뭐 잘못했어?"

내 말에 가을은 태연한 얼굴로 고개를 저었다.

"아니, 그냥 나가라고 해서 나왔는데."

"왜?"

부모가 자식한테 집을 왜 나가라고 해?

"몰라, 그냥 나가래."

"……."

이게 무슨 말이야. 그냥 나가래서 나갔다고? 이유도 없이? 설마 이유도 없이 나가라고 했을 리는 없었다. 분명 무슨 이유가 있었을 텐데…….

근데 이거 계속 물어봐도 되는 건가? 나는 조심스럽게 다시 물었다.

"왜 나가라는 거냐고 이유도 안 물어봤어?"

"알아서 뭐해. 나가라고 하면 그냥 나가면 되지."

이걸 쿨하다고 해야 하는지, 아니면 멍청하다고 해야 하는지…….
혹시 부모님이랑 사이가 안 좋은 건가?

더 이상 묻는 건 왠지 실례일 것 같아서 나는 떨떠름한 얼굴로 고개만 끄덕였다. 오므라이스나 만들어야겠다.

"오므라이스만 하면 되지?"

"다른 것도 해줄 거야?"

"딴 건 뭐 먹고 싶은데?"

내가 주방으로 걸음을 옮기자 가을이 내 뒤를 졸졸 쫓아왔다. 나는 달걀 두 개와 야채를 꺼내 흐르는 물에 씻고 칼을 쥐었다.

그때까지도 곰곰이 생각하고 있는 가을을 보며 나는 칼을 들고 재료를 살폈다. 두부와 버섯, 그리고 과일 같은 것들을 빤히 보다가 물었다.

"두부 부쳐줄까? 너 버섯은 좋아해? 토마토랑 버섯 넣고 오믈렛 해줄까? 감자도 있네. 이걸론 그냥 샐러드 해줄게."

오랜만에 요리를 하려니까 조금 어색하기도 했다. 이 세계에 오기 전에는 하루 삼시 세끼를 다 차렸는데.

지구에 있을 때처럼 콧노래를 부르면서 한창 요리를 하다가 문득 가을이 너무 조용한 것 같아 슬쩍 고개를 돌렸다. 그는 눈을 동그랗게 뜨고 마치 동물원 원숭이 보듯 날 쳐다보고 있었다. 그러다 나와 눈이 마주치자 대뜸 말했다.

"나랑 결혼할래?"

"……."

미친 새끼…….

나는 안쓰러운 눈으로 그를 보며 속으로 혀를 찼다. 저 인간은 도대체 얼마나 못 먹고 자랐으면 고작 오므라이스 만드는 여자를 보고 결혼하자는 말을 다 할까. 나는 멀거니 가을을 보다가 물었다.

"너 몇 살 때부터 혼자 살았어?"

"열아홉 살? 열여덟이었나?"

그 나이면 미성년자 아닌가. 정말 부모님이랑 사이가 얼마나 안 좋으면 저 나이에 집에서 쫓겨났을까. 이러니 애가 무슨 수라상도 아니고 오므라이스 하나에 저런 표정을 짓지.

"그럼 밥은 어떻게 했는데?"

"그냥 사 먹거나…….

가을은 냄비에서 모락모락 김을 내며 익어가는 감자를 빤히 보면서 말끝을 흐렸다. 저러다가 조금만 더 지나면 입에서 침이라도 떨어질 기세였다. 나는 냄비 뚜껑을 열어 젓가락으로 감자를 쿡 찌르며 말했다.

"배 많이 고프면 이거라도 먼저 먹고 있을래? 설탕 좀 뿌려줄까?"

가을은 주인에게 밥 달라고 꼬리를 흔드는 강아지처럼 고개를 끄덕거렸다. 그걸 보며 이상한 기분이 들었다. 난 여자도 아닌데 왜 모성애가 생기는 거 같지…….

나는 그릇에 다 익은 감자 하나를 담고 위에 설탕을 뿌렸다.

"저기 앉아서 이거 먹고 있어."

양손으로 그릇을 받아 얌전히 식탁에 앉는 가을을 보며 다시 기분이 이상해졌다. 저 인간 진짜 왜 저렇게 불쌍해 보이지…….나는 울상을 짓고 가을을 보다가 다시 요리에 몰두했다. 얼른 만들어서 줘야겠다.

나도 어렸을 때 부모님이 돌아가셔서 형이랑 둘이 살기는 했는데 저렇게 못 먹지는 않았다. 어렸을 땐 형이 밥을 해줬고 중학생이 되면서부터는 내가 했으니까…….가을은 부모님이 돌아가신 건 아니었지만 어쨌든 어린 나이부터 혼자 살았으니, 집 밥이 굉장히 그리웠을 게 틀림없었다.

나는 빠르게 오므라이스와 오믈렛을 만들었다. 그리고 다 익은 감자를 으깨 샐러드를 만든 뒤에 식탁에 놓고 가을에게 수저를 갖다주며 말했다.

"빨리 먹어."

"넌 안 먹어?"

"난 됐으니까 너나 많이 먹어. 일단 물 한 컵 마시고."

내 말에 가을은 물을 한 컵 마신 뒤 음식을 먹기 시작했다. 생각했던 것보다 허겁지겁 먹는 건 아니었지만 잘 먹는 걸 보니 기분이 좋았다.

"이렇게 맛있는 건 처음 먹어 봐."

"그래, 많이 먹어."

이렇게 잘 먹는 애가 하루에 한 끼 먹고 어떻게 살았는지 모르겠다. 나는 가을이 먹는 걸 턱을 괴고 구경하다가 물었다.

"야, 근데 너희 엄마랑 내가 닮았어?"

"아니, 우리 엄마는 요리 못해."

"그런 게 아니라……. 아까 무신이 나보고 너희 엄마냐고 물어봤잖아."

내 말에 그는 먹는 걸 잠시 멈췄다. 그러고는 입에 있던 걸 삼키고 잘 모르겠다는 얼굴로 내게 말했다.

"우리 엄마도 옛날에 아벨 아저씨 볼 때마다 코피가 났대. 그거 때문에 그런가?"

왜냐고 굳이 묻지는 않았다. 왠지 가을이 엄마가 코피를 흘렸던 심정이 이해가 됐기 때문이다.

나는 다시 먹는데 집중하는 가을을 멀거니 보면서 조금 뿌듯한 마음이 들었다. 누가 내가 해준 음식을 이렇게 잘 먹기는 처음이었기 때문이다. 밥을 먹기 위해 사는 나와는 달리 우리 형과 가을이 형은 살기 위해서 밥을 먹는 사람이었다. 그리고 나는 애초에 우리 형과 가을이 형 말고 다른 사람에게 이렇게 음식을 만들어줬던 적이 없었다.

특히 우리 형은 입맛이 어찌나 까다로운지 한 번도 맛있다는 말을 해주지 않았다. 솔직히 내 나이에 이 정도 요리 실력이면 대단한 거 아닌가? 하여간 그 인간은 배가 불러서…….

나는 속으로 투덜거리면서 다시 한 번 내 실력을 확인받기 위해 말했다.

"맛있지? 간은 맞아?"

내가 싱글벙글 웃으면서 묻자 그는 아주 자연스럽게 손을 들어 내 머리를 두어 번 톡톡 두드렸다. 왠지 칭찬받은 느낌이라 바보처럼 헤 하고 웃고 있는데 가을이 말했다.

"너 토마토 좋아한다고 했지?"

"아, 저번에 네가 갖다 준 거 맛있었어."

"그거 또 먹으러 갈래?"

사주겠다는 것도 아니고 먹으러 가자고? 내가 의아한 얼굴로 그를 보자 가을이 의자에서 몸을 일으켰다. 준 지 얼마나 됐다고 어느새 바닥이 드러난 그릇을 놀란 눈으로 보고 있는데 가을이 내 팔을 붙잡았다. 그가 이끄는 대로 걸음을 옮기면서 나는 창밖을 바라봤다. 해가 뉘엿뉘엿 지는 게 곧 밤이 될 것 같았다. 해가 지기 전까지는 들어가야 될 것 같은데…….

"여기서 멀어?"

"아니, 금방 가."

토마토 먹으러 가자면서 가을은 아까 들어왔던 현관이 아닌 다른 문을 열었다. 그리고 나는 거짓말처럼 눈앞에 펼쳐진 풍경에 허탈하게 웃었다.

산속 깊은 곳에 지붕처럼 높게 자라난 나무 사이로 그림처럼 자그마한 집이 한 채 보였다.

이름을 알 수 없는 형형색색의 꽃들도 보였고, 바람에 흔들리는 그네도 보였고, 조금 투박한 탁자와 의자도 보였다. 그 앞에는 농사라도 짓는 건지 온갖 채소와 과일나무들이 있었다.

고개를 돌려 뒤를 보자 우리가 나왔던 곳은 초록 덤불로 장식된 자그마한 아치였다. 나는 눈을 동그랗게 뜨고 뻥 뚫린 아치를 왔다 갔다 하면서 말했다.

"진짜 마법으로는 못하는 게 없구나."

아치를 사이에 두고 혼자서 펄쩍펄쩍 들어갔다 나왔다를 반복하고 있는데 가을이 내 팔목을 잡았다. 가을을 따라 길게 늘어져 있는 밭을 걸었다. 혹시라도 밟을까 조심조심 걷고 있는데 앞에서 노란 꽃이 피어 있는 작은 나무가 보였다.

"이게 토마토야? 토마토에 꽃도 펴?"

"당연하지."

반대쪽에는 아직 덜 익은 듯한 초록색 토마토가 주렁주렁 열려 있었다. 그리고 바로 그 맞은편에는 새빨간 토마토가 보였다.

"이거 그냥 막 따서 먹어도 돼?"

"그냥 먹어. 잠시만, 바구니 가지고 올게."

신기하다. 토마토를 어디서 가지고 오나 했더니 전부 자기가 기른 거였구나. 앤 마법도 쓰고 황금알 낳는 거위도 만들고 농사도 짓고, 못하는 게 없네.

손가락 끝으로 토마토를 툭툭 건드리면서 실실 웃고 있는데 갑자기 커다란 소리가 들려왔다.

나는 화들짝 놀라 어깨를 움츠리고 고개를 퍼뜩 들었다. 어느새 사람이 둘이나 있었다.

"네 칼이 우리 집에서 자꾸 깽판 치잖아!"

소리친 사람의 새하얀 머리카락이 햇빛을 받아 금색으로 보일 정도로 빛나고 있었다. 가을이랑 비슷한 또래로 보이는 남자가 새빨간 눈동자를 부릅뜨고 빽빽 소리치고 있다. 그러자 바로 맞은편에 있던 사람이 치렁치렁한 로브를 벗었다. 그걸 보며 나는 벌떡 일어섰다.

무신이었다.

"씨발."

"헉!"

그의 입에서 나온 욕설에 나는 숨을 들이켰다. 욕이야 나도 하는 거지만 저 사람 입에서 나온 욕은 내가 하는 것과 느낌이 달랐기 때문이다.

내 소리를 들은 건지 무신과 정체불명의 흰머리 남자가 동시에 날 쳐다봤다.

"너 뭐야?"

흰머리 남자가 의아한 얼굴로 내게 물었다. 저 사람은 누구지? 무신은 또 여기에 왜 있는 건데? 나는 너무 당황해서 얼떨떨한 얼굴로 덩달아 물었다.

"누구세요?"

"그러는 넌 누군데?"

"네? 전 그냥 여기 토마토 먹으려고……."

내가 우물쭈물 말하자 남자의 표정이 일그러졌다. 힐끗 시선을 돌려 무신을 쳐다보자 그 역시 날 보고 있었다. 미간을 좁히고 빤히 보는 게 날 기억하지 못하는 것 같았다.

분위기가 너무 무서워서 슬금슬금 뒷걸음질을 치는데 흰머리 남자가 내게 성큼성큼 다가왔다.

"너지? 네가 내 토마토 다 훔쳐갔지?"

"왜, 왜 이러세요?"

내 팔목을 붙잡고 남자는 따지듯 물었다. 가을이 또래처럼 보이고 생긴 것도 비슷하고 눈도 빨간 걸 보니 혹시 나랑 이름이 똑같다던 가을이 동생일 수도 있을 거라는 생각이 들었다.

그의 손아귀에서 벗어나려고 팔목을 비트는 순간 이마에서 불이 튀었다. 느닷없이 이마에 딱밤을 맞은 나는 눈을 둥그렇게 뜨고 빽 소리쳤다.

"왜 때려요!"

"이 쪼끄만 게 어디서 나쁜 짓만 배워서……. 너 도둑질이 얼마나 나쁜 건지 알아? 또 그럴 거야, 안 그럴 거야?"

"아, 왜 때리냐고요!"

"한 대 더 맞을래?"

남자가 겁을 주려는 듯 다시 손을 올렸다. 또 맞을까 싶어서 나는 눈을 질끈 감고 고개를 옆으로 돌리며 소리쳤다.

"안 그럴게요!"

말을 하면서도 나는 이 상황을 이해할 수가 없었다.

도둑질이라니? 내가 언제? 그리고 진짜 저 사람은 누구야? 내가 왜 맞아야 하지? 내가 뭘 잘못했는데?

나는 억울해서 입으로 우는 소리를 내며 남자를 노려봤다.

"다음부터 먹고 싶으면 먹고 싶다고 말을 해, 그럼 줄 테니까. 알았어? 한 번만 더 못된 짓 하면 혼날 줄 알아."

"……."

"대답 안 해?"

"아, 알겠어요. 근데 도둑질……."

도둑질 안 했는데……. 그렇게 말하려는데 날 멀거니 보고만 있던 무신이 그제야 생각났다는 듯 말했다.

"네 아들이랑 같이 있던 여자다."

"뭐?"

"아까 아르젠에서 네 아들이랑 같이 있던 여자."

그때까지 도끼눈을 뜨고 있던 남자가 눈을 동그랗게 뜨고 날 쳐다봤다. 거기에 나도 눈을 동그랗게 뜰 수밖에 없었다.

아들이라니? 누가? 형이 아니라 아들? 그럼 가을이 동생이 아닌가?

"너 혹시 가을이 친구야?"

"네, 그리고 저 도둑질 안 했어요. 근데 누구세요?"

나는 얼떨떨한 얼굴로 인상을 쓰며 물었다. 아들이라는 말에 그럼 저 사람이 혹시 가을이 아빠일 수도 있을 거라는 생각이 들었지만, 나이대로 봐서 그건 아닌 것 같았다.

그는 내 물음에 대답도 하질 않고 의아하다는 얼굴로 혼잣말처럼 중얼거렸다.

"별일이네. 가을이가 친구도 있었나?"

"친구가 아니라 실험체 2호, 뭐 그런 거겠지."

무신의 말에 남자는 그제야 납득했다는 듯 고개를 끄덕였다. 거기에 나는 어이가 없어졌다. 실험체 2호는 또 뭐야? 뭔가 불길한 예감이 들어 혼자 주춤거리고 있는데 그들은 나 따윈 안중에도 없다는 듯 자기들끼리 말하기 시작했다.

"아무튼 넌 제발 네 칼 좀 챙겨서 다니고, 온 김에 밥이나 먹고 가. 겨울이 오랜만에 집에 와서 하영이랑 둘이 쇼핑 나갔는데 일주일째 안 들어오고 있어."

"일주일?"

"사실 겨울이 오기 며칠 전에 싸웠거든. 그래서 완전 냉전 상태였는데 겨울이도 왔으니까 이때다 싶었겠지. 내 생각에는 지금 걔 겨울이 데리고 가출한 거 같아."

아까까지만 해도 분명 싸우고 있었던 것 같았는데 그들은 두런두런 이야기를 주고받고 있었다. 나는 머리 위로 물음표를 둥둥 띄운 채 고개만 갸웃했다.

겨울이라고 하는 걸 보니 가을이 동생을 말하는 것 같았다. 그럼 정말 저 사람이 가을이 아빠가? 근데 뭐 저렇게 젊어? 저건 동안이라는 말로도 설명이 되질 않았다. 아무리 많이 봐도 가을이 또래처럼 보이는데……

"나도 가출이나 할까?"

흰머리 남자가 우울한 얼굴로 말하자 무신이 코웃음을 쳤다.

"갱년기 왔냐?"

"넌 치매 왔냐? 네 칼 좀 제발 챙겨서 다녀, 자꾸 놓고 다니지 말고. 나이 들어서 건망증 심해지는 건 알겠는데 너 그러다가 한 번에 훅 가는 수가 있……."

부웅 하고 커다란 바람 소리가 들려왔다. 갑자기 들이닥친 강풍에 눈을 질끈 감았다가 뜨자 무신이 나뭇가지 하나를 들고 있는 게 보였다. 흰머리 남자는 손을 머리에 대고 주저앉아 있다가 벌떡 일어나 소리쳤다.

"목 떨어질 뻔했잖아!"

그 고함 소리와 동시에 흰머리 남자 뒤에 서 있던 커다란 나무가 옆으로 기울기 시작했다. 나무는 곧 쿵 소리를 내며 바닥에 쓰러졌고, 단면은 마치 칼로 자른 듯 매끈했다. 나는 얼이 빠진 얼굴로 입을 다물지 못했다.

나무가 갑자기 왜 쓰러져? 설마 저 나뭇가지로 잘랐다는 건가? 아닌데? 저 자리에서 저 짧은 나뭇가지로 멀리 있는 나무를 어떻게 잘라? 설마 무협지에서 나오는 것처럼 검풍 뭐 이런 걸로 나무를 반토막 냈다는 건가?

다리에 힘이 풀려 내가 뒤로 풀썩 넘어가자 그들의 시선이 다시 내게 닿았다. 시뻘겋게 달아 있는 눈동자로 날 쳐다보던 흰머리 남자가 미간을 구기고 입을 열었다.

"너 아직 안 갔어? 혹시 가을이 기다려?"

그 말에 뭐라고 할 말이 없어서 나는 입술만 달싹였다.

아니, 근데 강가을 이놈은 도대체 왜 안 오는 거야? 바구니를 만들어서 가지고 오나! 주춤주춤 자리에서 일어서는데 무신이 태연한 얼굴로 기함을 토할 말을 태연하게 지껄였다.

"또 여기다 갖다버린 거 아닌가?"

"걔 인체실험 손 뗀 지 100년도 더 됐어. 아, 진짜 미치겠네. 여기가 무슨 쓰레기장도 아니고 왜 허구한 날 쓸데없는 건 여기다가 버리는 거야?"

"……."

순간 쓰레기가 된 나는 발밑으로 몸 안의 피가 모조리 빠져나가는 것 같은 기분이 들었다. 인체실험? 갖다버려? 이게 무슨 소리야?

불길한 기운이 스멀스멀 올라와 나는 조심스레 걸음을 옮겼다. 아까 가을이 갔던 방향으로 슬금슬금 눈치를 보며 가고 있는데 흰머리 남자가 내게 다가왔다. 그가 내게 다가오는 걸 본 나는 화들짝 놀라 온 힘을 다해 도망쳤다.

"야! 너 왜 도망가!"

"으아악!"

잡히면 죽는다! 오로지 살겠다는 일념하에 비명을 지르며 도망을 쳤지만 내가 잡히는 건 시간문제였다.

내 뒷덜미를 붙잡은 흰머리 남자가 귀찮다는 얼굴로 뭐라고 말하려던 찰나, 굉음이 터졌다.

그 거대한 폭발음에 머리가 띵해진 나는 비틀거리며 바닥으로 쓰러졌다. 숨을 몰아쉬며 눈을 뜨자 자욱한 연기가 사방을 뒤덮고 있었다.

이게 도대체 뭐지? 무슨 일이 일어난 거지? 테러? 아니, 근데 도대체 내가 왜 이런 짓을 당해야 되는 건데? 내가 왜 이런 개고생을 해야 되는 거냐고!

속으로 온갖 욕지거리를 내뱉고 있는데 자욱했던 연기가 순식간에 걷혔다.

동화 속에서 나오는 요정이 살 것만 같던 아기자기하고 아름다웠던 집은 어느새 폐허가 돼 있었다. 그 사이에서 가을이 어깨에 묻은 먼지를 툭툭 털면서 걸어 나오는 게 보였다. 너무 반가워서 감격의 눈물이라도 나올 것만 같았다.

내 뒷덜미를 잡고 있던 남자는 이 폭발에서 날 보호라도 한 것처럼 내게 등을 보이고 있었다. 그때 흰머리 남자가 가을을 불렀다.

"가을아."

보이는 건 뒷모습뿐이었지만 남자가 당황하고 있다는 건 목소리만으로도 알 수 있었다.

"너 지금 무슨 짓거리를 한 거야?"

가을은 순식간에 폐허가 된 집을 감흥 없는 눈으로 쭉 훑어보더니 짧게 말했다.

"미안, 문이 안 열려서."

"누가 문 안 열린다고 집을 이렇게 개박살을 내?"

"그러게 집에 결계는 왜 쳐둔 거야. 그리고 아까 비명 소리는 뭐야, 무슨 짓 했어?"

"네 엄마 들어오면 못 나가게 하려고……. 그리고 내가 무슨 짓을 했다고 그래?"

가을은 일그러진 얼굴로 내게 다가와 나를 일으켰다. 번쩍 들려서 똑바로 선 나는 눈만 깜박거렸다. 이 짧은 시간 안에 일어난 일을 믿을 수가 없었다. 그러니까 여기가 정말 사람 사는데 맞는 거지? 어떤 사람은 나뭇가지 하나로 거목을 종잇장처럼 자르고 누구는 문 안 열린다고 집을 개박살 내고…….

거기다가 네 엄마라고 하는 걸 보니까 저 사람은 정말 가을이 아빠가 맞나 보다. 인체의 신비였다. 어떻게 저렇게 젊을 수가 있는 거지? 이건 말도 안 된다.

"너 괜찮아?"

"……."

"울아? 왜 그래? 너 무슨 짓 당했어?"

내가 계속 말이 없자 가을의 표정은 더욱 일그러졌다. 얼빠진 얼굴로 우릴 보고 있던 가을이 아빠가 순간 발끈해서 입을 열었다.

"아무 짓도 안 했어."

"근데 애가 왜 이렇게 얼어 있어?"

"그걸 내가 어떻게 알아? 그리고 넌 네 엄마 찾으러 간다면서 여기서 뭐하고 있는 거야?"

가을은 허리를 굽혀 내 옷에 묻은 먼지를 툭툭 털어주며 말했다.

"술집에서 헌팅하고 있던데?"

가을은 날 이리저리 돌리면서 상처가 난 곳은 없나 유심히 살피고 있었다. 그의 손에 휘둘리면서 나는 눈치만 봤다.

"넌 네 엄마가 딴 남자랑 바람이 났는데 그냥 오면 어떡해?"

"둘이 이혼한 거 아니었어?"

가을이 의아한 얼굴로 묻자 흰머리 남자가 잠시 생각하듯 머리를 긁적이다가 얼떨떨한 얼굴로 말했다.

"네 엄마랑 난 결혼도 안 했어. 결혼을 안 했는데 이혼을 어떻게 해?"

"결혼 안 했어?"

"어……. 생각해보니까 그러네. 왜 결혼을 안 했지? 말 나온 김에 그냥 내일 해야겠다. 엄마 어디에 있다고?"

가을이 떨떠름한 얼굴로 아르젠에 있다고 말하자 흰머리 남자는 순식간에 사라졌다. 허깨비처럼 남자가 사라지자 가을이 날 쳐다봤다.

"괜찮아?"

"어? 으응."

나는 웃는 것도, 우는 것도 아닌 이상한 얼굴로 그를 보며 고개를 끄덕였다. 결혼에서 이혼도 아니고 어떻게 하면 이혼에서 결혼으로 연결될 수가 있지…….

나는 의아한 얼굴로 고개를 갸웃하다가 주변을 살폈다. 흰머리 남자처럼 무신도 사라지고 없었다.

이번에 만나면 무슨 수를 써서라도 전화번호 하나는 따고 싶었는데 너무 정신이 없어서 완전히 잊고 있었다.

"나 아까 무신 봤어."

"토마토는 다음에 먹고 오늘은 그냥 가자."

"어? 응, 근데 이거 이렇게 두고 가도 돼?"

전쟁이라도 난 것처럼 엉망이 된 주변을 훑으며 나는 미간을 좁혔다.

내가 한 것도 아닌데 괜히 찔려서 주춤거리고 있자 가을이 내 손을 잡았다.

"괜찮아. 교황청으로 가면 되지?"

"저기, 근데…… 아까 그 사람 너희 아버지야?"

가을이 아빠가 맞는 것 같았지만 나는 혹시나 하고 물었다. 그러자 가을이 태연한 얼굴로 고개를 끄덕였다.

"아빠 맞아. 왜? 우리 아빠가 무슨 짓 했어?"

"아니! 아무 짓도 안 하셨어. 그, 그냥 생각보다 너무 젊으셔서……."

가을은 내 말에 믿을 수 없다는 얼굴로 날 빤히 쳐다봤다. 그러더니 다시 내 어깨를 잡고 날 이리저리 돌려보며 내 상태를 살폈다.

"안 다쳤지?"

"진짜 괜찮다니까."

그러고 보면 가을이도 나이가 엄청 많은데 20대처럼 보였다. 가을이 아빠도 가을이랑 뭐 비슷한 능력이 있나 보다, 그렇게 생각하며 나는 혼자 납득했다. 부전자전이라더니, 안 늙는 것도 똑같고 성격도 좀…… 가을이나 가을이 아빠나 둘 다 좀 사차원 같다.

나는 교황청으로 돌아와 무신에 관한 자료를 찾으러 도서관에 갔다. 하지만 도서관에 도착해 내가 글을 읽지 못한다는 사실을 깨닫고 절망했다.

무신이라는 글자는 어떻게 생긴 거지? 무신이라는 단어만 알면 그냥 제목에 그 단어 있는 것만 들고 가서 알카 형한테 읽어 달라고 하면 될 텐데…….

나는 도서관에서 한참 고민하다가 형을 찾아갔다. 조금 늦은 시간이라 두어 번 노크를 하자 안에서 짧게 들어오라는 소리가 들렸다. 슬그머니 문을 열자 안경을 쓰고 서류를 보고 있는 형이 보였다.

"열 시가 넘었는데 아직도 일해?"

"왜 왔어?"

"아, 별건 아니고……. 나 종이에 무신이라는 단어 하나만 써줘. 도서관에서 찾아볼 책이 있어서……."

내 말에 형이 미간을 좁히며 고개를 들었다.

"무신?"

"응, 무신. 가을이랑 똑같은 초월자 있잖아, 왜."

혹시 모르는 건가 싶어서 부연설명을 붙이자 형이 안경을 벗으며 말했다.

"네가 무신에 관한 책을 왜 찾아봐?"

"궁금하니까 그러지."

"헛소리하지 말고 가서 일기나 써."

"……."

저 새끼가……. 형은 엄지와 검지로 눈 사이를 몇 번 문지르더니 다시 안경을 썼다. 나는 형에게 다가가 다시 말했다.

"빨리 써줘."

"무신은 갑자기 왜?"

형이 내게 묻자 오늘 낮에 봤던 무신의 얼굴이 다시 떠올랐다. 나는 실실 웃으면서 물었다.

"혹시 무신 실제로 본 적 있어?"

"없어."

"난 오늘 낮에 가을이랑 있다가 봤어. 길에서 마주쳤는데 가을이가 나한테 무신이 무슨 산적 두목처럼 생겼다고 그랬거든? 근데 오늘 보니까 산적 두목이 아니라 무슨 천사처럼 생긴 거야. 그래서 내가 전화번호 달라고 막 소리 질렀는데 가을이가 자꾸 막아서 번호는 못 땄는데……."

내가 말을 하면 할수록 형의 표정이 점점 일그러져 갔다. 그 표정 변화를 보며 내가 말꼬리를 흐리자 형이 나지막하게 말했다.

"오늘 낮에 누굴 만나?"

"……내가 찔러 죽이려고 그랬어. 진짜 찌르고 도망을 치려고 했는데 암만 생각을 해봐도 사람을 찌르는 건 좀……."

내가 눈치를 보며 우물쭈물 말하자 형이 한숨을 내쉬었다. 그러더니 몸을 일으켜 커다란 책장으로 가서 책 한 권을 가지고 왔다. 형이 고갯짓으로 의자를 가리켜, 나는 의자를 끌어 형 옆으로 가 앉았다.

"넌 내가 그 새끼를 왜 만나지 말라고 하는 거 같은데?"

"그거야 네가 그 새끼를 겁나게 싫어해서……. 어렸을 때 걔 때문에 갈비뼈 부러져서 죽을 뻔……."

"뭐?"

형의 표정이 살벌해져서 나는 입을 꾹 다물었다. 형은 두꺼운 책을 펴더니 책상에 놓았다. 커다란 책 한 면에는 알 수 없는 글자들이 빼곡하게 쓰여 있었고, 반대쪽 면에는 익숙한 삽화가 그려져 있었다.

"이거 가을이 아니야?"

"맞아. 여기에 뭐라고 쓰여 있냐?"

……그걸 내가 어떻게 알아? 나는 눈에 힘을 주고 지렁이 같은 글씨를 쳐다봤다. 나는 문장을 쭉 훑다가 아는 단어가 나와 화색을 띠고 외쳤다.

"멸망!"

"……너 공부 똑바로 안 할래?"

형이 어이없다는 얼굴로 날 쳐다봤다.

괜히 뜨끔해서 다시 아는 단어를 찾기 위해 눈에 힘을 주는데 형이 한숨을 쉬는 소리가 들려왔다.

"60년 전에 아르젠 옆에 붙어 있는 공국 하나가 있었는데, 인구가 8만 명 정도밖에 안 되는 작은 나라였어. 근데 그 나라가 하루아침에 멸망했다."

8만 명? 한국 인구가 얼마였지? 고개를 갸웃하고 있는데 형이 내게 물었다.

"왜 멸망했겠냐?"

"그거야……. 전염병? 전쟁이 났나? 나라에 돈이 없어서?"

되는대로 막 지껄이자 형이 한숨을 내쉬며 말했다.

"탑의 마법사가 공국민을 죄다 죽였기 때문에 멸망했다. 왕과 국민이 없는 나라는 존재할 수 없으니까."

나는 태연한 얼굴로 말하는 형을 멀뚱멀뚱 보다가 코웃음을 쳤다.

"가을이가 다 죽여서? 하긴 뭐, 걘 가끔씩 성격이 더러워서 열 받으면 그럴 수도 있겠다."

내가 푸핫 하고 웃자 형이 내 이마에 딱밤을 날렸다. 갑자기 이마를 얻어맞은 나는 눈을 둥그렇게 뜨고 물었다.

"왜 때려?"

"자는데 깨웠다고 대범위 마법을 날려서 영토의 반이 날아갔지."

형은 말을 하면서 책장을 한 장 넘겼다. 그곳에는 오늘 낮에도 봤던 무신의 초상화가 그려져 있었다.

"근데 하필 그 공국에 무신이 있었던 거다. 자다가 날벼락을 맞은 무신이 화가 나서 검을 휘둘렀는데 남아 있는 영토의 반 역시 날아갔지."

"……."

형이 다시 한 번 책장을 넘겼다. 그리고 그곳에는 화려하게 치장한 흰머리의 남자 초상화가 그려져 있었다. 나는 눈에 힘을 주고 그 초상화를 살폈다. 그건 오늘 가을이랑 토마토 따러 갔을 때 만났던 가을이 아빠였다.

"무신과 탑의 마법사가 충돌하려고 할 때 그걸 말린 게 피의 황제였고."

"……."

"알겠냐? 그 새끼는 네가 생각하는 거보다 더 위험한……."

"형."

나는 얼이 빠진 얼굴로 형을 불렀다. 나는 입을 쩍 벌리고 있다가 흰머리 남자의 초상화를 가리키며 물었다.

"이게 피의 황제라고? 이 사람은 가을이 아빤데?"

"뭐?"

"나 오늘 가을이랑 토마토 따러 갔다가 이 사람 만났어. 나보고 네가 내 토마토 다 훔쳤냐고……."

나는 오늘 낮에 있었던 일을 떠올렸다. 알카 형이 말했던 피의 황제와 가을이 아빠가 도무지 매치되지 않았다.

피의 황제는 이름에 걸맞게 황제였을 때 사람을 연회장에 가둬두고 다 죽일 정도로 잔인하고 포악했던 사람이라고 했는데……. 오늘 낮에 만났던 그 사람은 나더러 도둑질은 나쁜 짓이라고 다음부턴 그러지 말고 먹고 싶으면 줄 테니까 찾아오라고 했다. 근데 그 사람이 피의 황제라고?

"누가 누구 아빠라고?"

형 역시 얼이 빠진 얼굴을 하고 있었다. 나는 떨떠름한 얼굴로 다시 말했다.

"오늘 낮에 이 사람 만났어. 흰머리에 빨간 눈에……. 이거보단 좀 나이 들어 보이기는 했는데……. 그러니까 한 20대 초반? 중반? 그 정도로 보이기는 했는데……. 아무튼 이 사람 가을이 아빠야."

"……."

형은 동상처럼 굳어 있었다. 나는 눈도 깜빡이지 않고 날 빤히 쳐다보는 형을 덩달아 빤히 보다가 물었다.

"형도 몰랐어? 이 사람이 가을이 아빤 거?"

"피의 황제랑 탑의 마법사가 부자 관계라고?"

"응, 아까 낮에 봤다니까. 이 사람이랑 무신이랑 둘이 되게 친한 거 같던데. 막 싸우다가도 이 남자가 무신한테 밥 먹고 가라고 그러고, 무신이 이 사람한테 너 갱년기냐고 막 그러고……. 그럼 둘이 친한 거 아닌가?"

형은 엄청 복잡하다는 표정으로 인상만 쓰고 있었다. 나는 형의 눈치를 보며 책장을 툭툭 건드리고 있다가 물었다.

"근데 이거 무슨 책이야? 가을이는 뭐 비밀에 싸인 사람이라고 하더니 책에 초상화까지 다 그려져 있네."

"이건 금서다. 어디 가서 봤다는 말도 하지 마. 그리고 탑의 마법사가 피의 황제 아들이라는 것도 말하지 말고."

"왜? 그거 비밀이야?"

"하지 말라면 하지 마."

형은 손으로 머리를 짚으며 책을 덮었다. 표정이 잔뜩 일그러진게 잘못 건드렸다가는 피라도 볼 것 같아서 슬금슬금 의자에서 일어나려는데 형이 날 불렀다.

"병아리."

"으응?"

"루드비히 황제는 그 새끼보다 더 미친놈……. 아니, 그냥 내일부터 밖으로 나가지 마."

"뭐? 야! 그런 게 어디 있어!"

저 새끼는 툭하면 나보고 나가지 말래! 이 집구석에서 내가 공부밖에 할 게 더 있어? 왜 자꾸 나가지 말라고 하는 건데! 내가 격하게 반응하자 형의 표정이 살벌하게 변했다.

"내가 물어보려다가 바빠서 잊고 있었는데……."

"뭐! 뭐! 말 돌리지 말고 왜 나가지 말라고 하는 건지 똑바로……!"

"내 방 창문이 왜 깨져 있어?"

"……."

내가 딸꾹 하고 딸꾹질을 하자 형의 표정이 더욱 살벌하게 변했다. 창문이 깨진 거라면 저번에 가을이가 창문 안 열면 깬다고 협박했을 때 그거……. 그때의 상황이 떠오르자 딸꾹질이 멈추질 않았다. 내가 계속 히끅거리고 있자 형이 다시 입을 열었다.

"너 죽고 싶냐?"

"내일부터 공부만 할게."

"네가 먼저 한 말이니까 몰래 나가면 부리 찢어버릴 줄 알아."

"……."

저 개놈의 새끼……. 나는 속으로 흑흑거리며 돌아가신 부모님을 찾았다. 우리 엄마랑 아빠만 살아 계셨더라면 내가 이렇게 비참하게 살지는 않았을 텐데…….

"그 새끼 왔다고 문 열어줘도 네 부리 찢어버린다."

"야! 내 부리가 무슨 네 장난감이냐! 왜 툭하면 부리……. 아니, 잠깐만. 야! 내 입이 왜 부리야? 네가 자꾸 부리라고 하니까 내 입이 진짜 부리 같잖아! 그리고 내가 문을 열어준 게 아니라 걔가 자꾸 무단침입을 하는데 나더러 어쩌라고!"

환장하겠다. 설마 내가 내 입을 부리라고 하는 날이 올 줄은 꿈에도 몰랐다. 억울해서 빽 소리치자 형이 미간을 구겼다.

"너 뒈질래?"

"아, 아니."

씩씩거리다가 왠지 맞을 것 같아서 내가 황급히 고개를 젓자 형이 몸을 일으켰다. 나는 두어 발자국 뒤로 물러서며 가드를 쳤다.

"그 말을 왜 지금 해?"

"……."

내가 말한 적 없었나? 그래, 말한 적은 없었던 거 같은데……. 근데 내가 왜 그런 걸 너한테 일일이 보고해야 되는데?

진짜 맞을까 봐 차마 입 밖으로 꺼내지 못한 말들이 가슴속에서 메아리쳤다. 내가 우물쭈물하자 형이 뒷목을 잡으며 말했다.

"언제부터 찾아왔어?"

"……."

처, 처음부터……. 사실대로 말했다가는 정말 사달이 날 것 같아서 입을 열 수가 없었다. 자꾸만 살벌하게 변하는 형의 표정을 보며 나는 울며 겨자 먹기로 입을 열었다.

"별로 없었어. 한 번……."

"……."

"아니, 두, 두 번인가……. 세 번이었나……. 네, 네 번이었던 것 같기도 하고……."

내가 눈치를 보며 자꾸 말을 바꾸자 형이 안경을 벗었다. 저런 표정으로 옷을 벗거나 시계, 반지 같은 걸 뺄 때면 늘 맞았기 때문에 잔뜩 쫄아 있는데 형이 의아한 얼굴로 내게 물었다.

"그 새끼가 널 왜 찾아와?"

정말 모르겠다는 얼굴로 묻는 형을 보며 나도 거기에 공감했다. 나도 모르겠다.

쟤가 도대체 날 왜 찾아오는 거지?

나는 곰곰이 생각하다가 문득 떠오른 게 있어 말했다.

"가을이 동생 이름도 겨울이래. 근데 동생이 결혼을 너무 빨리해서 어렸을 때부터 나가서 살았다고 하던데……. 날 자기 동생으로 생각하거나, 뭐 그런 거 아니야? 저번에 그렇게 말하기는 하던데……. 아, 그리고 내가 오므라이스를 해줬는데 쟤가 이렇게 맛있는 건 처음 먹어본대. 아마 내 요리 실력에 반한 게 틀림없어."

잘하는 건 요리하는 것밖에 없는 나로서 그건 굉장히 뿌듯한 일이었다. 지구에 있을 땐 형도 그렇고 가을이 형도 그렇고 맛있다고 해준 적이 없었으니까.

뿌듯한 얼굴로 혼자 수긍하며 고개를 끄덕이고 있는데 형이 다시 물었다.

"몇 번이나 해줬는데?"

"몰라? 근데 좀 많이 해줬어. 거의 만날 때마다 해줬으니까……. 근데 걔도 어렸을 때부터 혼자 살았나 봐. 그냥 감자 쪄서 설탕만 뿌려줬는데 그것도 환장을 하고 먹는데, 그거 보면서 마음이 좀……."

"만날 때마다?"

"몰랐으면 괜찮은데 그 새끼가 밥도 잘 안 먹고 잠도 잘 안 자고 그런다는 거 알고 나니까 좀 안쓰러워. 오늘 낮에는 내가 좀 고마운 것도 있고 해서 걔한테 해달라는 거 다 해준다고 그랬거든? 그래서 감자 샐러드랑 오믈렛이랑 오므라이스랑 뭐 그런 걸 해줬어. 근데 솔직히 내가 구첩반상을 차려준 것도 아니고 그냥 하기 엄청 쉬운 거 해줬는데도 너무 감동을 받아 하는 거야. 막 결혼하자고 그러고 그러는 거 보니까 내 생각에는 걘 지금 사람의 정이 그리운 것 같……."

낮에 있었던 일을 곰곰이 생각하면서 말하느라 형의 표정이 변하는 걸 미처 깨닫지 못했다. 말을 끝마치면서 고개를 퍼뜩 드는데 형의 표정이 심상치 않은 걸 발견한 나는 입을 다물었다.

"결혼?"

"아니, 그러니까 그게 중요한 게 아니라 걘 지금 좀 외로운 거 같다는 뭐 그런 얘기였는데……. 호, 혼자 오래 살다 보면 집 밥도 그립고, 사람도 그립고 뭐 그렇잖아. 우리 담임이 기러기 아빠였거든? 그래서 가끔 수업할 때 그런 얘기 해주고 그랬는데……."

나는 힐끗힐끗 눈치를 보며 힘겹게 말을 이었다. 내가 뭐 잘못 말했나? 잘못한 것도 없는데 괜히 잘못을 한 것 같은 기분이 들어서 어깨를 움츠리고 있는데 형이 고개를 옆으로 젖히며 입을 열었다.

"병아리."

"어, 어?"

"너 만약 누가 너한테 사귀자고 하면 어쩔 거야? 여자 말고 남자가."

그 말에 잔뜩 움츠리고 있던 나는 발끈해서 소리쳤다.

"거시기를 분질러 버려야지!"

"……."

내 단호한 말에 형이 한숨을 내쉬며 혀를 찼다.

"아무튼 네 방에 결계 새로 칠 때까지 여기에 있어. 한 번만 더 네 방에 멋대로 쳐들어오면 거시기 분질러 버리고."

"어?"

"불쌍한 새끼."

형은 다시 한 번 한숨을 내쉬며 혀를 쯧쯧쯧 찼다. 순간 불길한 기운이 엄습했지만 여전히 모르겠다는 얼굴로 형을 보고 있는데 형이 아 하고 덧붙였다.

"분지르지 말고 그냥 발로 차."

"왜?"

"부러뜨리려면 만져야 되잖아, 병신아."

"아."

형의 말에 큰 사실을 깨닫게 된 나는 심각한 얼굴로 고개를 끄덕였다.

나는 내 방으로 가서 가을이가 준 작은 칼과 금이를 들고 형 방으로 왔다.

형 방은 내 방이랑은 비교도 안 될 만큼 엄청 컸다. 침대도 네 개나 있고, 욕실도 다섯 개나 있었는데 그중 하나는 목욕탕처럼 어마어마하게 컸다. 또 난로도 있고, 아무튼 없는 게 없었다.

나는 형이 일하는 곳에서 제일 멀리 떨어져 있는 침대에 누워서 한숨을 내쉬었다.

원래 제일 가까운 침대에 있으려고 했는데 오늘따라 금이가 너무 시끄럽게 울어서 거의 쫓겨나다시피 이곳으로 올 수밖에 없었다.

나는 침대에 누워 손가락으로 금이 부리를 툭툭 건드리며 말했다.

"너 자꾸 시끄럽게 울면 진짜 부리 찢어질 수도 있어."

거위 새끼 우는 소리 한 번만 더 들리면 내일 아침밥으로 거위 고기를 먹게 될 거라는 형의 말이 떠올랐다. 그 더러운 성질머리에 몸서리를 치고 있는데 금이가 다시 꽥꽥하고 울었다.

"쉿!"

"꽥꽥! 꽥꽥!"

"야, 너 진짜 자꾸 왜 울어? 혹시 배고파? 화장실 가고 싶어? 아니면 찝찝해서 그런가. 씻겨줄까?"

내 말에 금이가 다시 울었다. 꽥꽥거리면서 자꾸만 어디론가 가려고 하는 금이를 꽉 끌어안고 나는 침대에서 발버둥을 쳤다.

"여기서 나가면 안 된다니까? 너 진짜 그러다가 죽는 수가 있어!"

"꽥! 꽥꽥!"

금이는 눈을 사납게 치켜뜨고 부리로 나를 쪼아댔다. 이거 당장 놓지 못하겠느냐는 뜻 같았다. 날 물어 죽일 것처럼 노려보는 금이의 눈빛에 나 역시 눈을 사납게 치켜떴다.

"눈 안 깔아? 내가 네 주인이야, 인마."

"꽥!"

"이건 다 널 생각해서 그러는 거야. 네가 아직 우리 형 성격을 모르나 본데, 형한테 잘못 걸리면 너 진짜 거위탕 된다니까?"

내 말을 알아들을 리가 없는데도 나는 조잘조잘 떠들었다. 사실 혼자 있어서 심심하기도 했고, 할 것도 없었기 때문이다. 내가 혼자서 떠들자 난리를 치던 금이도 조금씩 조용해지기 시작했다. 나는 금이를 꽉 안고 있는 팔에 힘을 풀고 다시 입을 열었다.

"내가 지구에 있을 때 애완동물로 강아지를 키우고 싶었거든? 텔레비전에서 도베르만이라는 개를 봤는데 너무 멋있는 거야. 그래서 그거 키우게 해달라고 너처럼 난리를 쳤어. 그때 내가 중학생이었는데 자꾸 시끄럽게 한다고 턱주가리를 얻어맞았거든? 너도 자꾸 시끄럽게 하면 우리 형이 네 턱주가리를 날려버릴지도 몰라."

금이는 동그란 눈으로 날 멀뚱멀뚱 보며 고개를 갸웃했다. 그게 귀여워서 실실 웃으며 머리를 손가락으로 문지르려고 하는데 금이가 순간 날개를 퍼덕거렸다.

내가 방심하고 있는 틈을 타 푸다닥 침대에서 내려간 금이는 창문 쪽으로 호로록 달려갔다.

너무 놀라서 덩달아 침대에서 굴러떨어진 나는 끙끙거리며 금이에게 손을 뻗었다.

"야! 너 갑자기……."

금이가 부리로 두꺼운 커튼을 쪼다가 옆으로 확 젖혔다. 도대체 저 커다란 커튼을 어떻게 부리 하나로 젖힐 수 있었던 건지는 모르겠지만 투명한 유리창 반대편에서 가을이가 멀뚱멀뚱 날 쳐다보고 있었기 때문에 금이에게 신경을 쓸 수가 없었다.

금이는 언제 떠들었냐는 듯 다시 조용히 침대로 푸드득 올라갔다.

유리창 반대쪽에서 가을이가 입을 뻐끔거리고 있었다. 좀 더 유리창 쪽으로 다가갔지만 소리는 들리지 않았다. 나는 별생각 없이 창문을 열려고 하다가 멈칫했다.

"이 시간에 웬일이야?"

내 물음에 가을이 입을 다물고 내 입술만 빤히 쳐다봤다. 눈도 하나 깜빡이지 않고 빤히 쳐다보는 그 시선에 혹시 들리지 않는 건가 싶어 다시 또박또박 말했다.

"웬일이야?"

이번엔 내 말을 알아들었는지 가을이 뭐라고 말을 했다. 하지만 암만 입술을 빤히 쳐다봐도 내가 저 말을 알아들을 수 있을 리가 없었다.

나는 손을 옆으로 들어 어깨를 으쓱였다. 모르겠다는 듯 계속 어깨를 으쓱이자 가을이 잠시 고민하는 듯싶더니 창문에 하 하고 입김을 불었다. 그리고 손가락으로 그곳에 글씨를 썼다.

글씨를 써도 못 알아볼 거라고 생각했는데 의외로 간단한 문장이었다.

— 잠 와.

……그럼 집에 가서 퍼질러 자지 여긴 왜 온 거야?

내가 말을 하질 않자 내 입술만 빤히 보던 가을이 시선을 돌려 걸쇠를 쳐다봤다. 손가락으로 걸쇠가 있는 부분을 톡톡 치면서 가을이 입술을 달싹였다. 저건 듣지 않아도 무슨 말인지 알 수 있었다. 분명 문을 열라는 소리일 게 틀림없었다.

"야, 근데 저번에 너 몰래 온 거 형한테 들켰어."

눈을 깜박이며 날 말끄러미 쳐다보는 가을을 보며 한숨을 내쉬었다. 내가 하는 말은 알아듣는 거 같아서 나는 창문 난간에 몸을 웅크리고 앉았다.

"나보고 창문 왜 깨진 거냐고 그러던데……. 아무튼 그래서 창문 고치면서 형이 이젠 말도 안 들리게 결계 같은 걸 새로 쳤나 봐. 그거 걸려서 이제 나가지도 못해. 나가면 내 부리를 찢어버린대."

또 문 열라고 창문 깨고 협박이나 할 줄 알았는데 가을은 의외로 조용했다. 가만히 날 보더니 나와 똑같은 자세로 창문 난간에 몸을 기대앉았다. 그러더니 다시 무슨 말을 하려는 듯 입술을 달싹였다.

아무래도 가을이가 준 팔찌는 사람의 음성을 번역시켜주는 것 같았다. 소리가 들리지 않으니 뭐라고 하는지 도통 알 수가 없다. 나는 가을을 보며 다시 또박또박 말했다.

"뭐라고 하는지 모르겠어. 그냥 집에 가서 빨리 자."

내 말이 끝나기도 전에 가을이 도리도리 고개를 저었다. 무슨 할 말이 있는 건가? 나는 미간에 힘을 주고 있다가 다시 말했다.

"할 말 있어?"

가을이 입을 다물고 잠시 다른 곳으로 시선을 돌리더니 다시 날 쳐다보며 고개를 끄덕였다. 그걸 보며 나는 한숨을 내쉬었다. 이제 저놈이 무슨 생각을 하고 있는지 얼굴만 봐도 알 것 같았다. 저 인간은 분명 또 별생각도 없이 여길 온 게 틀림없었다.

"할 말이 뭔데?"

일단 나는 예의상 물었다. 가을은 다시 창문에 입김을 불더니 글씨를 썼다. 내가 글을 잘 모른다는 걸 알고 어려운 문장은 쓰질 않고 단어 하나만 썼다.

— 오므라이스.

그걸 보며 나는 웃었다.

"오므라이스가 뭐? 이거 해달라고?"

가을이 고개를 끄덕이며 다시 글씨를 썼다.

- 수플레.

"너 단 거 싫어한다며?"

어렸을 땐 좋아했는데 지금은 단 걸 좋아하지 않는다고 했던 말이 떠올랐다. 내 말에 가을은 다시 고민하는 듯하더니 글씨를 썼다.

- 마음대로.

마음대로? 저게 무슨 말이지? 나는 의아한 얼굴로 창문에 쓰인 글자를 빤히 쳐다봤다. 내가 혹시 잘못 읽은 건가? 가만히 보니까 가을은 내가 읽기 쉽도록 글자를 반대 방향으로 써주고 있었다. 머리를 긁적이다가 나는 아 하고 말했다.

"내 마음대로 아무거나 만들어 달라고?"

내가 했던 말이 정답이었는지 가을이 웃으며 고개를 끄덕였다. 솔직히 뭐 만들어주는 거야 어려운 일은 아니었지만……. 나는 곤란하다는 얼굴로 말했다.

"근데 나 여기서 못 나가."

- 왜?

"형이 몰래 나가면 부리 찢어버린대. 아, 그리고 아까 나 무슨 책……. 아니, 그러니까 형이 말해줬는데……. 너 누가 자는 거 깨웠다고 작은 나라 멸망시켰다며? 무신이랑 너랑 둘이서 그 나라 멸망시켰다고 너랑 같이 놀지 말래."

내 말에 가을이 어깨를 움찔했다. 그러더니 아까 내가 했던 거랑 똑같이 어깨를 으쓱였다. 나는 전혀 모르는 일이라고 말하는 것 같았다. 자기는 억울하다는 얼굴로 자꾸만 어깨를 으쓱이는 가을을 보며 나는 허탈하게 웃었다.

처음에는 많이 무서웠는데 이젠 진짜 별로 무섭지도 않았다. 저거 봐라, 저런 등신 팔푼이가 무섭기는 개뿔⋯⋯. 무섭다기보다는 이제는 안쓰러운 마음이 더 들었다.

"너 배 안 고파?"

내 물음에 가을이 고개를 저었다. 배가 고프다는 뜻이었다. 나는 아까 가을이 집에 뭐가 있었나 생각하며 말했다.

"냉장고에 피망이랑 양파랑 당근 이런 거 있던데 그걸로 볶음밥이라도 해 먹어. 이건 별로 어려운 거 아니니까 너도 할 수 있을걸? 그냥 프라이팬에다가 밥이랑 야채 썰어서 넣고 계란 넣고 비비면 돼."

내 말에 가을이 다시 고개를 저었다.

"그냥 야채 썰어서 밥이랑 비비면서 볶기만 하면 된다니까?"

다시 도리도리 고개를 젓는 가을을 보며 나는 답답해졌다.

"그럼 가는 길에 뭐 하나 사 먹어."

내가 한숨을 내쉬며 말하자 가을이 다시 고개를 저었다. 그걸 보며 나는 다시 커다랗게 한숨을 내쉬었다.

"그냥 굶어라."

이번엔 가을이 창문에 입김을 불어 글씨를 썼다.

― 싫어.

"아, 그럼 뭐 어쩔 건데!"

나는 작은 목소리로 빽 소리쳤다. 내 소리에 놀랐는지 금이가 침대 위에서 푸다닥 거리는 소리가 들렸다. 혹시 또 시끄럽게 울까 봐 나는 침대 쪽으로 가서 금이를 안아 들었다. 금이는 얌전히 내 팔에 안겨 내 가슴에 머리를 기대고 눈을 감았다. 금이가 자는 걸 멀뚱멀뚱 보고 있는데 가을이 창문을 톡톡 두드렸다.

나는 금이를 안고 다시 창가 쪽으로 다가갔다. 창문 난간이 조금 높아 끙끙거리면서 힘겹게 올라가 앉았다. 자리를 잡고 앉아 고개를 들자 가을이 큭큭 거리고 웃는 게 보였다. 내가 이상한 얼굴로 쳐다보자 가을이 손가락으로 금이를 가리켰다.

"왜?"

내가 의아한 얼굴로 묻자 가을이 금이를 다시 한 번 가리키더니 침대 쪽으로 손가락 짓을 했다.

"어?"

자꾸만 똑같은 행동을 반복하는 가을을 보며 나는 물었다.

"금이? 침대?"

가을이 고개를 끄덕였다. 저게 도대체 무슨 말인가 곰곰이 생각하다가 나는 혹시나 싶어 물었다.

"금이를 침대에 갖다버리라고?"

내 말에 가을이 고개를 끄덕거렸다. 뭔 소리야? 침대에서 재우라는 뜻인가? 나는 죽은 듯 자고 있는 금이를 빤히 보다가 다시 고개를 들어 말했다.

"아무튼 나도 이제 잘 거니까 너도 빨리 가서 자. 그리고 다음부터는 오지 마. 너랑 있는 거 형이 보면 내 부리 찢어진단 말이야."

내 말에 가을이 의아한 얼굴을 했다. 못 알아들었나 싶어서 다시 말을 해주려다가 나는 아차 싶었다.

"아, 아니, 그러니까 부리가 아니라 입……. 형이 내 주둥아리를 찢어버린다는 말이었어. 부리가 아니라 입."

아, 진짜……. 이러다가 나도 모르게 난 병아리라고 외치는 날이 오게 될까 봐 두려워졌다. 내가 한숨을 내쉬며 말하자 가을이 미간을 좁혔다. 일그러진 얼굴로 입술을 달싹이는 가을을 멀거니 보면서 나는 눈만 깜박였다. 저 인간이 뭐라고 하는 거야?

가을은 뭐라고 말하다가 답답하다는 듯 창문에 글씨를 쓰기 시작했다. 아까와는 달리 엄청나게 긴 문장이었다. 입김으로 뿌예진 창문은 시간이 지날수록 다시 맑게 돌아오고 있었다.

가을이 썼던 글씨도 뿌연 입김이 사라지는 것처럼 조금씩 사라졌다. 저게 무슨 말인지 해석을 하기도 전에 문장이 사라져서 나는 다시 한숨을 내쉬었다.

"뭐라고 하는지 모르겠어."

가을이 한숨을 내쉬는 게 보였다. 쟤도 나 못지않게 답답한 것처럼 보였다. 가만히 날 쳐다보던 가을이 다시 글씨를 썼다.

– 너. 꼬마. 무슨 사이.

그 글자를 보며 나는 지금껏 그가 묻고 싶었던 말이 무엇이었는지 깨달았다.

가을이는 우리 형을 꼬맹이나 꼬마라고 부르니까 형이랑 나랑 무슨 사이냐고 묻는 게 분명했다. 나는 잠시 생각하다가 말했다.

"형이 내 보호자지."

— 왜?

……왜냐니? 나는 입을 꾹 다물고 그를 멀뚱멀뚱 쳐다보기만 했다. 형이 내 보호자라는 건 지구에 있을 때부터 너무 당연했던 일이라 딱히 이유 같은 건 찾지 않았다. 지구에 있을 땐 형이랑 내가 가족이었으니 굳이 나에게 왜 형이 보호자냐고 물어볼 필요도 없었겠지. 나는 머리를 긁적이며 대답했다.

"내가 저번에 말했잖아. 형이 이제 우리 아빠라고."

— 왜?

쟨 도대체 뭐 저렇게 궁금한 게 많아? 그냥 보호자라고 하면 그렇게 알아들으면 되지.

나는 꺼내고 싶지 않은 얘기를 더듬더듬 꺼냈다.

"형 없으면 난 여기서 완전 혼자란 말이야. 가족도 없고……. 그러니까 그런 거지, 뭐."

내가 자꾸 말을 더듬거리자 가을이 표정이 일그러졌다. 그러더니 다시 글을 썼다.

— 왜 여기에서 자?

대답을 재촉하듯 가을은 글씨를 다 쓴 뒤에 창문을 두어 번 두드렸다. 빨리 대답하라는 얼굴로 날 멀거니 보는 그를 보면서 나는 한숨을 내쉬었다.

이게 다 저 때문에 그런 건데 그것도 모르고 화를 내는 꼴을 보고 있자니 한숨밖에 나오지 않았다. 그래도 가을이는 형을 싫어한다기보다는 별로 관심이 없는 것 같았는데……. 사실 형이 가을을 싫어하는 만큼 가을이도 형을 싫어하는가 보다.

가을이 형이랑 이름도 똑같아서 둘이 죽이 잘 맞을 거라고 생각했는데, 아무래도 어렸을 때 형 갈비뼈 부러진 사건 때문에 친해지기는 무리인 것 같았다. 너 때문에 이렇게 된 거라고 하면 안 그래도 나쁜 사이가 더 나빠질 것 같아서 나는 태연하게 말했다.

"그냥 오늘은 여기에서 자고 싶었어."

내 말에 가을은 화면을 정지시켜 놓은 것처럼 조금도 움직이질 않았다. 눈도 깜박이지 않고 날 쳐다보던 가을이 다급하게 창문에 글을 쓰기 시작했다. 하지만 문장이 너무 길어 글은 내가 다 보기도 전에 부옇게 사라져갔다. 그걸 본 가을의 표정이 일그러지더니 그는 이내 허리춤에서 칼을 꺼내 들었다. 달빛에 반사되어 서슬 퍼런 기운까지 뿜어내는 작은 단도를 보며 나는 기겁을 했다.

"야! 너 뭐야? 갑자기 칼은 왜……."

내 말이 채 끝나기도 전에 가을이 창문에 칼을 푹 꽂았다. 깨져야 정상인데 마치 두부에 칼을 찔러 넣은 것처럼 유리창은 멀쩡하기만 했다. 툭 튀어나온 칼끝에 내가 숨을 헉 들이켜자 가을이 손을 움직였다. 유리창은 정사각형 모양으로 반듯하게 종잇장처럼 갈라졌고, 곧 앞으로 기울어졌다. 가을은 바닥으로 떨어지려는 유리를 손으로 잡더니 입을 열었다.

"그 꼬마 싫다며?"

"……."

저 새끼 불쌍해 보인다고 한 거 취소다. 저런 개또라이 새끼……. 손바닥만한 크기로 텅 비어 있는 유리창 너머로 가을이 대답을 재촉했다. 얼이 빠진 얼굴로 내가 대답하지 않자 가을이 다시 칼끝을 유리에 대며 말했다.

"안으로 들어갈까?"

"미쳤어? 안 돼!"

"너 요즘도 맞아? 아니지?"

무슨 헛소리를……. 나는 뻥 뚫린 유리창을 보며 이를 갈았다.

"너 진짜 죽을래? 왜 멀쩡한 유리창에 구멍을 뚫어? 이거 형한테 또 들키면 난 어떡하라고!"

넌 유리창을 깨든 구멍을 내든 그걸로 끝이지만 그 뒷감당은 다 내 몫이잖아!

내가 빽 소리를 지르자 가을은 그제야 제 손에 들린 유리조각으로 시선을 돌렸다.

"아, 미안."

"미안? 미안? 야, 넌 지금 이게 미안하다는 말로 끝날 문제라고 생각하냐?"

"그럼 어떡해? 내가 이거 들고 꼬맹이한테 가서 내가 그런 거라고 할까?"

"야!"

저 새끼가 진짜! 나 죽는 꼴 보려고 환장을 했나! 내가 씩씩거리자 가을의 표정이 다시 일그러졌다.

"왜 그렇게 화를 내? 너 유리창 깨졌을 때 맞았어? 이거 이렇게 됐다고 또 맞을까 봐 그래?"

"아까부터 무슨 헛소리야? 맞는 게 문제가 아니라 네가 여기에 찾아왔다는 거 자체가 문제라고. 유리창이 깨지든 박살이 나든 구멍이 나든 그게 문제가 아니라, 네가 날 몰래 만나러 온 게 문제야, 문제!"

"알아, 그러니까 문제가 뭐든 넌 또 맞을 거라는 얘기잖아."

형이 요즘 옛날처럼 날 패지는 않았지만 가끔 딱밤을 맞기는 했다. 그래서 그런지는 모르겠지만 이제는 맞는 것보다 그 악마 같은 눈으로 날 노려보는 게 훨씬 더 무서웠다. 나는 머리를 쥐어뜯다가 가을의 표정이 심상치 않다는 걸 느끼고 헛기침을 했다.

"형이 가끔 때리기는 때리는데 그래도 옛날처럼 막 패진 않아. 그리고 넌 창문 못 쓰게 만드는 거 그거 버릇이냐? 왜 자꾸 멀쩡한 창문을 못 쓰게 만들어?"

"미안해. 그럼 너 또 맞는 거야?"

가을의 무성의한 사과에 나는 더 이상 말하기를 포기했다.

"맞겠지. 겁나게 얻어터지겠지."

나는 한숨을 내쉬며 될 대로 되라는 심정으로 막 지껄였다. 갑자기 급격한 피로가 몰려와 좀 쉬고 싶었다. 창문은 내버려두고 이제 제발 집에 좀 가라고 하려던 찰나에, 가을이 검을 쥔 손을 들었다.

"그럼 이왕 맞는 거 창문은 다 깨자."

"뭐? 야! 자, 잠깐만. 안 돼, 안 된다고! 하지 마!"

"할 말 있어서 그래."

"그냥 거기서 해, 이 등신아! 깨지 마, 깼다간 넌 내 손에 죽을 줄 알아!"

점점 내 목소리가 커진다는 걸 알고 나는 최대한 숨을 죽이며 난리를 쳤다.

그러자 가을이 마음에 들지 않는다는 표정으로 들고 있던 팔을 내리며 한숨을 내쉬었다.

"너랑 꼬맹이가 무슨 사이라고?"

"내가 딸이라고, 딸! 그건 왜 자꾸 물어봐?"

"그래, 일단 관계는 딸인데……. 왜 딸이 된 거야? 되고 싶어서 그런 거야? 근데 네가 되고 싶다고 해도 교황 딸이 되는 건 쉬운 일이 아닌데……. 그럼 네가 그전부터 꼬맹이랑 알고 지냈던 사이일 가능성이 크잖아."

"어? 어……. 그, 그렇지. 음. 이걸 알고 지냈다고 해야 되는 건가……."

나는 가을을 힐끗힐끗 보며 말꼬리를 흐렸다.

어차피 내가 지구에서 왔고, 빙의까지 됐다는 건 다 아는 거라 별상관이 없었지만 형도 사실은 환생을 한 거라고 쉽게 말을 해도 되는지 모르겠다.

형은 툭하면 어디서 뭐 말하지 말라고 하고 그러니까……. 혹시 괜히 말했다간 혼날 것 같아서 나는 입을 꾹 다물었다.

"딸이 되기 전에는 무슨 사이였는데?"

"……."

"그 몸으로 들어오고 난 뒤에 바로 만난 거야?"

뭐라고 대답을 해야 할지 몰라서 머리가 빠개질 것만 같았다. 나는 머리를 쥐어뜯고 있다가 퍼뜩 고개를 들었다.

"왜 자꾸 물어봐?"

"그래야 널 데리고 나갈지 여기에 둘지 결정을 내리지."

"뭐?"

뭔 소리야, 저건 또? 나는 잔뜩 긴장한 얼굴로 숨을 삼켰다. 가을이는 아무래도 엄청난 오해를 하고 있는 것 같았다. 나는 숨을 삼키고 차근차근 말했다.

"네가 아무래도 지금 오해를 하고 있는 것 같은데……."

"오해가 맞는지 아닌지는 내가 듣고 판단해."

"……."

쟤가 왜 갑자기 성질을……. 어렸을 때부터 하도 형이 나한테 화를 많이 내서 그런 건지는 모르겠지만 나는 화를 내는 사람 앞에서는 약해졌다. 그건 일종의 버릇이었다.

나는 눈만 데룩데룩 굴리다가 조심스레 입을 열었다.

"이 몸으로 들어오고 나서 만난 건 맞는데……."

일단 환생한 형이랑 만난 건 그 후니까 거짓말은 아니었다.

"근데 우리 형이 막 소리도 지르고 나 때리고 그러는데 그게 사실 별로 아프지도 않고 다 내가 잘못해서 형이 화내고 그러는 건데…….

내가 어렸을 때부터 사고를 좀 많이 쳐서……. 형도 막 진짜 내가 싫어서 뭐라고 하는 게 아니라 그게 다 걱정해서 화내는 거 같은데…….
그, 그러니까 내가 생각하기에는 그래."

「아, 내가 오해를 했구나.」 따위의 말을 바란 건 아니었지만 적어도 표정은 풀릴 줄 알았는데 말을 하면 할수록 가을의 표정은 점점 사라지고 있었다.

"야, 그리고 솔직히 네가 입장을 바꿔놓고 생각을 해봐라. 자기 방 창문이 깨져 있는데 화 안 낼 사람이 어디에 있어? 나 같아도 화내겠다. 그리고 우리 형이 성질 더러운 건 맞는데 네가 생각하는 것처럼 또 완전 그렇게 막 개차반이고 그런 건 아니야."

나야 매일 형이 또라이라고 욕하는 게 일상이지만 그렇다고 해서 다른 사람이 형을 욕하는 게 좋은 건 아니었다. 그 새끼는 진짜 또라이라고 혼자 열변을 토하다가도 듣던 사람이 「그래, 너희 형 진짜 미친놈이네.」 하고 말하면 더 기분이 나빠졌다.

"넌 지금 엄청난 오해를 하고 있어."

"지나가는 사람 다 붙잡고 물어봐, 내가 이상한 건지 네가 이상한 건지."

"내가 뭐가 이상해?"

"교황이 결벽증 있다는 건 알아?"

안다. 그건 내가 너보다 더 옛날부터 알고 있었어. 그 지긋지긋한 결벽증은 지구에 있을 때부터 있었던 고질병이니까!

형의 결벽증은 질서와 정렬, 그리고 깨끗함과는 조금 달랐다.

정리되어 있지 않은 물건을 보면 기분이 나빠지는 것도 아니었고, 더러운 환경도 그다지 신경 쓰지 않았다. 문제는 그게 자신의 것인가, 아닌가였다. 그중에서도 형은 자신의 공간에 누군가가 침범하는 걸 굉장히 싫어했다.

유독 심했던 게 쉴 수 있는 공간인 자신의 방, 혹은 침실이라는 걸 알기에 나도 형의 방에는 허락 없인 들어가지 못했다. 평소에 나갈 때 항상 문을 잠그고 나갔으니까.

"아델라이랑 아르젠의 외교관계가 최악이라는 건 알지? 근데 교황이 즉위하고 1년 뒤에 어렵게 외교관계 회복을 위한 회담이 열렸어. 그때 회담에 참석한 건 동쪽 황제의 하나뿐인 딸이었는데 그 딸이 요구한 게 하나 있었거든."

가을은 그때의 일이 잘 생각나지 않는다는 듯 잔뜩 미간을 좁히고 말했다. 곰곰이 생각하던 가을이 곧 생각났다는 듯 내게 시선을 돌리며 말을 이었다.

"잠은 교황의 방에서 자겠다는 거였어. 물론 아르젠에서도 아델라이에서도 난리가 났었는데 의외로 교황이 쉽게 허락을 한 거야. 지금은 아니지만 그땐 교황의 방이 거의 성 하나에 필적할 정도로 거대했으니까. 아무튼 그래서 회담이 열리는 이틀 동안 황녀는 교황의 방에서 지냈고, 회담도 생각보다는 잘 진행이 됐어. 근데 그다음 날, 황녀 앞으로 선물이 도착했어. 그 선물이 뭐였는지 알아?"

형이 자기 방에 딴 사람을 재웠다고? 믿을 수가 없는 말이었다. 내가 얼이 빠진 얼굴로 고개를 흔들자 가을이 표정을 일그러뜨리며 말했다.

"아르젠에서 지낼 동안 방에 있었던 모든 가구. 그걸 아델라이로 선물 보낸 교황은 황녀가 아델라이로 돌아가자마자 그 성을 허물고 새로운 건물을 지었지. 그 뒤로 교황의 방도 바뀐 거고. 물론 아르젠과 아델라이의 외교관계는 회담이 열리기 전보다 더 최악이 됐고. 이거 엄청 유명한 얘기야."

그 인간이 그럼 그렇지……. 괜히 황녀가 불쌍해진 나는 한숨을 내쉬며 고개를 끄덕였다. 그런 나를 말끄러미 보던 가을이 여전히 기분 나쁘다는 얼굴로 내게 말했다.

"내가 무슨 말을 하고 싶은 건지 모르겠어?"

그 기분 나쁘다는 얼굴을 보며 그제야 그가 어떤 말을 하고 싶었던 건지 알 수 있었다. 나는 떨떠름한 얼굴로 입을 열었다.

"근데 형이 자기 방에 날 왜 재우냐고?"

그건 다 너 때문에 그런 거야, 이 똘추야…….

나도 형 방에서 자는 건 이곳에 와서가 처음이었다. 다른 방에서 재우면 가을이 또 찾아올까 봐 일부러 자기 방에 날 두는 게 틀림없었다. 가을이가 나한텐 그러지 않지만 어쨌든 사람을 대량학살한 살인마였으니까, 나는 형의 기분도 이해할 수는 있었다.

"너도 좀 착한 일도 하고 그래 봐. 그럼 형이 좀 덜 그럴 수도 있잖아."

"뭐?"

"네가 막 밖에서 사람 죽이고 그러니까 형이 이러는 거잖아. 네가 나한텐 안 그런다고 그러기는 했지만, 형은 그걸 모르고. 그리고 안다고 해도 형이 널 어떻게 믿나?"

내가 투덜거리면서 말하자 가을의 얼굴에서 표정이 완전히 사라졌다.

내가 뭐 틀린 말 했나? 나는 잘못한 거 하나도 없다는 얼굴로 가을을 노려봤다. 그러자 그가 입을 열었다.

"내가 그 꼬마한테 왜 믿음을 줘야 돼?"

"뭐?"

"내가 왜? 너만 믿으면 되는 건데 내가 왜 그래야 돼?"

"……."

듣고 보니까 또 그랬다. 가을은 날 만나러 오는 건데 굳이 형한테까지 그럴 필요는……. 그의 말에 설득당해 혼란스러운 얼굴로 눈만 껌벅거리고 있는데 가을이 말을 이었다.

"내가 널 만나는데 왜 그 꼬마한테 허락을 받아야 돼?"

"그건……. 형이 내 보호자잖아."

"보호자한테 허락을 받아야 만날 수 있어?"

그, 그건……. 굳이 그럴 필요는 없지……. 내가 누굴 만나든 솔직히 형도 별로 상관한 적은 없었는데……. 이번이 유독 심하기는 했다.

"형은 네가 나한테 해코지라도 할까 봐 그런 거 아닐까?"

"내가 너한테 해코지한다고 해도 그걸 왜 걔가 신경 써?"

"넌 어떤 놈팽이 새끼가 네 딸한테 해코지하려고 하면 신경 안 쓰이겠냐?"

내가 어이없다는 듯 묻자 가을이 다시 인상을 썼다.

"내가 왜 놈팽이야?"

"아니, 네가 놈팽이라는 게 아니라 그냥 말이 그렇다는 거지. 그리고 네가 생각하는 것처럼 나 형한테 막 맞고 살고 그러는 거 아니야. 그게 다 사……. 사, 사랑의 매라고 생각해, 나는."

그 무자비한 폭력을 사랑의 매라고 말할 날이 올 줄은 꿈에도 몰랐다. 나는 팔뚝에 소름이 돋았지만 애써 웃으며 좋게 말했다.

"네가 잘못하면 너희 부모님이 널 때리는 거랑 비슷한 거야."

"사랑의 매면 맞아도 좋다는 거야?"

"아니, 그러니까……. 아, 진짜 왜 이렇게 말이 안 통해! 야! 우리 형이 날 때리는 건 네가 생각하는 것처럼 그런 게 아니라니까! 그리고 내가 무슨 변태도 아니고, 맞는 게 좋겠냐! 그냥 내가 다 잘못해서 쳐맞는 거라고!"

답답하다는 얼굴로 내가 빽 소리쳤지만 가을은 여전히 찡그린 얼굴이었다. 나는 다시 차근차근 말했다.

"그러니까 형이 나가지 말라고 했는데 내가 나갔어. 그럼 그건 내가 잘못한 거잖아. 맞지? 그럴 때마다 맞는 거야. 내가 잘못한 거니까. 아니……. 그러니까 우리 형이 날 막 여기에 가둬두고 그러는 건 아닌데 그런 거 있잖아, 왜……. 그러니까 만약 밖에 날씨가 막 천둥 번개가 치고 태풍이 불고 그래서 감기 걸릴까 봐 나가지 말라고 했는데 내가 옛날에 너무 비 맞으면서 놀고 싶어서 나가서 놀다가 병원에 입원한 적이 있었거든. 그때 감기 걸린 거 다 낫고 형한테 혼났어. 지금은 별로 안 그런데 그 뒤로 난 비가 오는 것도, 천둥소리도 엄청 무서워했어. 아무튼 그런 거야. 무슨 말인지 알겠지?"

"몰라."

"어, 그러니까……. 형이 나한테 공부를 하라고 했어. 근데 형이 나한테 공부하라고 하는 건 자기가 무슨 부귀영화를 누리려고 그런 게 아니라 다 나 잘되라고 그러는 거잖아. 근데 난 또 공부하기가 싫으니까 매번 시험 칠 때마다 개죽을 쒔다고. 그래서 성적표 나오는 날 그거 걸리면 혼날까 봐 내가 집엘 안 들어갔어. 들어가기는 들어갔는데 열두 시 넘어서 들어갔단 말이야. 내가 집에 갈 때까지 연락도 안 되고 그래서 형이 그날 잠도 못 잤어. 그럴 때 내가 맞는 거야. 잘못을 했으니까. 무슨 말인지 알겠어?"

"몰라."

내가 말을 할 때마다 가을은 앵무새처럼 모르겠다는 말만 반복했다. 삐친 사람처럼 불퉁한 표정으로 말하는 가을을 보며 나는 한숨을 내쉬었다. 내가 더 말을 해봤자 가을은 모르겠다고 말할 게 분명했다.

"아무튼 네가 생각하는 것처럼 그런 거 아니니까 그렇게 생각하지 마. 우리 형이 무슨 진짜 또라이냐? 사람 때리면서 좋아하고 그런 사람 아니야."

"그래서?"

"어? 그래서……. 그러니까 너도 그렇게 생각하지 말라는 거지. 그렇게 생각하지 마. 우리 형 진짜 그런 사람 아니란 말이야. 저번에 아이리스 보러 갈 때도 내가 자꾸 심심하다고 하니까 말도 태워주고 그랬어."

입이 댓 발은 나와 있던 가을이 내 말에 다시 팍 인상을 구겼다.

"말을 태워줘? 교황이 말이랑 마차 타는 거 싫어하는 거 모르는 사람이 없는데 심심하다고 하니까 말을 태워줬다고?"

"그래, 인마! 거봐, 싫어하는데 심심하다고 하니까 말도 태워줬잖아! 만약 우리 형이 진짜 또라이고 미친놈이고 그랬으면 나한테 말을 태워줬겠냐? 아니, 근데 도대체 내가 왜 이런 말을 너한테……."

아무리 싸운다고 해도 가족을 진심으로 싫어하는 사람은 없었다. 이건 나만 그런 게 아니라 모든 사람이 다 그렇다. 친구한테 우리 형 짜증 난다고 욕해도 그 친구가 형을 욕하면 기분 나빠지는 건 나만 그런 게 아니라 모든 동생들이 다 그런 거라고.

근데 도대체 왜 쟤는 그걸 이해 못하는 거지? 너도 동생 있다며! 누가 네 동생 욕하면 넌 기분 좋겠냐?

속으로 씩씩대고 있는데 가을이 정말 화가 난 표정으로 미간을 좁혔다.

"우리 형, 우리 형."

"뭐?"

"넌 우리 형이라는 단어를 안 넣으면 말을 못해? 왜 자꾸 말끝마다 우리 형이래?"

나는 어이가 없다는 얼굴로 그를 쳐다봤다.

혹시 쟤가 지금 나한테 시비를 거는 건가? 나랑 싸우자는 건가? 갑자기 화딱지가 나서 숨을 몰아쉬고 있는데 가을이 다시 말했다.

"넌 그 꼬맹이가 나랑 만나지 말라고 하면 안 만날 거야?"

"무슨 헛소리야, 진짜! 만나지 말라고 하고 있는데 지금 만나고 있 잖아, 계속! 그것도 몰래! 내가 목숨을 걸고 너랑 만나고 있는 거라 고! 우리 형이 너 만나면 찔러 죽이라는데 내가 너한테 언제 칼 한 번 들이댄 적 있어? 오늘은 밥까지 해 먹였는데 왜 자꾸 시비를 걸어!"

내가 빽 소리치자 가을의 눈이 가늘어졌다.

"그럼 앞으로도 계속 만난다는 거지? 만나지 말라고 해도, 몰래?"

"그래! 만난다고! 만날 거야!"

"내가 더 좋아, 교황이 더 좋아?"

"네가 더 좋다고! 네가 좋아!"

이 미친 대화를 빨리 끝내고 싶어서 별생각도 없이 소리치던 나는 순간 아차 싶었다. 뭔가 말려들고 있다는 기분이 들었기 때문이다.

내가 왜 이렇게 필사적으로 소리를 지르고 있지? 이건 마치 내가 제발 만나 달라고 애원하고 있는 것 같았다. 내가 주춤주춤 하고 있 는데 가을이 별안간 눈꼬리를 접으며 예쁘게 웃었다.

"그렇다는데?"

그의 시선은 내 뒤를 향하고 있었다. 순간 온몸에 소름이 끼쳐 슬 쩍 뒤를 돌자, 그곳에는 야차 같은 얼굴로 우리를 쳐다보고 있는 형 이 있었다.

"……."

내가 사색이 된 얼굴로 굳자 가을은 묻지도 않은 말을 했다.

"아까 놈팽이라고 할 때부터 있었어."

"……."

노, 노, 놈팽이면……. 헐, 이런 씨발! 젠장! 사랑의 매나 내가 다 잘못해서 처맞는다는 말까지 다 들었잖아! 으아아아악! 내가 혼자 머리를 쥐어뜯고 있을 때, 가을이 손을 뻗어 내 손목을 잡았다. 그러더니 헝클어진 머리를 정리해주며 말했다.

"유리창 내가 깬 거니까 뭐라고 하지 마. 그리고 한 번만 더 때리면 교황청 결계 다 뒤집어엎고, 울이 데리고 도망칠 거야."

내 머리를 다 정리한 가을이 다시 입을 열었다.

"내일 올게. 잘 자."

손까지 흔들며 그는 사라졌다. 그가 사라진 유리창 너머를 하염없이 바라보며 나는 속으로 비명을 질렀다. 잘 자라고? 너 같으면 지금 이 상황에서 잘 자겠냐? 무서워서 뒤를 돌아볼 수가 없었다. 나는 뒤도 돌아보지 못하고 벌렁거리는 심장을 진정시키려 애를 썼다.

이쯤이면 무슨 말이라도 들려야 할 텐데, 아무런 소리도 들리지 않았다. 결국 먼저 쭈뼛쭈뼛 뒤를 돌아본 나는 숨을 들이켰다.

형은 팔짱을 낀 채로 날 쳐다보고 있었다.

화가 난 것 같기도 하고 복잡하다는 얼굴로 날 쳐다보던 형이 나와 시선이 마주치자 손가락을 까닥였다. 재빨리 형 앞으로 간 나는 숨을 삼켰다.

일단 이 상황을 모면하기 위해 형이 무슨 말을 하든 비위를 맞춰줘야겠다고 결심하던 찰나에, 형의 청천벽력과도 같은 목소리가 귓가를 파고들었다.

"둘이 연애하냐?"

"야, 이 씨발 새끼야!"

비위고 나발이고 저 빌어먹을 주둥아리를 쥐어뜯기 위해 나는 필사적으로 형에게 달려들었다.

나는 벌겋게 부어오른 이마를 부여잡고 씩씩거렸다. 연애라는 말을 듣는 순간 정신이 나가서 형한테 달려들었다가 이마에 딱밤을 연달아 세 대나 맞았기 때문이었다.

"환장하겠어. 진짜 미치겠다고! 저 새끼랑 말만 하면 정신이 하나도 없어져! 내가 뭔 말을 지껄이고 있는지도 모르겠다고! 저 새끼뭐야, 나한테 왜 저러냐고!"

"안 닥쳐? 다들 잘 시간이니까 소리 지르지 마."

"내가 지금 닥치게 생겼냐? 난 지금 미치겠다고! 나 어떡해? 나진짜 어쩌지?"

제발 도와달라는 얼굴로 형을 물끄러미 보면서 나는 불쌍한 표정을 지었다. 울고 싶은 마음에 진짜 눈물까지 그렁그렁 차올랐다. 내혼란스러운 얼굴을 멀거니 보던 형이 툭 내뱉었다.

"네 연애사에 날 끌어들이지 마."

"넌 진짜 형도 아니야, 이 악마 같은 새끼……."

"네가 좋아하는 사랑의 매라도 맞을래? 얻어터지다 보면 방법이 생각날 수도 있겠지."

그 말에 순식간에 얼굴로 열이 몰렸다. 정말 오늘따라 되는 일이 하나도 없었다.

"사랑의 매는 개뿔! 야, 그건 이빨이었어! 이빨 깐 거라고! 설마 그게 진심이었겠냐, 병신아!"

"네가 다 잘못해서 처맞았다는 걸 알고는 있어서 다행이다."

"야! 아니야! 아니라고! 진짜 이빨 깐 거란 말이야! 으아악!"

내가 비명을 지르자 형이 내 머리통을 후려갈기며 닥치라고 했다.

그때 노크 소리가 들려왔다. 안이 소란스러워서 앞을 지키고 있던 기사 하나가 노크를 한 것이었다. 형이 입을 열려던 찰나에 나는 신음처럼 중얼거렸다.

"나 배고파……."

흑흑 거리면서 배고프다고 칭얼거리자 형이 혀를 차며 간단하게 먹을 걸 내오라고 했다. 얼마 지나지 않아 모락모락 김이 나는 빵과 과일 따위가 탁자에 차려졌다. 나는 시녀들이 나가자마자 허겁지겁 먹으며 말했다.

"내가 이럴 줄 알았어."

"뭐가?"

"걘 날 좋아하는 게 틀림없어. 저번에는 자기 동생 생각나서 그런 다고 하더니, 그건 다 개구라였다고. 역시 내 감은 정확했어."

나는 양손에 빵을 들고 비장한 표정으로 입을 열었다.

"이렇게 된 거 이판사판이다. 내일 만나서 너 나 좋아하냐고 물어보고 진짜 좋아하는 거라고 하면……."

"거시기를 발로 차버려."

"그래! 거시기를……. 아, 아니. 그건 좀 너무 심한 거 같은데……."

몇 달 전까지만 해도 남자였던 나는 거시기를 발로 차였을 때 얼마나 끔찍한 고통이 온몸을 뒤덮는지 알고 있었다. 그건 암만 생각해도 너무 가혹했다.

"사람이 사람 좋아하는 게 무슨 죄도 아니고……. 그냥 딱 잘라 거절하는 거야. 그, 근데 걔가 그래도 계속 나 쫓아다니면 어떡해? 경찰에 신고해? 여기 경찰 있어?"

"그땐 내가 알아서 해줄 테니까 일단 이 상황부터 해결해."

"어, 어떻게 알아서 할 건데? 걘 좀 또라이라서 정상적인 방법으로는 무리일 것 같은데……."

자꾸만 불안해져서 내가 우물쭈물 말하자 형이 잠시 생각하는 것 같더니 태연하게 말했다.

"하긴, 뭐 어쩔 수 있는 것도 아니긴 하다. 초월자를 죽일 수도 없고."

"뭐? 그, 그럼 난 어떡해?"

"나야 모르지."

"……진짜 자기 일 아니라고 막 말하네."

저게 진짜 우리 형 맞나. 나 어디서 주워 온 자식 아니야? 내가 지금 스토커한테 쫓겨 다닐지도 모르는데 뭐 저렇게 태연해?

사과를 으적으적 씹으며 울상을 짓고 있는데 형이 낯을 찌푸렸다.

"밤에 뭘 그렇게 처먹어?"

"오늘 칼로리 소모가 너무 심했어. 야, 근데 넌 저번에는 만나지 말라고 그렇게 난리를 치더니 이번에는 왜 안 혼내?"

내 말에 형이 다시 태연하게 말했다.

"보니까 너도 싫어하는 건 아닌 거 같아서."

"……."

나는 들고 있던 사과를 툭 하고 떨어뜨렸다. 바닥에 떨어진 사과가 구석으로 데굴데굴 굴러갈 때도 나는 한마디도 할 수가 없었다.

"아무튼 쓸데없는 걱정은 그만하고 가서 잠이나 자."

"……형, 만약 내가 납치당하면 나 구해줄 거야?"

"너 하는 거 봐서."

형은 의자에서 몸을 일으켜 책상 앞으로 갔다. 아직도 할 일이 산더미처럼 많은 듯 안경을 쓰는 형을 가만히 보다가 나 역시 의자에서 일어났다. 양손에 과일을 한가득 들고 형에게 다가가 물었다.

"일이 매일 이렇게 많아?"

"그래, 그러니까 신경 쓰이게 하지 말고 빨리 꺼져."

나는 잔뜩 일그러진 형의 표정을 보며 툴툴거리다가 다시 식탁으로 갔다. 과일 바구니에 남은 빵을 죄다 쓸어 담고 내 방으로 가려는데 뒤에서 형이 날 불렀다.

"병아리."

"어엉?"

입에 빵을 넣고 고개를 돌리자 형은 날 쳐다보지도 않고 서류에 시선을 고정시킨 채 말했다.

"둘이 만나는 건 그냥 넘어가 주기는 하겠는데, 혹시 만지려고 하거나 그럴 때도 말 안 하고 가만히 있으면 넌 부리 찢어질 줄 알아."

"……."

저게 뭔 소리지. 만져? 어딜? 누가 누굴?

눈만 껌벅거리고 있는데 형이 한심하다는 얼굴로 날 쳐다봤다.

"억지로 만지려고 한다든가, 무슨 일을 당할 것 같으면 앞뒤 보지 말고 그냥 찔러버려. 뒷감당은 내가 할 테니까. 그리고 둘이서 밀폐된 공간에는 가지 말고 무조건 사람 많은 데서만 만나. 나가기 전에는 나한테 말하고 나가고, 해 지기 전까지는 무조건 들어와."

"……."

그 말에 나는 확신했다. 쟨 이제 진짜로 날 여동생이라고 생각하고 있는 거다. 나도 아직 적응 못했는데 저 새끼는 뭔 적응이 나보다 더 빨라? 난 만약 형이 여자로 변하면 적응하는 데 10년은 걸릴 것 같구만.

단호한 형의 충고에 나는 너무 고맙고 황송해서 눈물이 날 지경이었다.

다음 날 아침 일찍 일어나 금이를 씻기고 같이 아침밥도 먹었다. 더 자고 싶었지만 오늘은 아주 중요한 날이었다.

나는 비장한 얼굴로 가을이가 준 칼을 허리에 차고 교황청을 나섰다. 오늘은 기필코 해결을 짓고야 말 테다.

"……."

호기롭게 나온 것까진 좋았다. 근데 어디로 가야 되는 거지? 가을이 공방으로 가자니 그것도 내키질 않았다. 형이 걔랑 둘이서 밀폐된 공간에서는 만나지 말라고 했는데……. 어차피 팔찌만 있으면 걔 내가 어디에 있는지 아니까 오늘 중으로 찾아오긴 할 것 같은데…….

나가기 전에 형한테 받은 돈으로 놀고 있어야겠다. 놀다 보면 가을이가 나타나지 않을까? 지금까지 내가 밖으로 나왔을 때 가을이가 내게 찾아오지 않았던 적은 한 번도 없었으니까.

그렇게 생각하며 근처 카페를 찾다가 멈칫했다. 그러고 보니까 이것도 진짜 이상했다. 만나자는 약속도 안 했는데 걔 매번 날 찾아왔다. 너무나도 당연하게 내게 먹을 걸 사주고 같이 길을 걷고 필요한 걸 줬다. 왜 좀 더 진작 눈치채지 못했는지 내가 한심하기만 했다.

나는 혀를 차며 주변을 살폈다. 몇 번 나왔다고 이제 좀 눈에 익었다.

아직 이른 아침이라 그런지 사람도 별로 없었고, 문 닫은 가게도 많았다. 너무 빨리 나왔나 하고 있는데 길을 가던 할머니가 갑자기 내 앞에서 고꾸라졌다. 나는 놀라서 손을 뻗었다.

"괜찮으세요?"

"아이고, 허리야……."

할머니는 울상을 지으며 벌벌 몸을 떨었다. 할머니를 일으켜 세우고 떨어진 짐 보따리를 주워서 건네주려고 하는데 할머니가 숨을 몰아쉬었다.

"아이고, 늙으면 죽어야지……."

"괜찮으세요? 여기 떨어뜨리신 거……."

"고맙수다. 아이고, 아이고, 허리야……."

할머니는 짐을 받을 생각도 하지 않고 자꾸 손으로 허리만 두드렸다. 계속 가만히 있기도 뭐하고 어차피 할 것도 없었기에 나는 조심스레 물었다.

"어디 가세요?"

"저기, 저기……. 저기 저 앞에……. 이제 다 왔는데 자꾸 허리가 아프네, 그려……."

"제가 모셔다 드릴게요."

나는 오랜만에 착한 일을 한다는 생각에 괜히 뿌듯해서 한 손으로는 보따리를 들고 한 손으로는 할머니의 손을 붙잡았다. 그리고 길을 걷기 시작했다.

"여기로 가야 되는데……."

"네. 근데 집에 가는 길이세요?"

"손주가 보고 싶어서……. 아들놈이 바빠서 그런가, 통 집에 오질 않아서 새벽부터 내가 부리나케 달려왔지."

"아……. 손주가 몇 살이에요?"

시가지를 지나, 인적이 드문 골목길 같은 곳에 들어서자 할머니가 누런 이를 드러내며 웃었다.

"손주가……. 그래, 올해 마흔 정도 되었지."

"……네?"

손주가 마흔? 내가 혹시 잘못 들었나 싶어 다시 되묻는데, 구석에서 슬금슬금 사람들이 나오기 시작했다. 내가 멈칫하자 할머니가 내 손을 꼭 붙들며 말했다.

"이제 거의 다 왔어. 고맙수다, 정말 고맙수다."

"네? 아……. 아, 네. 네……."

험악한 인상을 한 사람들이 점점 내 주변으로 몰리기 시작했다. 나는 잔뜩 긴장한 얼굴로 할머니의 손을 꼭 붙잡았다. 그렇게 몇 발자국 더 내딛다가 나는 걸음을 멈췄다. 움직일 수가 없었다. 할머니와 함께 포위됐기 때문이다.

"다 왔네, 그려."

"……."

"고맙수, 처자. 이제 다 왔어."

허리를 구부정하게 굽히고 있던 할머니가 내게 연신 고맙다고 하며 구부리고 있던 허리를 쫙 폈다. 꼿꼿하게 허리를 펴자 할머니의 키가 나랑 거의 비슷해졌다. 할머니가 껄껄껄 웃으며 내 손을 붙잡고 앞뒤로 흔들기 시작했다.

"정말 고마워. 이걸로 이번 달 밥값도 걱정은 없겠네, 그려."

……이게 도대체 무슨 상황일까. 나는 불안한 얼굴로 힐끗 양옆을 살폈다. 덩치 큰 남자들이 징그럽게 웃으며 나만 쳐다보고 있었다.

내가 황급히 할머니의 손을 뿌리치고 왔던 길로 뛰어가려고 하자 한 남자가 내 팔뚝을 거칠게 붙잡았다.

"이거 놔!"

"야가 우리 손주여."

할머니는 끌끌 웃으며 웬 남자에게 돈을 받고 있었다. 동전 몇 개를 받은 할머니는 내게 손을 흔들며 왔던 길로 유유히 걸어나갔다. 혼자 남은 나는 절망적인 얼굴로 다시 주변을 살폈다.

"오늘은 운이 좋구면."

"빨리빨리 움직여라, 좀 있으면 사람 다닌다."

"자, 잠깐……. 누구세요? 이, 이것 좀 놓고……."

붙잡힌 팔뚝을 빼내려고 안간힘을 써봤지만 꼼짝도 하질 않았다. 내가 자꾸 끙끙거리자 날 붙잡고 있던 남자 하나가 솥뚜껑만한 손으로 내 머리통을 후려갈겼다.

빠악! 커다란 소리와 함께 내 얼굴이 옆으로 휙 돌아갔다.

"가만히 좀 있어라."

"때리지 마, 이 새끼야. 그러다가 상처라도 나면 반값밖에 못 받아."

"이년이 자꾸 꿈지럭거리잖아."

느닷없이 머리통을 맞은 나는 얼이 빠진 얼굴로 눈만 껌벅거렸다. 지금 무슨 일이 일어난 거지? 내가 맞은 건가?

슬그머니 고개를 들자 험악한 얼굴을 하고 있던 남자가 다시 날 때리려는 시늉을 했다. 휙 올라간 손에 움찔 어깨를 떨자 남자가 커다랗게 웃었다.

"맞기 싫으면 얌전히 있어라. 비명 지르거나 울면 이빨을 죄다 뽑아버릴 줄 알아."

"……."

또 맞을까 봐 나는 입을 꾹 다물었다. 무섭기도 했지만 억울한 마음이 더 컸다. 오랜만에 착한 일 좀 하려다가 이게 무슨 봉변이란 말인가.

저 사람들은 누구지? 인신매매단인가? 아니면 장기 빼서 파는 사람들인가? 다리 자르고 나한테 껌팔이 같은 거 시키려고 그러나? 아니다, 새우잡이 배에 팔려갈지도 몰라.

순식간에 머릿속을 그득하게 채우는 불길한 생각에 덜컥 눈물이 날 것 같았다. 내 팔뚝을 붙잡고 있던 남자가 날 이끌었다. 그들 손에 질질 끌려가면서 나는 제대로 정신을 차릴 수가 없었다. 비명을 지르자니 맞을 것 같고, 주변에 사람도 없고……

진짜 어떡하지? 어떡하지?

그렁그렁하게 고여 있던 눈물이 뚝 하고 떨어지던 그때, 내 옆에서 걷고 있던 남자가 쑥 얼굴을 들이밀었다.

"이게 뭐야? 칼이네? 이년이 이거 겁대가리도 없이 계집애가 칼이나 들고 다니고 말이야, 어?"

킬킬 웃으며 남자는 내 허리춤에 매여 있던 칼에 손을 뻗었다. 꾹참고 있던 울음소리가 잇새로 터져 나오려는데 갑자기 커다란 굉음이 터졌다. 반사적으로 팔을 들어 얼굴을 가리고 눈을 꾹 감았다.

잠시 눈을 감았다가 번뜩 뜨자 날 포위하고 있던 남자들이 죄다신음을 흘리며 구석에 찌그러진 깡통처럼 처박혀 있는 게 보였다.

"윽······. 저 개년이······."

신음을 내며 남자들은 흉흉한 얼굴을 하고 도끼눈을 떴다. 금방이라도 내게 달려들 것 같은데 도망칠 수가 없었다. 다리가 굳은 것처럼 움직이지도 못하고 입만 어버버 거리고 있는데 남자 하나가 내게 달려들었다. 커다란 손으로 주먹을 쥐고 날 때리려는 것처럼 달려드는 남자를 보며 눈을 꾹 감는데 다시 굉음이 터졌다.

눈을 뜨자 내게 주먹질을 하려고 했던 남자가 피떡이 되어서 기절해 있었다. 아니, 흘린 피의 양을 보면 죽은 것 같기도 했다. 나는 얼이 빠진 얼굴로 혹시나 싶어 가을이 준 칼을 쳐다봤다.

"씨팔, 저년 마법사잖아!"

칼에서는 희미하게 빛이 나고 있었다. 나는 벌벌 손을 떨며 칼을 쥐었다. 칼을 쥐어 뽑자, 남자들이 우왕좌왕하며 다시 날 포위했다. 완전히 뽑힌 칼에서는 아까보다 더 밝은 빛이 터지고 있었다.

나는 숨을 삼키며 칼을 앞으로 내밀고 말했다.

"오, 오지 마! 저리 가!"

"저년 잡아!"

"으아아악!"

거대한 장정들이 흉흉한 얼굴로 내게 달려들었다. 그 거대한 체구에 압도당해 나는 뒤로 철퍼덕 주저앉아 비명만 질렀다. 도망을 가야 되는데, 그럴 정신이 없었다. 눈물은 쉴 새 없이 볼을 따라 흘렀고, 겁에 잔뜩 질린 나는 양손으로 머리를 감쌌다.

그리고 그때, 다시 한 번 굉음이 터졌다. 슬쩍 고개를 들자 바닥에 떨어진 칼이 이글이글 타오르는 화염에 휩싸여 있는 게 보였다. 내게 달려들던 장정 둘은 새까맣게 탄 채로 구석에 처박혀 있었다.

"뭐, 뭐야!"

"아침부터 재수 오질나게 없네! 저년 잡으라고! 뭐해, 이 새끼들아!"

"마법사잖아, 씨팔! 저걸 어떻게 잡아!"

나는 당장에라도 날 찔러 죽일 것처럼 소리치는 사람들이 무서워서 계속 눈물을 펑펑 흘렸다. 그런데 이번에는 아무도 달려들지도 않았는데 칼에서 빛이 터졌다. 곧 콰가강 하고 하늘에서 벼락이 떨어졌다.

"으아아악!"

나는 그 거대한 소리에 바짝 쫄아서 비명을 질렀다. 빛이 사그라지자 아까 빽빽 소리치고 있던 남자들이 새까맣게 타서 쓰러져 있었다. 난 그 모습에 더 놀라서 엉금엉금 칼이 있는 쪽으로 기어갔다.

"오, 오지 마세요! 이쪽으로 오지 말고 그냥 도망가라고!"

내가 빽 소리치자 남자들이 주춤거렸다.

"애, 얘가 왜 이래! 너 왜 이래!"

나는 칼을 붙들고 너 왜 이러느냐는 말만 하며 울었다. 불에 탄 사람도 그렇고 벼락에 맞은 사람도 그렇고 다 죽은 것 같았다. 마치 내가 사람을 죽인 것 같은 기분이 들어서 도저히 눈물이 멈추질 않았다. 나는 벌벌 떨리는 손으로 돌멩이를 주워 칼을 내리쳤다.

"이 칼 새끼가 왜 이렇게 사람을 죽이고 지랄이야! 야! 하지 마! 하지 말라고!"

으어어엉! 커다랗게 울면서 내가 돌멩이로 자꾸 칼을 내려치자 남자들이 슬금슬금 내게서 멀어지기 시작했다. 다 도망가는데 그중 한 남자가 다시 내게 달려들었다. 칼이 또 그 사람을 죽일 것 같아서 나는 온몸으로 칼을 끌어안았다.

"안 돼!"

눈을 꾹 감으며 비명을 질렀는데 아무런 소리도 들려오지 않았다.

슬쩍 눈을 뜨자 칼에서는 여전히 희미하게 빛이 나고 있었다. 하지만 아까처럼 굉음이 나지도 않았고, 하늘에서 벼락이 떨어지지도 않았다.

훌쩍거리면서 주위를 살피자 내게 달려들던 사람들이 얼빠진 얼굴로 한 곳을 응시하고 있었다. 덩달아 그 시선을 따라 고개를 움직이자 그곳에는 천하절색의 미인이 날 쳐다보고 있었다.

"무신이다!"

나는 반사적으로 소리쳤다. 내 외침에 얼이 빠져 있던 유괴범들이 사색이 된 얼굴로 뒷걸음질치기 시작했다.

아까 이 미친 칼에서 불덩이가 나가고 벼락이 쳤을 때도 이렇게까진 놀라지 않았는데, 무신이 나타났다고 하니까 괴물이라도 본 것처럼 행동했다.

사색이 된 얼굴로 서로 눈치만 보던 유괴범들이 곧 들고 있던 칼을 내팽개치고 비명을 지르며 도망을 쳤다. 점점 멀어지는 그들의 뒷모습을 가만히 보다가 나는 다시 무신에게 시선을 돌렸다.

"너 강가을 친구지?"

"저, 저기요……."

친한 건 아니었지만 그래도 아는 얼굴이 보이자 잔뜩 굳어 있던 몸에서 힘이 쫙 풀렸다. 내가 눈물을 펑펑 쏟으며 울먹이자 무신이 인상을 찌푸렸다.

"여기서 뭘 하는 거지?"

"납치……."

웅얼거리며 질질 짜는 소리에 무신이 날 한심하게 쳐다봤다. 몸을 일으키려고 했지만 다리가 후들후들 떨려서 일어날 수가 없었다. 혼자 끙끙거리는데 무신이 등을 돌렸다. 날 여기에 버려두고 가려는 것처럼 보여 나는 급하게 소리쳤다.

"저기요!"

내 부름에 무신이 다시 날 돌아봤다. 나는 최대한 불쌍한 표정을 하고 입을 열었다.

"전화번호 좀……."

"뭐?"

"아니, 이, 이게 아니라……. 저 좀 도와주세요!"

이 상황에서도 전화번호라는 말이 나오는 걸 보면 인간의 본능이란 게 참 대단하다 싶었다. 무신은 가만히 날 보고만 있다가 짧게 말했다.

"내가 왜?"

"아, 아까는 도와주셨잖아요."

아직도 다리에 힘이 들어가질 않아서 일어설 수가 없었다. 무신이 가 버리면 나는 이곳에 혼자 남게 된다. 하지만 무신은 냉정하게 말했다.

"내가 언제? 그냥 지나가던 길이었을 뿐이다."

다시 등을 돌리려는 무신을 보며 나는 소리쳤다.

"저기요! 그럼 광장까지만 데려다 주시면 안 돼요?"

내 간절한 부탁에 무신은 귀찮다는 얼굴로 혀를 찼다. 더 불쌍해 보이려고 낑낑거리면서 일어서려고 하는데 무신이 내게 다가왔다. 날 일으켜주려는 것처럼 손을 뻗는 무신을 보자 심장이 미친 것처럼 뛰기 시작했다.

그의 손이 다가올수록 숨이 막혀서 잔뜩 굳어 있는데 무신이 바닥에 내팽개쳐진 칼을 주워 내게 건넸다. 가을이 내게 줬던 칼이었다. 제멋대로 사람을 죽이는 칼이라 버리려고 했지만 무신이 주는 거라 받지 않을 수가 없었다.

두 손으로 공손히 칼을 받는 순간 갑자기 세상이 뒤집혔다. 나는 무신의 어깨에 거꾸로 매달려 고개만 갸웃하다가 퍼뜩 정신이 들어 소리쳤다.

"저기요! 자, 잠깐……."

짐짝처럼 들려서 발버둥을 쳤지만 무신은 꼼짝도 하질 않았다. 어깨에 배가 짓눌려 끙끙거리면서 최대한 편한 자세를 찾으려고 몸을 뒤틀고 있는데 갑자기 무신이 걸음을 멈췄다.

무슨 일인가 싶어 앞을 보려고 해도 몸을 가눌 수가 없었다. 허리를 들었다가 몸을 뒤틀었다가 혼자 난리법석을 떨고 있는데 귓가로 익숙한 목소리가 들려왔다.

"뭐하세요?"

가을이 목소리였다. 반가운 마음에 뭐라고 말을 하려고 했지만 배가 눌려서 목소리가 잘 나오질 않았다. 내가 계속 꼼지락거리자 무신이 날 내려줬다. 아직도 다리가 후들거려서 무신의 팔을 붙잡고 울상을 짓는데 가을이 내게 다가오며 물었다.

"둘이 뭐하고 있었어?"

가을은 무신의 옷자락을 쥐고 있는 내 손을 억지로 떼어내고 날 번쩍 들었다. 어깨에 짐짝처럼 들린 것보단 훨씬 편했다. 반사적으로 그의 목에 팔을 감으려다가 나는 상체를 뒤로 쭉 빼며 인상을 썼다.

"내려줘."

나는 힐끗 무신의 눈치를 보며 작게 말했다. 우리 둘만 있는 것도 아니고 무신도 있는데 애처럼 안겨 있으려니까 쪽팔렸기 때문이다.

내가 몸에 잔뜩 힘을 주자 가을이 고개를 돌려 무신을 보며 날 바닥에 내려줬다.

몸을 추스르느라 가을이랑 무신 쪽엔 신경도 못 쓰고 있는데 귓가로 무신의 목소리가 들려왔다.

"왜?"

"뭐하고 있었어요?"

분위기가 심상치 않았다. 둘 쪽으로 고개를 돌리자 가을이가 화가 난 얼굴로 무신을 쳐다보고 있었다.

"무슨 뜻이지?"

"그냥 문자 그대로의 뜻인데요."

가을이가 퉁명스럽게 묻자 무신이 짜증이 나는지 차갑게 말했다.

"나더러 설명을 하라고?"

분위기가 점점 이상해지자 불안해지기 시작했다. 나는 가을의 옷깃을 잡고 그를 타박하듯 말했다.

"야, 너 왜……."

하지만 내 말이 채 끝나기도 전에 가을이 내 손을 쳐냈다. 나는 내 쳐진 손을 멀거니 보면서 눈만 깜박거렸다. 도대체 쟤가 갑자기 왜 저렇게 화가 났는지 영문을 알 수가 없었다.

"저 사람이 나……."

구해준 건데……. 그렇게 말하려고 했지만 가을이 고개를 돌려 날 쳐다봤다.

"넌 가만히 있어."

"……."

너무 화가 난 얼굴이라 뭐라고 말을 할 수가 없었다. 내가 입을 꾹 다물자 가을이 다시 무신에게 시선을 돌렸다.

"왜 그랬어요?"

"뭘?"

무신은 이제 짜증 난다는 얼굴도 아니었다. 약간 황당하다는 얼굴로 「저게 미쳤나.」 싶은, 딱 그 표정이었다. 뭐든 말해보라는 듯 무신이 팔짱을 끼고 고개를 삐딱하게 옆으로 젖히자 가을이 입을 열었다.

"울이 왜 들고 있었어요? 납치하려고 그랬어요?"

"……."

"……."

순식간에 적막이 흘렀다. 당황스러운 건 나도 마찬가지였다. 힐끔 무신의 눈치를 보자 그 역시 한숨을 내쉬고 있었다. 무신을 따라 나도 한숨을 내쉬자 가을이 내게 시선을 돌리며 인상을 썼다.

"야, 네가 지금 오해를 하고 있는 거야."

"무슨 오해?"

이젠 다리에 힘도 들어가고 놀란 가슴도 진정이 된 것 같았다. 나는 손을 뻗어 가을의 팔을 두드리며 말했다.

"내가 납치를 당할 뻔했는데 저 사람이 구해준 거야."

"그걸 나더러 믿으라고?"

"……뭔 소리야?"

내가 의아한 표정을 짓자 가을이 무신에게 삿대질을 하며 말했다.

"저 사람이 납치당할 뻔한 사람을 구해줬다는 게 말이 돼? 다른 사람도 아니고 저 아저씨가? 차라리 졸면서 걷다가 돌멩인 줄 알고 발로 차서 사람을 죽였다는 걸 믿겠다."

"……."

저 새끼가 아까부터 도대체 뭔 소릴 하는 거야……. 내가 어이없다는 표정을 짓자 가을이 다시 무신에게 시선을 돌렸다. 무신은 이 상황에 끼고 싶지 않다는 듯 미련 없이 등을 돌렸다.

말도 없이 가버리려는 무신을 보며 나와 가을이 동시에 소리쳤다.

"저기요!"

"아저씨!"

커다란 외침에 무신이 짜증 난다는 듯 고개를 돌렸다. 그의 시커먼 눈동자에서 언뜻 살기가 돌았다.

"귀찮게 하면 둘 다 죽인다."

그 살벌한 말에 가을이 입을 다무는 게 보였다. 그걸 보면서 나는 조금 신기했다. 나도 그렇고 우리 형도 그렇고 가을이한테 죽인다는 말을 몇 번 하기는 했었는데 이렇게 입을 꾹 다물었던 적은 없었기 때문이다.

그 의외의 모습에 내가 입을 쩍 벌리고 있는데 무신이 다시 등을 돌렸다. 나는 아차 싶어 정신을 차리고 무신에게 달려가며 소리쳤다.

"저기요! 전화번호……!"

그 소리에 무신이 의아한 얼굴로 날 쳐다봤다. 도대체 전화번호라는 게 뭔지 궁금해하는 표정이었다. 하긴, 여기엔 전화기가 없으니까 전화번호라는 게 생소하겠지.

전화번호 말고 연락할 수 있는 수단 같은 게 없느냐고 다시 물으려는데 가을이 내 앞을 막아섰다.

"전화번호라는 건 일종의 암호 같은 거예요."

"암호?"

무신이 다시 한 번 묻자 가을이 웃었다. 지나칠 정도로 해맑은 웃음이었다.

"너 재수 없으니까 제발 내 앞에서 꺼지라는 한국말이에요."

"……."

"……."

무신도, 나도 얼이 빠져 있는 틈을 타 가을이 날 번쩍 안아 들었다. 마법을 쓴 건지 가을과 나는 공중으로 붕 떠올랐다. 천천히 공중으로 떠오르는 와중에 가을이 무신을 내려다보며 말했다.

"그러니까 울이 앞에 다시 나타나지 마세요."

가을은 날 안은 채 마치 도망이라도 치는 것처럼 재빨리 그곳을 벗어났다. 멀리서 무신이 어이없다는 듯 픽 웃는 게 보였다.

무신을 피해 자기 공방으로 도망친 가을은 날 바닥에 내려놓고 문에 손을 대고 혼자 중얼대기 시작했다. 주문과도 같은 중얼거림이 끝나자 방 전체에 보호막처럼 희미한 막 같은 게 떠올랐다가 사라졌다.

나는 그걸 멍청하게 보다가 소리쳤다.

"야! 너 아까 무슨 헛소릴 한 거야!"

"넌 거기서 아저씨랑 뭘 하고 있었어?"

"내가 말했잖아! 납치당할 뻔한 거 구해준 거라니까! 그리고 뭐? 전화번호가 꺼지라는 한국말이라고? 너 진짜 죽을래? 그럼 내 이미지가 뭐가 돼!"

무신이랑 둘이 말할 수 있는 기회가 생겼는데 그걸 저놈이 다 망쳐버렸다. 내가 씩씩거리자 가을은 도리어 내게 화를 냈다.

"무슨 이미지?"

"와, 진짜! 야! 지금 네가 화를 낼 입장이야? 무신이 나 구해준 건데 네가 왜 화를 내! 그 사람은 얼마나 어이가 없겠어! 내가 계속 도와달라고 해서 도와준 건데!"

"그 아저씨가 누가 도와달라고 도와줄 사람인 줄 알아? 도와달라고 소리 지르면 시끄럽다고 그 사람 목줄기를 끊어버릴 사람이란 말이야."

무신이 무섭기는 무서웠지만 그 정도까지는 아니었다. 내가 계속 도와달라고 하니까 도와줬잖아! 비, 비록 짐짝처럼 어깨에 들쳐 메기는 했지만, 그래도 그게 어디야!

"죽을 수도 있으니까 그 아저씨 만나면 그냥 모른 척해. 네가 꺼지라고 했으니까 화가 나서 다음에 만나면 진짜 죽을 수도 있어."

그 말에 나는 아까보다 더 어이가 없어졌다. 내가 언제 꺼지라고 했어? 전화번호 가르쳐 달라는 게 꺼지라는 암호라고 뺑 친 건 너잖아!

내가 너무 어이가 없으면 말도 안 나온다는 걸 경험하면서 입만 뺑긋거리고 있는데 가을이 한숨을 내쉬며 내 어깨를 잡았다.

"어디 다친 데는 없어?"

"야!"

"거기엔 왜 있었던 거야? 그런 골목길엔 들어가지 마. 그리고 아까 납치당할 뻔했다는 건 또 무슨 말이야?"

나는 씩씩거리다가 숨을 골랐다. 걱정 반, 분노 반의 얼굴로 날 쳐다보는 가을을 보며 나는 눈을 가늘게 뜨고 물었다.

"너 무신 무서워하지?"

"뭐?"

"무서워서 그러지?"

"……"

내 말에 가을이 입을 다물었다.

부정이나 긍정의 표정도 아니고, 그렇다고 해서 어이없다는 표정도 아니었다. 애매한 얼굴을 보면서 나는 확신했다. 아까 도망친 것도 그렇고, 집에다가 무슨 보호막 같은 거 친 것도 그렇고 내 생각이 틀림없었다.

"울아."

가을이가 내 어깨를 잡은 손에 힘을 줬다. 그는 진지한 얼굴로 내게 말했다.

"그 사람은 피도 눈물도 없는 또라이야."

"……어?"

"미친놈은 상대하지 말고 피하는 게 상책이야. 알겠어?"

"……"

그 말에는 공감했지만 나는 고개를 끄덕일 수 없었다. 마치 도둑놈이 「도둑질은 나쁜 거야.」 하고 말하는 것 같았다. 더구나 저놈 입에서 또라이라는 말이 나온 걸 보면 무신은 상상을 초월하는 미친놈이라는 뜻이었다.

"그, 그렇게는 안 보이던데……."

"미친놈이 자기 얼굴에 미친놈이라고 써놓고 다니는 거 봤어? 원래 미친놈일수록 생긴 건 멀쩡한 법이야."

"……."

그래……. 마치 너처럼. 너도 생긴 건 멀쩡하잖아. 무신도 멀쩡……. 아니, 무신은 생긴 게 멀쩡한 게 아니라 조각이지, 조각. 게다가 아까 우리가 도망갈 때 웃던 얼굴은 내가 상상하던 것보다 훨씬 더 예뻤다. 어이없다는 것처럼 헛웃음을 내뱉는 모습도 그렇게 예쁜데 진짜 방실방실 웃으면 얼마나…….

"아까 납치는 무슨 말이야?"

"어? 아, 그거……. 어떤 할머니 따라가다가 납치당할 뻔했어. 근데 네가 줬던 칼……."

나는 아까 무신이 내게 쥐여 줬던 칼을 보며 입을 다물었다. 그리고 아까 있었던 그 끔찍했던 일이 파노라마처럼 머리를 스쳐 지나갔다.

"……야, 너 도대체 나한테 뭘 준 거냐?"

"뭐가?"

"나한테 사람 죽이는 칼을 주면 어떡해!"

"칼은 원래 사람 죽일 때 쓰는 거야."

나한테 칼은 사람을 죽이는 용도로 쓰이는 도구가 아니라 날 지키는 도구라고! 나는 칼을 쥔 손에 힘을 주고 앞으로 내밀었다. 가을이 의아한 표정으로 날 쳐다봤다.

"이거 다시 가지고 가."

"왜? 별로야?"

"이게 자기 마음대로 사람을 죽였단 말이야! 빨리 가지고 가!"

가을은 불만스러운 얼굴로 칼을 가져가며 말했다.

"그래서 할머니 따라가다가 납치당할 뻔했다는 건 무슨 소리야? 할머니를 왜 따라가?"

"뭐? 어, 그거……."

　나는 가을이에게 납치당할 뻔했던 사정을 자세하게 설명해줬다. 솔직히 내가 잘못한 건 하나도 없었는데 가을은 내 이야기를 다 듣자마자 입에 모터를 단 것처럼 내게 잔소리를 퍼부어댔다.

　다음부터는 밖에서 나가 놀고 싶을 땐 절대 혼자 나가지 말고 같이 나가자는 말에 나는 그러겠다고 수십 번도 더 말한 뒤에 풀려날 수 있었다.

　가을이 날 방까지 데려다 주고 난 뒤에는 형의 잔소리가 시작됐다. 가을이랑 똑같이 다음부터는 혼자 나가지 말라고 못을 박았고, 나는 고개만 끄덕거렸다. 그리고 글을 배우고 상식을 배우는 수업 외에 호신술 수업까지 추가됐다.

며칠 후에는 악명 높은 인신매매단을 검거한 교황청의 병아리가 사실 대마법사였다는 소문까지 돌아 날 미치게 만들었다.

무신한테 도움을 받았다는 말은 그 어디에도 없었다. 난 마법사가 아니라 그 칼이 혼자 사람을 다치게 했고, 무신이 없었으면 지금쯤 난 새우잡이 배에 팔려갔을 거라고 소리치고 싶었지만 어디 하소연할 곳도 없었다. 더구나 형은 병아리가 진짜 마법사냐는 사람들의 질문이 귀찮았는지, 고개를 끄덕였고 거기에 나는 더 열이 받았다.

"내가 대마법사라는 말은 그렇다고 해도 병아리라는 말은 좀 부정해주면 안 돼? 멀쩡한 이름 냅두고 왜 자꾸 병아리라고 하는 건데!"

물론, 형은 언제나 그랬던 것처럼 내 서러운 외침을 깔끔하게 무시했다.

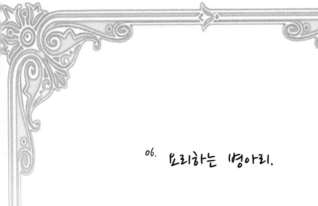

06. 요리하는 병아리.

　이젠 교황청에서도 제법 내 얼굴이 알려졌다. 원래는 내가 병아리라고 하지 않으면 날 모르는 사람들이 대부분이었는데, 지금은 복도만 지나가도 대마법사 병아리라고 수군대기 일쑤였다. 나는 거기에 진지하게 고민하지 않을 수가 없었다.

　"왜 멀쩡한 사람한테 병아리라고 하는데 아무도 이상하게 생각하지 않는 거예요?"

　내 진지한 물음에 알카 형은 한 치의 망설임도 없이 대답했다.

　"병아리 같으시잖아요."

　"……."

　저 형이 나랑 싸우자는 건가. 나는 일그러진 얼굴로 웃었다.

　"이 나라 병아리는 사람처럼 생겼나 봅니다?"

"또 틀리셨네요. 이 문장은 별표 쳐놓고 내일까지 백 번 써오세요."

알카 형은 내가 써놓은 글자에 거침없이 빨간 줄을 그으며 말했다. 나는 펜을 쥐고 한숨을 내쉬었다.

"이 나라 글자는 누가 만들었어요?"

"글쎄요. 정확하진 않지만 옛 고대 제국에서 파생된 글자가 시간이 지나면서 점점 변형되어 현재 쓰고 있는 대륙 공용어가 만들어졌다고 추측하고 있습니다."

"그 글씨 만든 거 누군지만 알면 과거로 가서 때려죽이고 싶네요."

"마지막 문장도 틀리셨네요. 열 문장 중에 여덟 개 틀리셨습니다."

알카 형은 내 말은 싹 무시하고 자기 할 말만 했다. 나는 머리에 쥐가 날 것 같은 기분에 책상에 엎드려서 한숨을 내쉬었다.

"글씨 공부는 내일 하고 오늘은 다른 거 하면 안 돼요?"

"어제도, 그제도 그렇게 말씀하셨잖아요."

진짜 환장하겠다……. 글씨가 너무 어려워. 무슨 인사말 한 문장 쓰는데 이렇게 많은 글자가 필요해? 내가 머리를 쥐어뜯자 알카 형이 한숨을 내쉬었다.

"그럼 내일까지 오늘 틀린 거 백 번씩 써오세요."

"……알카 형은 백이라는 숫자를 되게 좋아하시네요."

"이백은 더 좋아합니다."

"……."

알카 형이 괜히 우리 형이랑 같이 일하는 사람이 아니었구나. 지독하다. 형이랑 맞먹을 정도네. 나는 그냥 입을 다물었다.

"오늘은 어떤 게 궁금하십니까?"

"아, 그 초월자 있잖아요. 무신에 대해서 자세하게 말해주세요."

알카 형은 모르는 게 없었다. 내가 묻는 것마다 조금도 고민하지 않고 바로바로 대답하는 게 가끔 컴퓨터 같기도 했다.

"초월자 중에 가장 흔히 나오는 얘기가 무신에 관한 겁니다. 벨체타의 마녀나 탑의 마법사와는 달리 자주 목격되거든요. 숨지도 않고 얼굴을 가리지도 않아 자주 전 세계 곳곳에서 출몰되기 때문에 가장 많이 알려진 초월자이기도 하고요."

"무신은 왜 그렇게 예뻐요?"

"예?"

멍하게 알카 형의 말을 듣다가 나도 모르게 툭 내뱉었다. 의아한 얼굴로 되묻는 알카 형을 보며 나는 화들짝 놀라 고개를 저었다.

"혹시 무신 실제로 본 적 있어요?"

"네만에 사절단으로 갔을 때 잠시 봤습니다. 거기에 무신이 운영하는 공장이 있거든요."

"네? 무신이 공장에서 일해요?"

무신과 공장은 전혀 매치가 되지 않았다. 얼굴만 봤을 땐 유유자적하게 신선처럼 살 것 같은데…….

"뭐……. 이것도 유명하기는 합니다만, 무신이 단 걸 굉장히 좋아합니다. 초콜릿이나 사탕이나 뭐 그런 군것질거리 같은 거요. 네만에 있는 공장도 초콜릿 공장인데, 떠도는 소문에 의하면 그 공장은 무신이 제국에 소속된 귀족이었을 때 피의 황제가 선물로 준 거라고

합니다. 확실한 건 아니고요."

진짜 이미지랑 다르게 노네⋯⋯. 얼굴은 무슨 천사처럼 생겨서 욕도 하고 성질도 더러운 것 같고 거기다가 초콜릿 공장 주인이라니⋯⋯.

"무신이 초월자가 되기 이전부터 네만에 있던 공장은 전 세계에서 가장 유명한 초콜릿을 만드는 공장이었습니다. 가장 값비싸고 고급스러운 초콜릿을 말하라고 하면 열에 아홉은 네만산 초콜릿을 말할 정도였으니까요. 근데 무신이 초월자가 되고 그가 그 공장의 주인이라는 말이 나오자, 그때부턴 더 유명해지고 초콜릿도 불티나게 팔리게 되었습니다. 무신은 초콜릿 팔아서 번 돈만 모아도 금으로 산을 쌓을 수 있을 걸요."

무신은 얼굴도 예쁘고 돈도 많구나. 더구나 초콜릿 공장 주인이라니, 진짜 부럽다. 그럼 매일 초콜릿도 공짜로 먹을 수 있잖아. 나는 지구에 있을 때 봤던 『찰리의 초콜릿 공장』을 떠올리며 침을 삼켰다.

"그런데 무신에 대해서는 갑자기 왜 궁금하신 겁니까?"

"무신한테 검술 좀 배우고 싶어서요."

"⋯⋯."

내 말에 시종일관 웃는 낯이었던 알카 형의 얼굴이 삽시간에 흙빛으로 변했다. 내가 눈을 둥그렇게 뜨자 알카 형은 진지한 얼굴로 말했다.

"무신이 검술을 가르쳐줄 리도 없겠지만, 그런 생각은 하지 마십시오. 벨체타의 마녀도, 무신도, 탑의 마법사도, 인간에게 호의적인 사람들은 아니니까요."

"인간? 초월자들도 다 인간인 거 아니었어요?"

"과거에는 그들도 인간이었지만 지금은 인간이라고 하기에 좀……. 아무튼 오랜 세월을 산 만큼 많은 곳에서 무뎌졌기 때문에 살인을 하면서도 양심의 가책을 느낄 사람들은 아닙니다. 이미 도덕적인 관념 따윈 잊었을 테니까요."

그 진지한 말에 나는 고개를 끄덕였다. 하긴, 가을이만 봐도 알 수 있었고, 그런 가을이조차 나한테 무신은 피도 눈물도 없는 또라이라고 했으니까.

"벨체타의 마녀도, 무신도, 탑의 마법사도 한 번씩은 대량학살을 했던 전적이 있으니 겨울 님도 주의하십시오. 웃고 있다고 해서 우리에게 호의를 가지고 있는 건 아니니까요. 그들은 웃으면서도 태연히 사람을 죽입니다."

알카 형도 우리 형이랑 똑같은 말을 했다. 내가 떨떠름한 얼굴로 고개를 끄덕이자 알카 형이 덧붙였다.

"너무 깊게 관여하지 않는 게 좋습니다."

"네……."

나는 다시 한 번 고개를 끄덕였다.

나는 고민하며 케이크 조각을 우물우물 씹었다. 형도 그러고 알카 형도 그러고 초월자랑 친하게 지내지 말라고 하는 거 보면 정말 초월 자라는 게 위험하긴 위험한가 보다. 하지만 무신도 다시 보고 싶고 가을이랑도 이미 친해져서 아예 안 보고 살자니 그것도 좀 걸리고…….

그런 생각을 하다가 나는 한숨을 내쉬었다. 그래, 이게 문제다. 만약 걔가 날 좋아한다고 하면 어쩌지? 저번에 납치당할 뻔했을 땐 너무 정신이 없어서 그런 생각은 못했는데……. 친해지기 전이었다면 일말의 망설임도 없이 거절하고 다시 안 보면 그만인데 이제 와서 안 보자니……. 나는 케이크를 한입에 다 쑤셔 넣고 머리를 쥐어뜯었다.

진짜 되는 일이 하나도 없다. 걔 도대체 왜 초월자지? 무신은 왜 초월자인 걸까? 그냥 평범한 사람이었으면 오죽 좋아?

혼자 끙끙거리고 있는데 똑똑하고 소리가 들려왔다. 고개를 들자 가을이 내 앞에 서서 탁자를 두드리고 있었다.

"왜 그러고 있어?"

"너, 너 뭐야? 언제 온 거야?"

나는 반사적으로 고개를 휙 돌려 창문 쪽을 쳐다봤다.

창문은 닫혀 있었고 커튼까지 쳐져 있었다. 내가 의아한 얼굴로 창문만 뚫어져라 쳐다보고 있자 가을이 내 맞은편에 앉으며 말했다.

"문으로 들어왔어. 왜 자꾸 창문으로 들어오냐고 네가 만날 때마다 그랬잖아."

"그럼 문으로 들어왔다는 거야? 형이 널 그냥 들여보내 줘?"

나는 놀란 얼굴로 물었다. 가을은 포크를 들어 생크림이 잔뜩 발린 케이크를 툭툭 건드리며 말했다.

"아니, 몰래 온 거야."

"……."

그럼 그렇지. 몰래 온 거면 문으로 들어오든 창문으로 들어오든 뭐가 달라?

나는 한숨을 내쉬려다가 퍼뜩 든 생각에 입을 열었다.

"문 앞에 경비병 있는데 어떻게 들어왔어?"

"기절시켰어."

"……."

내가 입을 쩍 벌리자 가을이 포크를 내려놓으며 덧붙였다.

"안 죽였어."

"죽이고 나발이고 기절을 시키면 어떡해? 누가 지나가다가 보면 어쩌려고?"

"아무도 안 볼 때 했으니까 괜찮아."

"아니, 등신아! 누가 지나가다가 경비병이 기절한 거 보면 이상하게 생각할 거 아니야! 그리고 기절한 경비병이 깨어나면 난 어떡해?"

내 말에 가을이 거기까진 생각하지 않은 듯 미간을 좁히며 검지로 턱을 긁었다. 그걸 보며 나는 갑갑한 마음에 가슴을 쳤다.

"다음엔 그냥 다시 창문으로 올게."

"그래, 차라리 그게 낫겠다……."

내 말을 마지막으로 잠시 침묵이 돌았다. 가을은 말끄러미 날 쳐다보고 있었고 나는 고개를 숙여 케이크에 박혀 있는 큼지막한 딸기만 쳐다봤다.

위에서 느껴지는 노골적인 시선에 갑자기 불편해졌다. 쟤가 날 좋아하고 있다는 사실만 머릿속을 빙글빙글 돌았다.

왜 아무 말도 안 해? 찾아왔으면 용건을 얘기해야지. 저거 봐, 저 새끼는 아무 용건도 없이 그냥 날 찾아오는 거야. 계속 그랬는데 내가 왜 그걸 이상하게 생각하지 않았던 걸까. 조금만 주의 깊게 살폈으면 더 빨리 눈치챌 수 있었을 텐데!

좋아하는 게 아니면 진짜 아무 이유도 없이 찾아오는 게 가능할 리가 없었다. 좋아하니까 보고 싶고 말도 하고 싶고 그러니까 불쑥불쑥 찾아오지! 그냥 친구라고 생각하면 이럴 리가 없잖아!

침묵이 불편하기도 했고, 너 나 좋아하냐고 뜬금없이 묻기엔 아직 마음에 준비가 되지 않아 나는 케이크를 집었다. 케이크를 우적우적 씹어먹으면서도 이게 코로 들어가는지 입으로 들어가는지 알 수가 없었다.

그렇게 한참 침묵만 흘렀다. 무슨 말을 할까 고민하다가, 그 전화번호 암호 사건으로 무신이 아직도 오해하고 있느냐고 물으려는데 가을이 탁자 위로 무언가를 꺼냈다.

"이게 뭐야?"

"이거 주려고 왔어."

"어?"

나는 얼이 빠진 얼굴로 탁자 위에 놓여 있는 한 쌍의 귀걸이를 쳐다봤다. 오늘은 그냥 온 게 아니라 용건이 있어서 찾아왔나 보다.

나는 아까 속으로 혼자 열을 냈던 게 괜히 쪽팔려서 두어 번 헛기침을 했다. 귀가 뜨거워지는 게 느껴져서 퍼뜩 손을 들어 귀를 만지려고 하는데 가을이 내 팔목을 붙잡았다.

"야! 너 뭐야!"

그 갑작스러운 접촉에 나는 필요 이상으로 놀라며 팔을 뺐다. 그러자 가을이 눈을 동그랗게 뜨며 내 손을 가리켰다.

"아니, 손에 생크림……. 아까 머리 만질 때부터 손에 다 묻어 있던데."

뭐? 나는 눈만 껌벅거리다가 고개를 돌려 거울을 쳐다봤다. 손은 물론이고 머리카락에 덕지덕지 생크림이 붙어 있었다. 머리에 폭탄 맞은 미친년 꼴을 한 내 모습을 멀뚱멀뚱 보다가 나는 다시 헛기침을 했다.

"귀, 귀걸이는 뭐야?"

"아, 이거……."

"잠깐! 야, 너 이거 또 혼자 사람 다치게 하는 그 칼 같은 거지? 내가 그 칼 때문에 얼마나 식겁을 한 줄 알아?"

내가 버럭 소리를 치자 가을이 별안간 눈꼬리를 접었다.

느닷없이 웃는 가을을 보며 나는 심장이 쿵 하고 떨어지는 기분이 들었다.

뭐, 뭐야? 쟤가 갑자기 왜 웃어? 거봐, 씨발! 나 좋아하는 거 맞대니까!

이젠 가을이 숨만 쉬어도 날 좋아해서 숨을 쉬고 있는 것 같아서 환장할 거 같았다.

"이건 사람 다치게 하는 게 아니라 널 지켜주는 거야. 근데 넌 사람이 다치는 게 싫은 거야, 피가 싫은 거야? 아니면 비명 소리가 싫어서 그래?"

"다, 다 싫어."

거절해야 한다. 이제 저놈한텐 아무것도 받지 않겠어! 굳게 결심하는데 가을이 날 빤히 보며 말했다.

"그래? 그럼 다치는 거 아니고 피도 안 나고 비명도 안 지르면 된다는 거지? 알았어."

저건 또 무슨 말이야? 알 수 없는 불길한 예감에 눈만 깜박이고 있는데 가을이 내 쪽으로 귀걸이를 밀었다.

"이거 가지고 다녀."

"싫어. 내가 왜? 이걸 나한테 왜 줘? 내가 너한테 이걸 왜 받아야 되는데?"

속사포로 내뱉는 내 말에도 가을은 하나도 당황하지 않았다.

"이제 납치당하고 그럴 일은 없겠지만 그래도 혹시 혼자 있을 때도 위험할 수 있잖아. 그러니까 가지고 다녀."

"싫다니까!"

"귀걸이 싫어? 그럼 반지 줄까?"

"반지를 왜 줘? 너 미쳤어?"

내가 기겁을 하자 가을은 고개를 끄덕이며 다시 귀걸이를 가져갔
다. 그걸 보며 속으로 안도의 한숨을 내쉬고 있는데 가을이 내게 손
을 뻗었다. 그의 손에는 귀걸이가 있었다. 마치 귀걸이를 직접 해주
려는 듯한 그 모습에 나는 몸을 뒤로 쭉 뺐다.

"안 할 거라고!"

"반지 싫다며? 그럼 그냥 귀걸이 해."

둘 다 싫다고! 다시 비명을 지르려다가 나는 마음을 다스렸다. 자
꾸 소리를 지르면 또 저놈한테 말려들게 분명했다. 이성적으로 생각
해야 했다.

"나는 반지도 싫고 귀걸이도 싫어."

"그럼 목걸이는?"

"목걸이도 싫어."

내가 강경하게 나오자 가을이 입을 다물었다. 지금까지의 패턴으로
봤을 때 이런 상황이면 저놈은 날 협박한다. 말도 안 되는 소리를 하면
서 분명 날 협박할 게 틀림없어. 하지만 거기에 절대 굴해선 안 된다.

숨을 삼키며 잔뜩 긴장하고 있는데 가을이 고개를 갸웃하며 입을
열었다.

"까다롭네."

"……"

뭐? 까다로워? 예상치도 못했던 말에 나는 황당했다. 까다롭다니? 그게 무슨 말이야? 도대체 쟤랑 나는 왜 이렇게 대화가 안 되는 거지? 갑갑해서 커다랗게 숨을 내쉬는데 가을이 다시 말했다.

"다 싫으면 그냥 손등에 문신이라도 새겨줄까?"

"문신? 그거 아픈 거 아니야?"

"안 아프게 해줄게. 문신하는 거 좋아하는구나. 의외네."

가을이 다시 고개를 갸웃했다. 그 말에 아차 싶어 나는 고개를 저었다.

"문신도 싫어."

"그럼 도대체 원하는 게 뭐야?"

"내가 언제 너한테 뭐 해달라고 했어? 왜 자꾸 그렇게 뭘 못 줘서 안달이야? 너……."

너 나 좋아해서 그렇지! 그렇게 소리치려고 했지만 목구멍이 턱 막혀 더 이상 소리가 나오지 않았다.

지, 진짜 저 입에서 긍정의 말이 흘러나오면 어쩌지? 그럼 난 어떡해? 좋아하는 사람이 있다고 뻥이라도 칠까? 아니, 그건 아니다. 그건 인간으로서의 도리가 아니야. 그냥 저놈을 위해서라도 딱 잘라 거절을 하는 게…….

탁자 밑으로 주먹을 꽉 쥐고 나는 숨을 골랐다. 고개를 푹 숙이고 나 좋아하느냐는 중대한 질문을 하기 위한 기를 모으고 있는데 갑자기 귀가 따끔하고 아파왔다. 고개를 퍼뜩 들자 가을이 태연한 얼굴로 내 반대쪽 귀에도 귀걸이 침을 가져다 댔다.

"야! 너 뭐……!"

"일단 이거 하고 있어. 나중에 다른 걸로 바꿔줄게."

"악!"

나는 다시 귀가 따끔거려 비명을 질렀다. 솔직히 못 참을 정도로 아픈 건 아니었지만 지금 내가 충격을 받은 건 귀가 아니라 정신 쪽이었다. 내 커다란 비명에 가을이 움찔했다.

"그렇게 아파?"

"너 이게 뭐하는 짓이야?"

"미안. 근데 팔찌는 괜찮지?"

가을은 전혀 미안하지 않다는 표정으로 태연히 물었다.

나는 벌떡 일어나 거울 앞으로 달려갔다. 자세히 보면 티도 나지 않을 정도로 알맹이가 작은 귀걸이였다. 자세히 보니 내 눈동자 색이랑 같은 색의 보석이었다. 투명하게 빛나는 보석을 멀거니 보다가 나는 분노의 한숨을 내쉬며 다시 자리로 돌아왔다.

"너 지금부터 내가 하는 말 잘 들어."

"알았어. 근데 한쪽에 팔찌 두 개씩 차고 다니면 안 불편하겠어?"

"야, 너 내 말 안 들을래?"

내가 입술을 깨물며 험악한 표정을 짓자 가을이 입을 다물었다. 여기서 그냥 넘어가면 안 된다. 남자답게 한 방에 물어보는 거야. 무조건 한 방! 당당하게 물어보면 돼. 난 꿀릴 거 하나도 없잖아?

마음을 굳게 먹고 입을 열려고 하는 찰나에 노크 소리가 들려왔다.

가을이 경비병을 기절시켰다는 사실이 떠올라 나는 화들짝 놀라 자리에서 일어섰다. 어디든 숨으라고 눈치를 주는데도 가을은 태연하기만 했다.

"왜?"

그때 가을이 입을 열었다. 나는 양손으로 그의 입을 막으며 속으로 비명을 질렀다. 입 모양으로 닥치라고 하자 가을이 입을 꾹 다물었다.

"누, 누구세요!"

나는 재빨리 문 쪽으로 가며 외쳤다.

"알카이아입니다."

익숙한 목소리에 나는 숨을 들이켰다. 별말도 하질 않고 이름만 말하는 걸 보니, 안으로 들어오려나 보다. 나는 고개를 돌려 가을에게 손짓했다. 그러자 가을이 떨떠름한 얼굴로 일어나 어깨를 으쓱했다.

제발 좀 꺼져! 꺼지던가, 숨든가 좀 어떻게 해봐! 내가 입 모양으로 비명을 지르며 펄쩍펄쩍 뛰자 가을이 곤란하다는 얼굴로 주변을 쭉 훑었다.

"겨울 님?"

"자, 잠깐만요. 옷 갈아입고 있어요."

나는 가을에게 다가가 그를 옷장 안으로 쑤셔 넣었다. 절대 나오지 말라고 작게 속삭이자 가을이 고개를 끄덕였다. 나는 옷장 문을 닫고 심호흡을 한 뒤에 문을 열었다.

"웬일이세요?"

"괜찮으십니까?"

"네? 뭐가요?"

알카 형은 안으로 들어와 방 안을 쭉 훑었다. 그 날카로운 눈빛에 괜히 찔려서 숨만 삼키고 있는데 알카 형의 시선이 내게 향했다. 잔뜩 경직된 몸으로 어색하게 웃는데 알카 형의 눈매가 가늘어졌다.

"귀걸이 하셨네요."

나도 모르게 양손을 들어 귀를 가렸다. 그런 날 보더니 알카 형이 한숨을 내쉬었다.

"탑의 마법사가 다녀갔습니까?"

"아, 아니요."

"경비를 서고 있던 경비병 아홉 명이 기절한 채 발견됐습니다."

"네? 문 앞에 한 명이 아니……."

나는 눈을 둥그렇게 뜨고 말하다가 혀를 깨물었다. 이 새끼가……. 문 앞에 경비병 한 명만 기절시킨 게 아니라 오면서 마주친 경비병을 다 기절시켰다는 거야?

"예하께서 아시면 크게 화를 내실 게 분명합니다."

"비, 비밀로 해주시면 안 될까요?"

"네, 안됩니다. 근데 머리가……."

알카 형이 의아한 얼굴로 말꼬리를 흐렸다. 나는 끈적끈적한 머리를 손으로 쓸어내리며 웃었다.

"케이크 먹다가 흘렸어요."

"……머리에 말씀이십니까?"

"네? 아, 제가 포크질이 좀 서툴러서……."

횡설수설하고 있는데 알카 형이 허리를 숙여 내 귀걸이를 빤히 쳐다봤다. 그러는 와중에도 내 온 신경은 옷장을 향해있었다. 들키면 이게 무슨 개쪽인가. 제발 부탁이니까 알카 형 나갈 때까지만 조용히, 얌전히 있어라.

속으로 기도를 하고 있는데 알카 형이 고개를 갸웃하며 물었다.

"이건 마석이 아닙니까?"

"네? 그게 뭔데요?"

"마석은……."

알카 형이 말을 하며 내 귀걸이 쪽으로 손을 뻗는 순간, 갑자기 팍하고 알카 형의 손이 내쳐졌다. 그 갑작스러운 반동에도 나는 멀쩡했다. 나는 알카 형이 비틀거리는 걸 잡아주려고 반사적으로 손을 내밀었다.

"으, 으악!"

내 손이 알카 형의 팔목에 닿으려고 할 때, 다시 알카 형이 뒤로 밀려났다. 나와 알카 형이 당황한 건 당연한 일이었다.

"이, 이게 뭐예요?"

내가 울상을 짓고 묻자 알카 형이 한 발자국 뒤로 물러서며 곤란하다는 표정을 지었다.

"마석이라는 건 아티펙트를 만드는 주재료입니다. 이렇게 마석 자체에 글을 새겨 넣는 방법은 흔한 게 아닌데……. 역시 탑의 마법사가 만든 게 맞나 보네요."

"손은 괜찮으세요?"

내가 다시 다가가려고 하자 알카 형이 한 발자국 더 뒤로 물러섰다. 아차 싶어 나도 한 발자국 뒤로 물러서는데 열린 문 사이로 형이 들어왔다.

"문 앞에 서서 뭐해?"

"예하."

"형!"

알카 형과 나는 구세주라도 만난 듯 형을 불렀다. 마음 같아서는 이 귀걸이 좀 어떻게 해보라고 달려들고 싶었지만 그랬다간 알카 형처럼 뒤로 밀려날까 봐 그럴 수도 없었다.

"뭐야?"

이상한 분위기를 감지한 형이 미간을 좁히며 물었다.

"탑의 마법사가 겨울 님께 귀걸이를 준 것 같은데……."

알카 형이 형에게 설명을 하고 있는 사이에 나는 귀걸이를 빼려고 안간힘을 썼다. 하지만 무슨 접착제라도 붙은 듯 귀걸이는 꼼짝도 하지 않았다. 안 그래도 알맹이가 워낙 작아서 잡기도 힘든데 빠지지도 않으니 죽을 맛이었다. 혼자 끙끙거리고 있는데 형이 내게 손을 뻗었다.

"오지 마."

나는 형의 손을 피해 멀리 도망쳤다. 그러자 형이 손가락을 까닥였다. 내가 고개를 젓자 형이 인상을 썼다.

"맞고 올래, 그냥 올래?"

"귀걸이 때문에 다친다니까?"

"셋 셀 동안 안 오면 넌 오랜만에 나랑 인체의 신비……."

나는 형의 말이 끝나기도 전에 잽싸게 그 앞으로 갔다. 곧 후회했지만 어쩔 수 없었다. 이건 거의 조건반사 같은 행동이었기 때문이다.

형이 내 귀에 손을 뻗을 땐 괜찮았다. 하지만 닿으려고만 하면 형의 손은 무언가에 쳐내지듯 허공으로 내쳐졌다. 두어 번 손이 내쳐지자 짜증이 났는지 형이 미간을 좁혔다. 뭔가에 밀리는 것 같은데도 형은 억지로 손을 쑤셔 넣듯 뻗었고, 그때 뺨 위로 피가 튀었다.

내가 헉하고 숨을 들이켜며 놀라 나자빠지려고 하는 걸 형이 잡아주려고 했지만 다시 손은 내쳐졌다. 바닥에 뒤로 엎어진 나는 벌떡 일어났다.

"괜찮아?"

손끝에서 굵은 핏방울이 뚝뚝 떨어져 바닥을 적시고 있었다. 저걸 만지지도 못하고 제자리에서 발만 동동 굴리고 있는데 형의 입이 열렸다.

"이런 씨발 새끼가……."

나도 형이랑 똑같은 마음이었다. 이거 완전 씨발 새끼 아니야? 사람 다치게 하는 게 아니라고? 날 지켜주는 거라고? 이게 지켜주는 거냐? 어? 당장이라도 옷장 문을 열어 이놈의 새끼를 패대기치고 싶은 걸 가까스로 참으며 나는 다시 물었다.

"손 어떡해? 괜찮……, 야!"

손에서 피를 뚝뚝 흘리면서도 형이 다시 내게 손을 뻗었다. 나는 그 손을 재빠르게 피하며 비명을 질렀다. 그때 형의 손에서 옅은 빛이 터졌다.

줄줄 흐르던 피가 멎은 걸 보니 상처는 아문 것 같았지만 손가락에 묻은 피는 여전해서 무섭기는 마찬가지였다.

"뭐, 뭐하는 거야?"

"이리 안 와?"

내가 뭐라고 하기도 전에 빛이 터졌다. 귓가로 파지직 전류가 흐르는 소리가 커다랗게 들려왔고, 미적지근한 뭔가가 얼굴에 튀는 느낌이 났다. 꾹 감았던 눈을 뜨자 형의 손에 내가 하고 있던 귀걸이 한 짝이 들려 있었다.

팔꿈치까지 옷도 죄다 찢어진 것처럼 없어져 있었고, 팔뚝이며 옷이며 죄다 피가 칠갑이 되어 있는 형의 모습을 보며 나는 눈만 껌벅껌벅거렸다.

형의 손에서 귀걸이는 아작이 났다. 형이 피를 털어내려는 듯 팔을 털어낼 때마다 바닥으로 시뻘건 피가 흩뿌려졌다.

"돌아. 반대쪽."

"……."

그제야 피비린내가 확 끼쳐왔다. 코를 찌르는 피 냄새에 나는 뒤늦게 헉하고 숨을 들이켰다. 철퍼덕 뒤로 넘어가 눈을 껌벅이는데 형이 다시 손을 뻗어왔다. 나는 거의 기어가다시피 바닥을 기며 소리 질렀다.

"자, 잠깐만! 하지 마! 이, 이거 내가 빼달라고 하면 빼줄 거야!"

바닥을 기어 후다닥 탁자 뒤로 간 나는 숨을 헉헉댔다. 갑자기 심장박동수가 빨라지고 식은땀이 나기 시작했다.

힐끗 고개를 숙이자 내 얼굴에서 줄줄 흘러내린 피가 옷을 적시고 있었다. 형의 피다. 내가 눈을 깜박일 때마다 핏방울이 눈에 들어갔다. 나는 현기증이 나서 기절하고 싶은 심정으로 외쳤다.

"뭐하는 거야! 하지 말라고!"

"바쁘니까 빨리 와."

형이 이를 악물고 악마처럼 말했다. 나는 울상을 짓고 고개만 절레절레 저었다. 알카 형도 이건 아니다 싶던지 입을 열었다.

"예하, 아무래도……."

그때 형이 조용히 하라는 듯 손을 들며 고개를 휙 돌렸다. 형의 시선이 닿아 있는 곳은 옷장이었다. 순간 심장이 바닥으로 쿵 떨어졌다.

"……."

나도 알카 형도 숨도 쉬지 못하고 입을 꾹 다물었다. 옷장을 노려보던 형이 옷장 반대쪽으로 성큼성큼 걸어갔다. 시퍼런 예기가 감도는 검이 진열되어 있는 진열장의 문을 활짝 열어젖힌 형이 아무런 망설임도 없이 검을 잡았다.

"병아리."

"어, 어?"

"저거 뭐야?"

형은 검 끝으로 옷장을 가리키며 물었다. 도대체 어떻게 안 거지? 나는 나도 모르게 고개를 저었다. 잔뜩 굳어서 고개를 젓자 형이 웃었다.

"그럼 저건 도둑놈이군."

"예하!"

알카 형의 비명과도 같은 부름과 동시에 예상했던 대로 엄청난 굉음이 터졌다. 이젠 정말 지겨워 죽겠다. 나는 욕지거리를 내뱉으며 눈을 떴다. 가을은 귀찮아 죽겠다는 얼굴로 형의 검을 막고 있었다. 옷장은 당연히 산산조각으로 부서져 있었다.

"아무리 생각해도 네놈은 안 되겠다."

"네 허락 필요 없어."

그때 형의 검을 막고 있던 가을의 단도에 쩌적 하고 균열이 생겼다. 그걸 보던 가을이 혀를 차더니 말했다.

"넌 도대체 왜 이렇게 자꾸 덤벼? 경비병 기절시켜서 그래? 아니면 저 귀걸이……."

"경비병?"

"아, 너 그건 몰랐어?"

이 상황에서도 가을은 태연하기만 했다. 눈을 동그랗게 뜨고 묻는 가을을 보며 형의 얼굴에서 표정이 사라졌다.

"내 성에서 경비병을 기절시켰다고?"

"다음부터는 그냥 창문으로 몰래 다닐게."

가을의 말이 끝나자마자 형이 팔을 들어 다시 가을의 단도를 내리쳤다. 단도는 시끄러운 소리를 내며 완전히 절단됐고, 가을은 뒤로 몸을 피했다. 부러진 단도가 핑글핑글 돌아 내 앞으로 왔다. 나는 부러진 단도를 멀거니 보다가 퍼뜩 고개를 들었다.

그 사이에 무슨 일이 생긴 듯 가을의 팔뚝에서 피가 뚝뚝 떨어지고 있었다.

잘린 옷자락 사이로 줄줄 흐르는 피가 바닥으로 떨어졌다. 가을은 피가 흐르는 제 팔을 보다가 별안간 내게 시선을 돌렸다. 어느새 시뻘겋게 변한 눈으로 가을이 내게 물었다.

"저거 죽여도 돼?"

안 돼, 이 새끼야! 내가 소리치기도 전에 다시 굉음이 터졌다. 사방에서 휘몰아치는 자욱한 먼지 속에서 가을의 목소리가 들려왔다.

"건물은 왜 또 부셔?"

그래! 도대체 왜 저 인간들은 왜 싸울 때마다 건물을 때려 부수고 지랄이야!

나는 켈룩켈룩 기침을 하며 욕지거리를 내뱉었다. 어느새 자욱했던 먼지가 걷히자 건물의 한쪽 단면이 완전히 박살 난 게 보였다. 뻥 뚫린 건물 쪽으로 달려가자 밑에서 형과 가을이 서로 대치하고 있는 모습이 보였다.

그때 형의 검에서 푸르스름하게 뭔가가 일렁이기 시작했다.

"그래야 널 죽이지."

"건물 밖이면 못 죽일 텐데……."

기다란 검에 보호막처럼 덧씌워진 푸른 장막이 사납게 일렁이기 시작했다. 제발 그만 좀 하라고 소리치려는데 내가 밟고 있는 돌에 쩍 균열이 갔다. 그 충격에 비틀거리다가 아래로 추락하려는데 누군가가 날 안아 올렸다. 가을이었다. 그는 어느새 여기까지 날아올라 나를 받쳐주고 있었다.

"괜찮아?"

"야! 뭐? 이거 죽여도 돼? 너 지금 그걸 말이라고 하냐? 우리 형 털끝 하나 건드리기만 해봐, 넌 내 손에 죽을 줄 알아!"

내가 바락바락 소리치자 가을의 표정이 삽시간에 일그러졌다. 말끄러미 날 보던 가을의 팔에서 순간 힘이 풀렸다. 나는 화들짝 놀라 가을의 목에 팔을 휘어 감았다. 아직 가을은 공중에 떠 있는 상태였고, 놓치면 난 죽는다.

"방금 진짜 떨어뜨리고 싶었어."

"아, 아, 안 돼!"

발밑으로 보이는 아찔한 높이에 나는 비명을 질렀다. 그때 밑에서 형이 이를 갈며 말했다.

"병아리, 너 셋 셀 동안 안 떨어지면 둘 다 죽여버린다."

형이 들고 있던 검에서 우우웅 하고 공명음이 들렸다. 가을에게 매달려서 형을 내려다보며 나는 기가 막혀 소리쳤다.

"여기서 떨어지면 나 죽어!"

"떨어져!"

"나 죽는다니까, 병신……!"

그때 형의 모습이 점점 클로즈업되기 시작했다. 형이 내 눈앞까지 왔을 때가 돼서야 나는 형이 도약했다는 걸 깨달았다. 이건 말도 안 된다. 이건 점프력이 좋다는 말로 설명할 수 있는 상황이 아니었다.

형은 검을 휘둘렀지만 가을은 이번엔 한 손으로 그 검을 잡았다.

"힘은 무식하게 세서……."

가을은 혀를 차며 검을 내팽개치듯 던져버렸다.

형은 비슷한 높이의 나뭇가지에 착지했다. 그런 형을 보며 가을이 말했다.

"협상을 하자."

"닥쳐, 넌 오늘 죽었……."

"브류나크."

그때 다시 도약하려던 형이 삐끗했다. 그 탓에 밟고 있던 나뭇가지에서 떨어져 형은 추락했다.

"형!"

내 비명이 무색하리만치 형은 가볍게 착지했다. 날 안고 허공에 떠 있던 가을 역시 바닥에 착지했다. 바닥에 발이 닿자마자 나는 형에게 달려가려고 했지만 가을이 날 붙잡고 놔주질 않았다.

"그거 너 줄게."

"……그걸 왜 네가 가지고 있어?"

"설명하자면 좀 길어."

그때 가을이 바닥에 손을 짚었다. 곧 푸악 하고 바람이 일더니 형과 나 그리고 가을이를 중심으로 둥그런 반원의 막이 얇게 쳐졌다. 그러자 온갖 무장을 하고 달려오던 기사들이 막에 가로막혀 이러지도 저러지도 못하고 소리만 질렀다. 곧 형이 눈짓을 하자 기사들이 잠잠해졌다. 가을이 계속 말을 이었다.

"난 어떻게 되든 상관없어. 난 상관없는데 울이가 자꾸 이러니까 내가 큰마음 먹고 협상을 하자는 거야."

"브류나크가 뭔데?"

"신기 중 하나야. 빛의 창 브류나크."

빛의 창? 그, 뭐 삼국지나 이런 영화에서 나오는 그 창? 나는 의아한 얼굴로 형을 쳐다봤다. 창이고 나발이고 욕을 하며 화를 낼 줄 알았는데 형은 의외로 조용했다. 조용히 가을을 노려보던 형의 입이 열렸다.

"조건이 뭔데?"

"울이랑 나랑 만날 때 자꾸 끼어들지 마."

"씨발, 한 번만 더 울이라고 하면 협상이고 지랄이고 다 엎어버린다."

형이 이를 갈자 가을 역시 미간을 좁히며 짐승처럼 으르렁거렸다. 가을이 이렇게 화를 내는 건 처음 봤다.

"둘이 무슨 사이야?"

"무슨 사이면?"

"아르젠은 건드리면 피곤해진다고 되도록 무시하라고 했어. 근데 네 대답 여하에 따라서 그냥 피곤해지고 말 수도 있을 거 같거든?"

다시 분위기가 흉흉해지자 나는 손을 들었다.

이미 돌이킬 수 없는 상황에 이르렀다. 여기서 결판을 지어야겠다고 생각한 나는 형을 보며 말했다.

"일단 가만히 있어 봐. 내가 지금 꼭 해야 될 말이 있어."

내 말에 형의 눈썹이 꿈틀거렸다. 쓸데없는 말이면 부리를 찢어버리겠다는 눈빛이었다. 나는 심호흡을 한 다음 비장한 표정으로 가을을 쳐다봤다. 그때 가을이 내 얼굴 쪽으로 손을 뻗었다. 소매로 내 얼굴에 튄 피를 닦아주는 게 너무 자연스러워서 나는 그의 손을 피하지도 못했다.

"할 말이 뭐야?"

"어?"

뒤늦게 그의 손을 쳐내려고 했지만 가을은 내 팔목을 붙잡았다. 꿈쩍도 하질 않아서 끙끙거리고 있는데 가을이 절절 끓는 지옥 불처럼 잔뜩 달아 있는 눈으로 웃었다. 형이 화났을 때 웃는 거랑 비슷한 표정이었다.

"말 잘해. 또 우리 형이라고 하면 나도 어떻게 할지 몰라."

"……."

가을이 내 얼굴에 묻은 피를 다 닦아줄 때까지 나는 쫄아서 한마디도 할 수가 없었다. 숨을 몇 번이나 삼키고 심호흡을 한 뒤에 나는 입술을 달싹였다.

"너……."

무슨 일이 벌어질지 몰라 한 발자국 뒤로 물러서 안전거리를 확보하려고 했지만, 가을이 내 팔목을 잡은 손에 힘을 줬다. 결국 나는 그의 손에 붙잡힌 채 울상을 짓고 물었다.

"너 나 좋아하지?"

내 물음에 무섭게 웃고 있던 가을의 표정이 어리둥절하게 변했다. 그 갑작스러운 변화에 나는 좋아해야 하는지 울어야 하는지 갈피를 잡을 수가 없었다.

그게 무슨 개소리냐고 해도 좋아할 수만은 없었다. 왜냐고? 쪽팔리니까! 그리고 좋아하는 거 맞다고 해도 마찬가지였다. 그럼 앞으로의 내 인생이 고달파질 테니까!

잔뜩 긴장하며 그의 입술만 노려보고 있는데 가을이 의아한 얼굴로 입을 열었다.

"어떻게 알았어?"

"……."

쟤 뭐야……. 잔뜩 긴장해 있던 나는 순간 맥이 탁 풀렸다. 어떻게 알았냐니? 그걸 나한테 왜 물어? 뒤에서 형의 욕지거리 소리가 들림과 동시에 가을이 고개를 갸웃하며 물었다.

"그렇게 티가 많이 나?"

"어……. 되게 많이 나……."

나는 얼이 빠진 얼굴로 고개를 끄덕거렸다.

⚜

부서진 방에서 대화할 수 없어서 우리는 옆 건물로 이동했다. 다시 싸울 생각은 없는지 형과 가을은 서로 마주 보고 앉아 차를 마셨다. 나는 형 옆에 앉아 고개만 푹 숙이고 있었다.

"꼬마야, 이런 기회는 네 인생에 두 번 다시 찾아오지 않아. 브류나크가 성국에 얼마나 중요한 물건인지 너도 알잖아."

나는 탁자 밑으로 꽉 쥔 주먹에 힘을 줬다.

이제 이렇게 된 거 믿을 건 형밖에 없었다. 제발, 제발, 제발, 제발 거절 좀 해라. 부탁이다. 날 살릴 수 있는 건 너밖에 없어.

속으로 온갖 신을 찾으며 기도하고 있는데 침묵하고 있던 형의 입이 열렸다.

"그러니까 나더러 브류나크를 받고 병아리를 팔아?"

"뭐……. 단어가 좀 그렇기는 한데, 아주 틀린 말은 아닌 거 같기도 하고……."

저, 저 새끼가! 야! 너 나 좋아한다며? 근데 뭐? 팔아? 저거 씨발, 진짜 나 좋아하는 거 맞아?

나는 고개를 퍼뜩 들어 가을을 노려봤다. 내 시선을 느낀 가을이 날 보며 녹아내릴 것처럼 어여쁘게도 웃었다. 그 얼굴을 보며 나도 마주 웃으며 말했다.

"내가 물건이냐?"

"당연히 아니지. 근데 꼬맹이가 왜 너한테 병아리……."

"병아리 아니라고! 내가 왜 병아리야? 네 눈깔엔 내가 병아리처럼 보여? 어?!"

내 과민반응에 가을이 다시 웃었다. 아까부터 뭐가 그렇게 좋은지 자꾸 실실 쳐 웃는 놈을 보면서 나는 분통이 터졌다. 그때 형이 찻잔을 들어 차를 마셨다.

"협상 결렬이다."

"왜? 너한텐 병아리가 신기보다 더 중요해?"

가을이 미간을 구기며 묻자 형이 어이없다는 듯 말했다.

"브류나크는 성국의 국보다."

그게 뭔 말이야? 내가 의아한 얼굴로 물끄러미 형이 보자 형도 고개를 돌려 날 쳐다봤다. 그러더니 한숨을 내쉬며 말했다.

"너 대가리에 폭탄 맞았냐?"

"어? 아, 이거. 케이크 먹다가 흘렸어. 그래서 내가 더 중요하다는 거야, 그 창이 더 중요하다는 거야?"

"넌 네 가치가 한 나라의 국보보다 높다고 생각하나 보지?"

"……."

단호한 형의 말에 나는 입을 다물 수가 없었다. 그러니까 지금 나보다 창이 더 중요하다 이거야? 뭐 저런 게 다 있어? 저거 진짜 우리 형 맞아?

얻어맞을까 봐 욕도 못하고 입술만 달싹이면서 욕을 퍼붓고 있는데 가을이 뜬금없이 말했다.

"난 국보보다 네가 더 좋아."

"야, 넌 시끄러!"

"근데 협상은 왜 결렬이야?"

이젠 가을이까지 내 말을 무시하며 형에게 물었다. 형은 미간을 좁히며 잠시 입을 다물었다. 그러더니 툭 내뱉었다.

"그럼 조건이 있다."

"뭐든 말해 봐."

"좋아, 만나는 건 허락하지. 대신 건드리지는 마."

그 말에 시종일관 웃고 있던 가을의 표정이 삽시간에 일그러졌다.

형은 무표정한 얼굴로 덧붙였다.

"여기에 모든 신체적인 접촉도 포함된다."

"넌 내가 성인군자처럼 보여?"

"씨발, 그럼 건드리겠다는 거냐?"

당장이라도 다시 싸울 것처럼 험악한 분위기 속에서 나는 얼이 빠진 얼굴로 조심스레 입을 열었다.

"저기, 내 의견은……."

"내가 말한 건 그냥 만나는 거야. 딴짓거리 했다간 세상에 초월자가 둘로 변하는 수가 있다."

"넌 자꾸 이런 식으로 나오면 교황 바뀌는 수가 있어."

"야! 내가 당사잔데 내 의견도 좀……."

점점 화딱지가 나서 목소리를 높이는데 자기들끼리 노려보고 있던 형과 가을이의 시선이 내게 닿았다.

"넌 닥쳐."

"네가 자꾸 우리 형, 우리 형 그러니까 내가 이러고 있는 거 아니야."

"……."

뭐 저런 새끼들……. 나는 울상을 짓고 어깨를 축 늘어뜨렸다. 이게 도대체 뭐야? 나 진짜 지금 팔려가는 상황인 거야? 갑자기 서러워져서 나는 자리에서 벌떡 일어섰다.

"내가 무슨 공양미 삼백 석에 팔려가는 심청이냐?"

서러운 마음에 내가 울먹이자 물끄러미 날 보던 형이 가을에게 시선을 돌리며 말했다.

"안 되겠다. 이번 일은 없었던 걸로 하지."

형의 말에 가을이 역시 입을 다물었다. 그래 봤자 이미 내 마음은 상할 대로 다 상했다. 거기다가 한꺼번에 너무 많은 일이 터져서 골이 아파 죽을 것 같았다.

배도 고프고 잠도 오고 씻고 싶고, 진짜 딱 거지가 된 것 같은 기분이었다.

"난……."

힘없이 입을 열던 나는 멈칫했다. 난 사실 지구에 있을 때 남자였기 때문에 네 고백은 받아줄 수가 없다고 말하려고 했는데 그러기에는 왠지 내키질 않았다. 내가 남자였는데 지금 여자 몸에서 살고 있다는 걸 알면……. 그럼 난 완전 변태가 되는 거잖아?

그 말은 절대 하지 않기로 마음을 먹고 나는 숨을 고른 뒤에 말했다.

"난 독신주의자야."

"결혼 안 해도 돼."

"……."

저건 또 무슨 개소리야. 일말의 망설임도 없이 튀어나온 대답에 나는 당황했다.

결혼 안 해도 된다고? 그럼 지금 날 가지고 놀다가 버리겠다는 거야?

가을은 내 마음을 읽기라도 한 건지 내 얼빠진 얼굴을 보며 웃었다.

"벌써 결혼까지 생각하고 있었어?"

"뭐? 아니, 그러니까 내 말은 그런 게 아니라……."

당황하며 말하고 있는데 귓가로 형의 한숨 소리가 들려왔다.

안 그래도 잔뜩 심사가 꼬여 있는데 한숨 소리까지 듣자 더욱 기분이 나빠졌다. 내가 도끼눈을 뜨고 노려보자 형이 꺼지라는 듯 손짓했다.

"가서 씻기나 해."

그 말에 내가 발끈해 뭐라고 하려던 찰나 가을이 말했다.

"왜 여기서 씻어? 울이 방 없어?"

"신경 끄고 넌 꺼져. 그리고 병아리 넌 다 씻고 내 집무실로 와."

"싫어, 울이 내가 데리고 갈 거야."

가을의 말에 형의 안색이 변했다. 거기에 가을 역시 안색이 변하기는 매한가지였다.

나는 서로 죽일 것처럼 노려보는 형과 가을을 보다가 한숨을 내쉬며 터벅터벅 욕실로 걸어갔다.

거울에 수건을 덮어 보이지 않게 해놓은 뒤, 옷을 벗고 샤워를 했다. 나는 뜨거운 물을 맞으며 조금 전에 있었던 일을 떠올렸다. 아깐 너무 경황이 없어서 제대로 생각을 못했는데 난 지금 남자에게 고백을 받은 거다. 그것도 미친놈한테!

형에게도 그 창이 나보다 더 중요한 거 같으니까 어쩌면 이대로 팔려갈지도 모른다. 독신주의자라는 말에도 가을이 아무렇지도 않아 하는 걸 보니, 더 강한 게 필요했다.

뭐라고 거절을 해야 하지?

나는 고개를 위로 쳐들고 수건으로 몸을 닦으며 한숨을 내쉬었다. 무작정 안 된다고 해서는 떨어져 나갈 것 같지가 않았다.

내가 10초 만에 속옷과 옷을 입는 신기를 펼치고 밖으로 나오자 형과 가을이 아직도 설전을 벌이고 있는 모습이 보였다.

"브류나크는 성국의 소유다. 제국에 강탈당한 뒤로 행방불명이었던 빛의 창을 왜 네놈이 가지고 있는 거지?"

"하나만 약속해주면 그걸 그냥 너한테 준다니까 왜 이렇게 말을 안 들어? 내가 지금 어려운 부탁을 하는 것도 아니잖아."

나는 멀찍이 떨어져 수건으로 젖은 머리카락을 툭툭 털면서 그들을 쳐다봤다.

"좋아, 그럼 내가 성국 소속 기사가 될게. 빛의 창에 초월자까지 덤으로 가지고 가는 거면 넌 거저먹는 거야."

"뭐?"

"어차피 네가 교황으로 있을 때까진 나도 성국엔 손 못 댈 텐데, 기사가 된다고 해서 나쁠 것도 없잖아. 대신 기한은 네가 살아 있을 때까지만."

가을의 조건이 하나 더 추가됐다. 그 파격적인 제안에 형이 일그러진 얼굴로 내게 시선을 돌렸다. 그 눈빛을 보며 나는 확신했다.

지금 저 제안으로 형은 가을이에게 넘어간 거다. 저 치사하고 야비한 새끼. 팔아넘길 게 없어서 동생을 팔아넘기다니.

　내가 도끼눈을 뜨자 형이 시선을 돌려 다시 가을을 보며 말했다.

　"그래도 본인이 싫다고 하면 어쩔 수 없어."

　"그건 알아. 그냥 넌 간섭하지만 않으면 되는 거야. 싫다고 해도 브류나크도 다시 달라고 안 할 거고, 너 죽을 때까지 성국의 기사도 돼 줄게."

　고민하는 형을 보며 나는 포기했다. 그래, 이 문제는 나 혼자서 해결해야겠다. 이제 형도 내 보호막이 아니니까 이렇게 된 거 이판사판이다. 내가 변태가 되고 뭐고 간에 그냥 말하는 거야. 난 사실 남자였어. 너랑 똑같은 남자!

　수건을 꾹 쥐고 결심하는데 귓가로 형의 목소리가 들려왔다.

　"둘이 만나는 건 내 알 바 아니다. 알아서 해. 대신 싫다는데 건드리거나 또 그딴 귀걸이 멋대로 끼우거나, 오후 여덟 시 이전에 들어보내지 않으면 협상은 결렬이다. 병아리가 좋다고 하면 그 뒤로 협상에 관한 건 다시 얘기하지."

　"너 생각했던 거보다 되게 착한 애였구나. 난 여태까지 네가 할 줄 아는 건 쥐뿔도 없으면서 싸가지만 없는 꼬맹인 줄 알았어."

　"그리고 그 꼬맹이라는 말 한 번만 더 해도 협상은 결렬이다."

　형이 이를 갈며 말했지만 가을은 웃기만 했다. 가을이 실실 웃으며 고개를 끄덕일 때 노크 소리가 들려왔다. 나는 노크를 한 사람이 형을 찾으러 온 거라는 걸 어렵지 않게 알 수 있었다.

안 그래도 형은 매일 바빴는데 건물까지 부서졌으니, 이제 정말 눈코 뜰 새 없을 거다.

나는 잔뜩 불안한 얼굴로 문 쪽으로 가는 형의 뒤를 졸졸 쫓았다. 힐끗 고개를 돌리자 그런 나를 말끄러미 보던 가을이 고개를 젖히며 말했다.

"정말 병아리처럼 졸졸 쫓아다니네."

내가 왜 병아리냐고 화를 내며 소리칠 수도 없었다. 형이 나가면 난 이 방에 저 새끼와 둘만 남게 되리라는 걸 알기 때문이었다.

아니나 다를까, 형이 문을 열자 곤란한 얼굴을 한 사제가 보였다. 형이 한숨을 내쉬며 날 내려다봤다. 나는 버려진 강아지처럼 울먹이는 얼굴로 형의 옷깃을 쥐었다.

"가, 가야 돼?"

멀거니 날 내려다보던 형이 짧게 물었다.

"어쩔래?"

그 말에 나는 눈만 깜박였다. 나는 멀뚱멀뚱 형을 보다가 잡고 있던 옷깃을 놨다. 그리고 비장한 얼굴로 말했다.

"내가 알아서 할게."

호기롭게 말했지만 목소리는 조금 떨리고 있었다.

그런 내가 안쓰러운 건지 웃긴 건지, 아니면 한심해 보이는 건지 형은 혀를 차며 내 머리를 두어 번 토닥거렸다. 그러더니 뒤도 돌아보지 않고 문을 나가버렸다. 달칵하고 문이 닫히는 소리가 들리자마자 나는 나도 모르게 문 쪽으로 손을 뻗었다.

나는 멋대로 문고리 쪽을 향하는 손을 반대쪽 손으로 부여잡으며 속으로 마음을 다잡았다.

나는 잔뜩 긴장한 얼굴로 휙 몸을 돌렸다. 가을은 의자에 앉아 의자 팔걸이에 턱을 괴고 날 쳐다보고 있었다. 나는 그에게 성큼성큼 걸어가며 말했다.

"나랑 말 좀 하자."

"그래."

가을은 태연하게 대답했다. 무슨 말을 하고 싶냐는 듯 날 쳐다보는 그를 보며 나는 조금 당황했다.

누가 보면 내가 고백하는지 알겠다. 먼저 좋아한다고 해놓고 쟨 뭐가 저렇게 태연한 거지? 그리고 생각해보면 대화 좀 하자고 먼저 얘기해야 될 것도 내가 아니라 가을이어야 되는 거 아닌가?

자꾸만 말리고 있다는 불길한 생각이 들었다.

"내가 책에서 본 구절이 있어."

"벌써 책도 읽을 수 있어? 공부 많이 했네."

여전히 턱을 괴고 나른하게 웃는 얼굴로 가을이 날 칭찬했다. 다른 곳으로 잠시 시선을 돌릴 수 있을 법도 한데 나만 쳐다보고 있었다. 아까 싸울 때 이후로 여전히 시뻘건 눈이라 기분이 이상해졌다. 나는 미친 것처럼 뛰는 심장을 진정시키며 말했다.

"사랑은 강요하는 게 아니야."

"그래?"

"그, 그래. 사랑은 절대로 강요하는 게 아니야."

나는 다시 한 번 강조하듯 말했다. 나는 너랑 그렇고 그런 사이가 될 마음이 없다고 솔직하게 말하면 쟨 나한테 뭐라고 할까?

나는 가을이 어떻게 나올지 어렵지 않게 상상할 수 있었다. 그때 그 피에로 사건만 해도 그렇다. 시뻘건 눈으로, 저렇게 웃는 얼굴로, 저 새끼는 태연하게 날 협박했다. 협박이라고 하기에도 뭐하고 애원이라고 하기에도 애매한 얼굴로, 말투로, 행동으로!

저 새끼는 이번에도 그렇게 나올 게 틀림없다. 저거 봐, 내가 사랑은 강요하는 게 아니라고 말할 때부터 웃다가 무표정으로 변했잖아! 피에로 사건 땐 수배지를 찢으면서 날 협박했는데 이번에는 뭘 찢으면서 날 협박할까? 나는 재빠르게 주변을 훑었다.

종이라고는 책장에 꽂힌 책뿐이었다. 하지만 책장은 여기서 너무 멀었다. 그럼 남은 건……. 나는 가을이 앞에 놓여있는 찻잔에 손을 뻗어 내 쪽으로 끌어당겼다.

"차 마시고 싶어?"

"아, 아니. 그냥……."

찻잔을 던질 수도 있을 것 같아 나는 탁자 위에 찻잔을 전부 치웠다. 내가 탁자 위에 있는 찻잔과 주전자를 죄다 바닥에 내리자 가을이 의아한 얼굴로 날 쳐다봤다. 나는 주변에 무기가 될 만한 건 아무것도 없다고 판단한 뒤에야 다시 의자에 앉았다.

"할 말이 그거야? 사랑은 강요하는 게 아니라고?"

"어? 어, 그거랑 또……. 너 근데 언제부터 날 좋아한 거야?"

정말 궁금해서 한 질문이었지만 말해놓고 조금 후회했다.

이거 진짜 이상하다. 왜 내가 이런 말을 하고 있지? 보통은 먼저 좋아한 사람이 질문도 먼저 하고 그러는 거 아닌가? 내가 어리둥절한 얼굴로 고개를 갸웃하고 있자 가을이 말했다.

"몰라. 나도 좀 긴가민가했는데 아까 네가 물어봤을 때 그런가 보다 했거든."

"……."

정말 요즘 되는 일이 하나도 없다. 그냥 물어보지 말걸……. 하지만 지금 후회해봤자 이미 늦은 일이었다.

"그, 그러냐. 아, 아무튼 난 지금 누구랑 만날 생각 없어."

"그래, 그런 거 같아."

"……."

쟤 진짜 뭐야……. 쉽게 수긍하는 가을을 보며 나는 당황했다. 진짜 뭐지? 이게 어떻게 된 거지? 설마 이대로 그냥 포기하겠다는 건가? 그, 그럼 나야 좋기는 한데……. 나는 얼빠진 얼굴로 물었다. 정말 순전히 궁금해서였다.

"넌 내가 한 번 싫다고 했다고 바로 포기하냐?"

"한 번만 그런 거 아니잖아."

사나이로 태어났으면 못 먹어도 고 아니야? 뭐 저렇게 포기가 빨라? 칼을 뽑았으면 무라도 잘라야지!

내가 한숨을 내쉬며 혀를 차자 가을이 대뜸 물었다.

"왜? 그래서 아쉬워?"

"뭐가 아쉬……. 아니, 이건 그냥 궁금해서 물어본 거거든?"

"……."

"……뭐야? 왜 그렇게 쳐다봐? 너 설마 내가 지금 아쉬워서 물어봤다고 생각하는 건 아니지? 어? 야! 너 무슨 그런 끔찍한 생각을 하는 거야!"

상상만 해도 끔찍하다! 내가 빽 소리치자 가을이 갑자기 의자에서 일어났다. 그러더니 의자에 걸려 있는 수건을 들어 젖은 내 머리카락을 닦아주며 가을은 알 수 없는 말을 했다.

"괜찮아, 어차피 시간은 많으니까."

"……."

무슨 뜻인지는 모르겠지만 갑자기 등골에서부터 소름이 끼쳐와서 조금도 움직일 수가 없었다. 이 무거운 침묵이 어색해서 죽을 것 같아 숨도 쉬질 않고 눈도 깜빡이지 못했는데 어떻게 안 건지 가을이 수건에서 손을 떼더니 말했다.

"숨 쉬어."

그 말에 반사적으로 한꺼번에 숨이 터져 나왔다. 내가 헉헉거리자 가을이 의아한 얼굴로 날 쳐다봤다.

"왜 그래?"

나, 나도 몰라. 나는 잔뜩 굳어서 눈만 껌벅거렸다. 예전엔 안 그랬는데 저 입에서 날 좋아한다고 들으니, 편하게 대할 수가 없었다. 내가 잔뜩 긴장해 있다는 걸 안 가을이 가만히 날 보더니 말을 돌렸다.

"귀걸이 빼줄까? 아까 꼬마가 하나 부셔서 내버려둬도 되긴 한데."

"뺄 거야. 그리고 이 팔찌도 가져가."

"그건 싫어. 너 말 못하면 답답하잖아."

가을이 내 귀로 손을 뻗으며 말했다. 그의 손끝이 축축하게 젖은 머리카락을 치우고 내 귓불에 닿았다. 서늘한 감촉에 다시 바짝 긴장해 있는데 가을이 물었다.

"이게 그렇게 싫어?"

"시, 싫······. 어? 뭐가?"

"이 귀걸이가 그렇게 싫어? 교황도 그렇고 너도 그렇고 왜 그렇게 싫어해?"

뭐? 너 지금 그걸 말이라고 하냐? 나는 어이가 없어서 한숨을 내쉬었다.

"너 같으면 좋겠냐? 이거 하고 있으면 아무도 못 만지잖아! 나도 그렇고 상대방도 그렇고!"

"아무도 못 만지는 거 아니야."

"뭐? 그럼 너 일부러 알카 형이랑 우리 형만 못 만지게 했던 거야?"

내가 의아한 얼굴로 묻자 가을이 내 귀에서 귀걸이를 떼어내며 태연하게 말했다.

"아니, 살아 있는 건 다 못 만지고 나만 만질 수 있어."

"······."

저건 도대체 어디까지 미친놈인 건지 이제 감도 잡히지 않았다. 귀걸이를 뺀 가을이 제 손바닥에 있는 귀걸이 한쪽을 빤히 보더니 물었다.

"그렇게 싫어?"

"싫어!"

"생각 좀 하고 말해. 잘 생각해보면 좋을 수도 있잖아."

그는 미련이 남는 듯, 아쉽다는 얼굴로 다시 말했다. 그 말에 나는
빽 소리쳤다.

"백 번을 생각해도 싫어!"

내 예상과는 달리 가을은 화를 내지도 않았고, 날 협박하지도 않았
다. 그저 평소와 다름없는 얼굴로 몇 마디 더 하더니 가버렸다. 나는
덩그러니 방에 혼자 남아 혼란스러워서 미칠 것만 같았다.

이게 뭐지? 도대체 무슨 일이 일어난 거지? 그래서 날 좋아한다는
거야, 안 좋아한다는 거야? 어떻게 알았냐고 하고 그렇게 티가 많이
나느냐고 한 거면 나 좋아한다는 거 아니야? 근데 쟨 태도가 왜 저
래? 저게 좋아하는 사람 태도야?

아니, 근데 내가 왜 이런 생각을 해야 돼? 이러면 내가 꼭 좋아해
달라고 하는 사람 같잖아! 저 새끼 저거 혹시 고도의 전략인 거 아니야?

이젠 아주 별의별 생각까지 다 들었다. 나는 한참을 끙끙대다가 이
러고 있으면 뭐하나 싶어서 방을 나섰다.

요즘 금이는 정원에 인공으로 만들어진 작은 호수에서 지냈다. 어차피 그 정원에는 형 말고 아무도 들어갈 수 없다고 했으니 금이를 잃어버릴 걱정도 없었다.

　　정원에 도착하자 호수에서 유유히 헤엄을 치고 있는 금이가 보였다. 멀찍이 떨어져 금이를 보며 나는 한숨을 내쉬었다. 저렇게 물을 좋아하는 애를 방안에서만 키웠으니⋯⋯. 조금 미안한 얼굴로 나는 금이를 불렀다.

　　"금아!"

　　내 소리에 헤엄을 치던 금이가 푸다닥 밖으로 튀어나왔다. 뒤뚱뒤뚱 짧은 다리로 내게 달려오는 금이를 안으며 나는 말했다.

　　"잘 놀고 있었어?"

　　금이는 꽥꽥거리며 부리로 내 볼을 툭툭 쳤다. 옷이 젖었지만 그런 건 아무래도 좋았다. 금이를 안은 채 나무 밑에 앉은 나는 다시 한숨을 내쉬었다. 내일은 꼭 무슨 일이 있어도 결판을 지어야겠다. 그런 생각을 하면서도 나는 의문이 들었다.

　　자꾸 결판을 지어야겠다는 생각은 드는데 도대체 뭘 결판을 지어야 하는 건지 사실 잘 모르겠다. 가을은 나한테 강요하지도 않았고, 자신의 마음을 잘 드러내지도 않는데.

　　다시 머리가 아파져 끙끙거리자 금이가 부리로 내 볼을 다시 툭툭 쳤다. 나는 금이를 꽉 끌어안고 축축한 털에 얼굴을 묻었다. 어차피 가을이는 내일도 올 테니까 내일 보고 다시 생각해봐야겠다.

일주일이 지났다. 형이랑 가을이랑 건물을 때려 부수면서 싸운 지 오늘이 딱 일주일째였다. 그러니까 그 새끼가 나한테 좋아한다고 고백을 한 지 일주일이 지난 거다. 그때부터 오늘까지 내 머릿속에는 온통 그 생각뿐이었다.

"......"

그 새끼는 도대체 뭐하는 놈이지? 이게 뭐지? 오지 말라고 할 땐 죽어라 오더니, 왜 이번엔 일주일째 소식이 없어?

이 상황이 만약 만화라면 내 머리 위에는 물음표가 한 백 개는 둥 둥 떠다닐 거다.

첫째 날에는 다행이다 싶었다. 아직 나도 이 상황이 정리가 되지 않았으니까. 하지만 딱 사흘째가 되던 날, 의문이 들었다.

왜 안 오지? 그냥 내가 거절했다고 생각하고 이젠 안 올 생각인 건가?

하긴, 나 같아도 차이면 아무 일도 없었다는 듯 다시 웃을 수는 없 을 것 같았다. 이제 안 오려나 보다. 다행이었다.

그리고 일주일이 되는 날, 즉 오늘, 다시 생각이 변했다.

이 새끼는 진짜 나쁜 놈이다. 아니, 세상에 인간관계가 애인밖에 없어? 형제, 자매, 부자, 모자, 친구 관계 등등! 세상에 인간관계 종류가 얼마나 많은데!

진짜 어이가 없어서 말도 안 나왔다. 매너라고는 쥐뿔도 없는 새끼. 그럼 차라리 처음부터 말을 하던가 하지, 아무렇지도 않은 척하고 가더니 갑자기 연락을 끊는 경우가 어디에 있어?

갑갑하기도 하고 열불이 터져서 가만히 있을 수가 없었다. 계속 방에만 있으면 화딱지만 날 것 같아서 나가려는데 예고도 없이 벌컥 문이 열렸다. 노크도 하지 않고 들어오는 건 형밖에 없어서 나는 한숨을 내쉬며 탁자 위에 엎어졌다.

"겨울아!"

하지만 들려온 건 형의 목소리가 아니었다. 높은 하이톤의 목소리에 퍼뜩 고개를 들자 탄트라에 있어야 할 아이리스가 보였다. 나는 눈을 둥그렇게 뜨고 의자에서 일어났다.

"아이리스?"

"그동안 잘 지냈어?"

"여긴 어쩐 일이야? 벌써 방학이야?"

방학이 아니면 잘 오지 못한다고 했던 것 같은데……. 내가 의아한 얼굴로 묻자 아이리스는 활짝 웃으며 내 손을 붙잡았다.

"나 졸업했어."

"뭐? 졸업?"

"응. 저번 시험이랑 이번 시험 성적이 좋아서 조기 졸업자 명단에

올랐어. 저번에 탄트라에 왔을 때 말하려고 했는데 너도 알다시피 그때 좀 사건이 많았잖아. 그래서 말을 못했어. 그리고 나 등에 표식도 생겼어."

아이리스는 로또라도 맞은 것처럼 좋아했다. 나도 덩달아 웃으며 말했다.

"축하해. 표식이 나타난 거면 성녀가 되는 거야?"

"아니, 난 성녀가 아니라 사제가 될 거야. 어렸을 때부터 꿈이었거든!"

눈을 반짝반짝 빛내며 말하는 아이리스를 보며 나는 그녀가 조금 부러워졌다. 아이리스가 올해 몇 살이었더라. 나는 저 나이 때 뭘 하고 있었지? 꿈은커녕 내가 뭘 하고 싶은지도 몰랐던 거 같은데……

"아무튼 축하해. 그럼 이제 계속 여기에 있는 거야?"

"응, 사제가 되려면 수습 기간이 있는데 그때까진 여기에 있을 것 같아. 나중에 시험을 치고 성적이 좋으면 여기에서 계속 살 수도 있어."

"어? 넌 형 동생이잖아. 그럼 시험 못 쳐도 여기에 있을 수 있는 거 아니야?"

아이리스는 형 동생인데 굳이 시험을 쳐야 되나? 내가 의아한 듯 묻자 아이리스가 고개를 갸웃하며 말했다.

"내가 오라버니 동생이라는 건 상관없어. 교황청에 있는 사제들 기숙사에는 성적이 좋거나, 능력이 좋은 사람들만 있을 수 있거든. 그러니까 이곳에서 살려면 나도 공부를 열심히 해야 돼."

"……"

아이리스의 말에 머리에 돌멩이라도 맞은 것 같은 기분이 들었다.

내가 아무런 말도 하질 않고 가만히 있자 아이리스가 조심스레 물었다.

"근데 무슨 일 있어? 표정이 별로 안 좋네."

"어? 아니……. 아무것도 아니야. 그냥 좀 의외라서……."

따지고 보면 아이리스는 나보다 어렸다. 제시가 아이리스랑 동갑이긴 하지만 원래 나이로 따지면 아이리스는 나보다 어린 여자애였다. 그런데도 나보다 훨씬 더 어른인 것 같은 느낌이 들었다.

"그냥 형한테 방 하나만 달라고 하면 안 돼? 여긴 빈방도 엄청 많은 거 같던데……."

"그건 안 되지. 그럼 사제가 되고 싶어서 어렸을 때부터 열심히 노력한 사람들이 억울하잖아. 그리고 오라버니도 내가 그런 말을 하면 분명 안 된다고 할 거야."

그럼 나는 여기에 어떻게 있을 수 있는 거지? 난 사제도 아니고 성녀도 아니고, 시험 같은 건 친 적도 없는데……. 단호한 얼굴로 말하는 아이리스를 보며 나는 어색하게 웃었다.

"으응, 그건 그렇겠다."

"아무튼 한동안 같이 있을 수 있어서 너무 좋다! 내일부터 교황청 서고에서 일하기로 해서 오전에는 안 되겠지만 저녁 시간에는 시간 비니까 같이 얘기도 하고 밥도 먹자."

교황청 서고에서 일을 해? 아직 미성년자고, 학생이고, 좀 있다 시험도 쳐야 되는데 일을 어떻게 해?

"저기, 그럼 만약 시험 못 치면 어디서 살아? 나가서 사는 거야?"

"시험 붙으면 사제가 되는 거니까 잘 치면 기숙사에서 살 수 있고, 못 치면 밖에서 출퇴근하는 거야. 아예 시험에서 떨어지면 여기서 계속 공부해야 하고……. 만약 나가 살아야 해도 집은 교황청 근처에 얻을 거니까 그래도 자주 만날 수 있어. 나 혹시 시험 못 쳐도 가끔씩 놀러 올 거지?"

"어? 어, 응. 놀러 갈게."

아까부터 억지로 웃어서 그런지 입가에서 경련이 일어났다.

내 방과 아이리스가 있는 방은 아예 건물이 달라서 거리가 꽤 됐다. 아이리스가 짐을 푸는 걸 도와주려고 간 방은 내가 예상했던 것보다 훨씬 더 허름했다.

아니, 허름한 건 아니었지만 내 방과 비교했을 때 지나치게 평범하고 좁았다.

고시원처럼 좁은 방에 침대와 책상, 그리고 작은 옷장이 전부였다. 그것도 두 명이서 같이 사는 2인실이었다. 아이리스는 내게 아무런 말도 하지 않았지만 나는 괜히 혼자 찔려서 웃기만 했다.

같이 짐을 풀고 점심을 먹은 후 나는 다시 방으로 돌아왔다.

시험이 어려워서 아직 공부를 많이 해야 한다며 아이리스가 밥을 먹자마자 돌아갔기 때문이다.

아이리스의 방과는 달리 화려하고 커다란 내 방으로 돌아온 나는 얼빠진 얼굴로 멍청하게 허공만 쳐다봤다. 형이 매일 밥버러지라고 할 땐 뭔 개소리냐고 무시했는데, 아이리스를 보니까 정말 내가 밥버러지 같았다.

나는 지금까지 아이리스처럼 생각한 적은 한 번도 없었다. 난 형이 돈이 많아서 이제 팔자 폈다고 생각했는데 아이리스는 그런 나와 정반대였다.

형이 교황이면 사제 좀 시켜달라고 한 번쯤 말해볼 수도 있을 텐데 공부를 해서 시험을 치고, 형이 돈이 많으면 용돈 좀 달라고 할 수도 있을 텐데 공부를 하면서 아르바이트까지 했다.

내가 하는 거라고는 알카 형이랑 공부하는 일밖에 없는데. 거기다가 나는 그 공부마저 하기 싫어서 매일 농땡이를 부리기 일쑤였다. 다른 것도 아니고 멋있다는 이유로 검사가 되겠다고 혼자 설치고, 나가서 매일 사고만 치고……. 진짜 형이 날 한심하게 쳐다보는 이유를 알 것 같았다.

안 그래도 가을이 때문에 골이 아파 죽겠던 찰나에 내가 밥버러지라는 생각이 들자 더 우울해졌다.

나는 커서 뭐가 되지? 내가 하고 싶은 건 뭐지? 그렇게 한참 서서 고민하다가 나는 종이와 펜을 들고 침대에 엎드렸다.

일단 내가 뭘 하고 싶은지 생각을 해보자.

난 검사도 되고 싶고 마법사도 되고 싶고……. 근데 난 마법은 못 쓴다고 했으니까……. 제일 안정적인 게 공무원이니까 공무원도 되고 싶은데……. 근데 누가 공무원 하고 싶다고 시켜주는 것도 아니고, 공무원 되려면 공부 엄청 해야 될 텐데…….

공부야 하면 되긴 되는 건데, 내가 과연 공부를 할 수 있을까? 하루 이틀 해야 되는 것도 아니고, 몇 년씩 한다고 공무원 시험에 붙는다는 보장도 없는데.

변호사도 되고 싶고 검사도 되고 싶다. 사자가 붙는 직업이 좋다는 말은 귀에 못이 박히도록 들었으니까. 돈 많이 버는 직업이 뭐가 있지? 의사 되면 돈은 많이 벌 것 같으니까 의사도 되고 싶고…….

종이에 의미도 없는 낙서를 하다가 나는 줄을 좍좍 긋고 푹 엎어졌다.

하고 싶은 건 많았다. 하지만 전부 뜬구름이었다. 이건 장래희망이 아니라 꿈 같았다. 하늘을 날고 싶고 초능력을 쓰고 싶은 것처럼, 허황된 꿈. 난 공부도 못하는데 어떻게 의사가 되고 변호사가 되겠는가.

몸도 마음도 편하고 돈 많이 버는 직업을 가지고 싶었지만 세상에 그런 건 없었다. 어렸을 땐 한 달에 적어도 300만 원씩은 벌고 싶었는데 형 몰래 아르바이트를 한 번 해보고 내가 얼마나 허황된 꿈을 꾸고 있었는지 깨닫지 않을 수가 없었다.

나는 돈은 많이 벌고 싶은데 준비하는 게 하나도 없었다. 공부도 제대로 안 하면서 대학은 좋은 곳에 가고 싶었다. 형이 공부 좀 하라고 잔소리하는 게 귀찮기만 했고, 또 억울했다.

공부 안 해서 시험을 망친 건 내 탓인데도 안 그래도 시험 망쳐서 짜증 나는데 왜 잔소리를 하냐고 대든 적도 많았다.

엎어져 있다가 슬쩍 고개를 들자 내가 들고 있는 펜이 새하얀 이불을 시커멓게 물들이고 있는 게 보였다. 그걸 멀뚱멀뚱 보다가 나는 헉하고 몸을 일으켰다.

이 침대는 형 침대였다. 같은 방에서 지내지만 내 침대가 있는 곳은 여기서 한참은 더 들어가야 되기 때문에 형이 없을 땐 가끔 이 침대에서 뒹굴거리곤 했었다. 물론 형한테는 비밀로.

나는 펜과 종이를 탁자 위에 올려놓고 소매로 이불에 묻은 잉크를 벅벅 문질렀지만 지워지기는커녕 오히려 더 번져서 더러워지기만 했다. 탁자 위에 있는 물병을 들고 와 이불에 조금 붓고 다시 문질러도 자국은 더 번졌다.

새하얀 이불에 점점 번지는 시커먼 자국을 보며 나는 망연자실했다. 밥버려지도 모자라 매일 사고만 친다. 이불을 붙들고 한숨을 쉬고 있는데 문이 열리는 소리가 들렸다. 고개를 들자 형이 서류를 들고 걸어오고 있는 모습이 보였다.

나는 안중에도 없는 듯 형은 의자에 앉아 서류를 보기 시작했다. 나는 겉옷은 벗지도 않고 바쁘게 일하는 형을 멀뚱멀뚱 보다가 고개를 숙였다. 이불을 반쯤 접어 잉크가 묻은 쪽을 가린 뒤 침대에서 몸을 일으켰다.

내가 쭈뼛쭈뼛 형이 있는 쪽으로 다가가자 형이 고개를 들어 날 쳐다봤다.

"나가서 놀아."

"아이리스 온 거 알아? 봤어?"

내 말에 형은 다시 고개를 숙여 서류를 보며 말했다.

"바빠서 못 봤어."

얼마나 바쁘면 동생이 조기 졸업해서 왔는데도 못 봐? 나 같으면 잔치라도 벌여달라고 징징거렸을 텐데. 그러고 보니 아이리스는 섭섭한 기색도 없었다.

"시험 잘 쳐서 조기 졸업했대."

"알아."

건성건성 대답하는 형을 보며 나는 입을 삐죽 내밀었다. 나는 책상 구석쯤에 몸을 바짝 붙이고 손가락으로 종이를 툭툭 건드리다가 다시 말했다.

"아이리스는 언제부터 공부 잘했어?"

"걘 어렸을 때부터 잘했어. 조기 졸업할 거라고 예상은 했는데 이렇게 빨리할 줄은 몰랐네."

……아이리스는 못하는 게 뭘까. 공부도 잘하고 얼굴도 예쁘고 목표도 뚜렷하고 거기다가 성격도 좋다. 손가락으로 책상 위를 문지르고 있는데 형이 고개를 들었다.

"하고 싶은 말 있으면 빨리하고 나가서 놀아. 신경 쓰이니까."

내가 계속 우물쭈물하고 있다는 걸 어떻게 알았는지 형이 먼저 말했다. 아무렇지도 않게 말하고 싶은데 아이리스를 만난 뒤부터 자꾸만 풀이 죽는다. 나는 시무룩한 얼굴로 물었다.

"형은 어렸을 때 뭐가 되고 싶었어?"

"의사."

한 치의 망설임도 없는 그 대답에 나는 입을 다물었다.

지구에 있을 때도 형은 그랬다. 나는 잘 기억나지 않지만 엄마는 몸이 많이 약했다고 했다. 지병이 있는 건 아니었지만 선천적으로 몸이 약해서 병원을 자주 갔다는 얘기를 들었다. 형은 어렸을 때부터 그런 엄마를 보면서 자라서 그런지, 늘 의사가 되겠다고 했다.

어렸을 때부터 의사가 되고 싶었던 형은 고등학교를 졸업할 때까지 전교 1등을 놓친 적이 없었다. 공부도 잘했고, 운동도 잘했고 못하는 게 없었다. 이름만 대면 누구나 알 법한 명문대에 당당하게 입학한 뒤로도 한 번도 장학금을 받지 못했던 적이 없었다.

"갑자기 그건 왜 물어봐?"

"어? 그냥……. 난 뭐가 되고 싶은가 싶어서."

이제까지 계속 내게 말을 하면서도 형의 눈은 서류를 훑고 있었다. 하지만 이 말에 서류에서 눈을 뗀 형이 가만히 날 쳐다봤다. 괜히 머쓱해서 머리를 긁적이고 있는데 형이 물었다.

"뭐가 되고 싶은데?"

"난 그냥……. 돈 많이 버는 사람."

"돈을 왜 많이 벌고 싶은데?"

"돈 많이 벌면 좋잖아. 돈 많으면 하고 싶은 것도 다 할 수 있고."

나는 조금 자신 없이 말했다. 나는 물끄러미 쳐다보는 형의 시선이 부담스러워서 책상 끄트머리에 앉았다.

등을 보이고 앉아 공중에 뜬 다리를 앞뒤로 흔들고 있는데 형의 목소리가 들려왔다.

"돈 벌어서 네가 하고 싶은 게 뭔데?"

"모르겠어. 내가 뭘 하고 싶은지도 모르겠고 뭘 좋아하는지도 모르겠어. 내 친구들은 어렸을 때부터 뭐 하고 싶은 것도 많고, 꿈도 있었다고 하던데 난 그런 거 하나도 없었는데……."

나는 고개를 숙여 앞뒤로 흔들리고 있는 내 다리를 쳐다봤다. 아무리 고민을 해봐도 답이 나오지 않았다.

하고 싶은 것도 없고 되고 싶은 것도 없는데 난 지금 당장 뭘 해야 되지? 그냥 공부하면 되나? 공부 잘한다고 나쁠 건 없으니, 그냥 공부만 하면 되나? 아무런 목적의식도 없이?

"그럼 이것저것 아무거나 해봐."

형의 말에 나는 고개를 돌리며 물었다.

"그냥 아무거나 하라고?"

"뭐가 좋은지 모르겠다며. 이것저것 하다 보면 네가 좋아하는 것도 찾을 수 있겠지."

"그래도 좋아하는 걸 못 찾으면 어떡해?"

"그럼 할 수 없는 거고."

태연하게 말하는 형을 보며 나는 다시 입술을 삐죽 내밀었다. 내가 툴툴거리자 형이 날 보며 말했다.

늘 날 보며 짓던 한심해 보인다는 표정도 아니었고 귀찮다는 표정도 아니었다.

"살면서 네가 좋아하는 것만 하면서 살 수는 없어. 다 자신의 꿈과 현실 어느 중간 사이에서 타협하면서 사는 거야. 네가 좋아하고 하고 싶은 일이 있어도 막상 그게 직업이 되면 마냥 좋지만은 않아. 매일 편하고 매일 좋은 직업 같은 건 없으니까. 뭔가를 하다가 힘들고 짜증 나도 내일도 계속 하고 싶으면, 그 다음날도 그걸 하면 되는 거야. 다 그렇게 사는 거니까."

귀찮으니까 나가라거나 공부나 하라고 할 줄 알았더니 형은 의외로 진지하게 말하고 있었다. 정말 날 생각해주는 것 같아서 우울했던 마음이 조금 풀리는 것 같았다.

"그럼 이것저것 아무거나 해볼까?"

"네가 잘하는 거부터 해봐."

"내가 잘하는 게 뭐가 있어?"

공부도 못하고 운동도 못하고……. 할 줄 아는 거라고는 먹는 거랑 자는 것밖에 없는데.

"정 할 거 없으면 나중에 식당이라도 차리던가."

그 말을 마지막으로 형은 다시 서류로 시선을 돌렸다. 얼빠진 얼굴로 형을 보며 나는 입을 다물었다. 식당이라니. 내가 왜 그 생각을 못했지? 그래, 난 요리를 잘하잖아! 나는 책상에 내려와 말했다.

"나 지금 수플레 만들러 갈 건데 먹을래?"

"됐으니까 너나 처먹어."

형은 미간을 좁히며 말했다. 바쁘니까 말 시키지 말고 꺼지라는 형을 보며 나는 웃었다. 아까 우울했던 게 마치 꿈인 것 같았다.

싱글벙글 웃으며 문을 여는데 뒤에서 형이 혀를 차며 웃었다.

"하여튼 단순한 새끼."

쯧쯧쯧 혀를 차는 형을 뒤로하고 나는 방을 나섰다.

물어물어 주방에 도착한 나는 비장한 얼굴로 수플레 만들기에 돌입했다. 내가 병아리라는 걸 안 건지, 아니면 원래 주방장들이 이렇게 친절한 건지 그들은 내가 주방에 들어오자마자 자리를 비워줬다. 나는 커다란 주방에 덩그러니 혼자 남아 찬장을 뒤졌다.

수플레를 만들어본 지 꽤 됐는데도 어떻게 만드는지 다 기억이 났다. 흥얼흥얼 노래를 부르며 초콜릿 수플레와 바나나 수플레를 완성시킨 뒤에 작은 종이봉투에 하나씩 담았다.

하나는 형 주고, 하나는 아이리스 주고, 또 알카 형도 주고 가을이도 주고……. 나는 종이봉투에 초콜릿 수플레와 바나나 수플레를 하나씩 담다가 멈칫했다.

가을이는 이제 오지도 않는데 어떻게 주지? 나는 가을이한테 줄 수플레를 멀뚱멀뚱 보다가 어깨를 으쓱였다. 오늘 안 오면 그냥 내가 다 먹지, 뭐.

나는 더러워진 주방을 치우고 방으로 돌아갔다. 형은 내가 나오기 전 모습 그대로 계속 일을 하고 있었다. 나는 종이봉투 네 개 중 하나를 형에게 주며 말했다.

"이거 먹고 해. 근데 혹시 뭐 먹고 싶은 거 있어? 내일 해줄게."

"그럼 네가 제일 잘하는 걸로 해와."

수플레는 쳐다보지도 않고 형이 말했다. 나중에 배고프면 먹겠거니 하고 고개를 끄덕인 뒤에 다시 방을 나왔다. 이번에는 조금 빠른 걸음으로 아이리스에게 갔다.

"공부해?"

노크를 하고 들어가자 아이리스가 날 쳐다봤다. 공부를 하고 있었던 듯 책상 앞에 앉아있던 아이리스가 의자에서 일어났다. 나는 고개를 저으며 말했다.

"아니야, 다른 게 아니라 그냥 이거 주려고 왔으니까 공부 계속 해. 수플레 만들었는데 나중에 공부하다가 배고프면 먹어."

"수플레? 이걸 직접 만든 거야?"

"응, 혹시 내일 먹고 싶은 거 있어? 내가 만들어줄게."

아이리스는 믿을 수 없다는 표정으로 종이봉투를 받으며 말했다.

"세상에, 이걸 어떻게 만든 거야?"

예상했던 것보다 훨씬 더 좋아하는 아이리스를 보자 나도 기분이 좋아졌다.

아이리스는 순식간에 수플레 두 개를 다 먹어치우며 연신 칭찬을 했다.

"정말 맛있다. 사서 먹는 것보다 더 맛있는 거 같아! 요리는 언제 배운 거야?"

"배운 적은 없고 그냥 먹고 살기 바빠서 하다 보니까……. 또 뭐 좋아하는 거 있어?"

"해줄 거야? 우와, 그럼 나 과일 타르트 해줘!"

타르트쯤이야. 나는 의기양양하게 웃으며 내일은 타르트를 해주겠다고 하곤 방을 나섰다. 이제 알카 형이랑 가을이한테만 주면 되는데 둘 다 어디에 있는지를 모르겠다. 어떻게 할까 한참 고민하다가 형한테 물어보려고 돌아가던 중에 알카 형과 마주쳤다. 멀리서 복도를 걸어가고 있는 알카 형을 발견한 나는 반가운 마음에 소리쳤다.

"알카 형!"

내 외침에 알카 형이 뒤를 돌아 날 쳐다봤다. 나는 형에게 달려가 종이봉투 하나를 내밀었다.

"수플레 만들었는데 드세요."

"네?"

"수플레요. 방금 만들었어요. 근데 뭐 먹고 싶은 거 있어요? 제가 내일 만들어 드릴게요."

"……네?"

알카 형은 얼떨떨한 얼굴로 자꾸 되묻기만 했다. 너무 갑작스러웠나 싶어서 나는 웃는 얼굴로 말했다.

"제가 잘하는 거부터 해보려고요. 그래서 만들었어요. 형 혹시 단 거 싫어해요? 그럼 내일은 다른 거 해드릴까요? 뭐 좋아해요?"

내가 하는 말이 여전히 이해되지 않는 듯 의아한 얼굴로 날 보던 알카 형이 이내 웃으며 종이봉투를 받았다.

"무슨 말씀인지는 모르겠습니다만, 감사합니다. 마침 배가 고팠는데 잘 먹을게요."

"내일은 뭐 먹고 싶어요? 뭐 좋아해요?"

내 질문에 알카 형이 다시 웃었다. 내 갑작스러운 질문에도 알카 형은 당황하지 않고 입을 열었다.

"육류는 별로 좋아하지 않고, 느끼하거나 자극적인 것만 아니면 뭐든 좋아합니다."

"고기 말고 느끼한 거나 자극적인 것만 아니면요? 그럼 내일 공부 시간 전까지 만들어 놓을 테니까 밥 먹지 말고 오세요. 점심 먹고 오면 안 돼요!"

내 신신당부에도 알카 형은 웃기만 했다. 수플레 진짜 좋아하나 보다. 이럴 줄 알았으면 진작 좀 만들어줄걸.

나는 알카 형과 헤어지고 방으로 가려다가 정원으로 나왔다. 이제 가을이한테 줄 것만 남았다. 종이봉투를 들고 걷다 보니, 가을이랑 처음 만났던 커다란 나무 밑에 도착했다.

처음 만났을 땐 어디 아파서 기절한 줄 알았는데 알고 보니까 여기서 자고 있던 거였지. 나는 종이봉투를 안고 나무 밑에 멀뚱멀뚱 있다가 나무에 기대고 앉았다.

그렇게 수플레 먹고 싶다고 징징거리더니 막상 만드니까 오지도 않는다.

근데 얜 이제 진짜 안 올 생각인가? 나는 종이봉투를 끌어안고 한참을 앉아 있다가 한숨을 내쉬었다.

"내가 다 먹어……."

나는 나무에 기대앉아서 고개를 들며 중얼거리다가 그대로 굳어 버렸다. 익숙한 눈동자와 눈이 마주쳐 한참을 그렇게 있다가 나는 뒤늦게 놀라 빽 소리쳤다.

"놀랐잖아!"

가을이 나무 위에 앉아서 멀뚱멀뚱 날 쳐다보고 있었다. 내가 소리치자 가을이 아래로 내려왔다. 꽤 높았는데도 가볍게 착지한 그는 날 보며 아무렇지도 않게 말했다.

"여기서 뭐 해?"

그 말에 나는 어이가 없었다.

"너 뭐야?"

"뭐가?"

"넌 여기서 뭐 하는데?"

얘가 여기에 왜 있어? 설마 그동안 계속 여기에 있었던 건가? 아니, 왜? 여기서 뭐 하는데? 또 새 눈깔 뽑으려고 그러나?

아니, 그런 건 아무래도 좋았다. 나는 벌떡 일어나 다시 소리쳤다.

"너 뭐야!"

"화났어?"

내가 잔뜩 인상을 쓰고 소리치자 가을이 의아한 얼굴로 물었다. 그 말에 나는 그제야 내가 화를 내고 있다는 걸 깨달았다.

내가 왜 화를 내고 있는지도 모르겠다. 나는 화가 났다는 걸 인정하고 싶지 않아서 고개를 저었다.

"아니, 안 났어."

"화난 거 같은데……."

"안 났다고!"

"알았어. 근데 그건 뭐야?"

가을은 내가 안고 있는 종이봉투를 가리키며 말했다. 너 주려고 만들었다고 말하려다가 나는 입을 다물었다. 저 괘씸한 놈한테 그냥 주기에는 아까웠다.

"수플레. 나 먹으려고 만든 거야."

"그래? 근데 팔찌 만들려다가 그냥 다시 귀걸이 만들었어. 귀 뚫었는데 아깝잖아. 그때 줬던 거랑 똑같이 만든 거니까 해도 괜찮지?"

저건 또 무슨 소리야? 나는 떨떠름한 얼굴로 물었다.

"또 아무도 못 만지게 하는 그 귀걸이를 만들었다고?"

"아니, 그건 아니고 그냥 디자인만 똑같이 만든 거야. 피도 안 나고 비명도 안 들리고 죽지도 않게 하는 거면 괜찮다며?"

그가 무슨 말을 하는 건지 도통 알 수가 없었다. 내가 계속 이상한 표정으로 쳐다보기만 하자 가을이 설명하기 귀찮았던지 내게 손을 뻗었다.

"아무튼 그냥 그런 거야."

"그냥 그런 게 뭔데?"

"피도 안 나고 비명도 안 들리고 죽지도 않게 하는 거."

저게 도대체 뭔 소리야……. 내가 머리가 나빠서 이해를 못 하는 건가?

가을은 헝클어진 내 머리를 정리해주더니 내 귀에 귀걸이를 해줬다. 나는 한 손으로 종이봉투를 안고 반대쪽 손으로 귀에 꽂힌 귀걸이를 만지면서 물었다.

"이것도 네가 만든 거야?"

"반지도 싫다고 하고 목걸이도 싫다고 하고 피도 비명도 죽는 것도 다 싫다고 하고, 넌 너무 까다로워."

"……."

설마 이거 만든다고 계속 못 왔던 건가? 그렇게 물어보려다가 나는 그냥 입을 다물었다. 왠지 내가 계속 기다리고 있었던 것처럼 보일 것 같았기 때문이다. 입을 다물고 계속 귀걸이만 만지고 있는데 가을이 대뜸 말했다.

"배고파."

나는 우물쭈물하다가 종이봉투를 내밀었다.

"이거 먹어. 너 저번에 수플레 먹고 싶었다고 했잖아."

"네가 만든 거야?"

"방금 만들었어. 나 먹으려고 만든 건데 난 만들면서 이것저것 주워 먹어서 지금 배부르니까 그냥 너 먹어."

조금 떨어진 곳에 의자가 있는데도 우리는 나무에 몸을 기대앉았다. 나란히 앉아 가을이 종이봉투를 여는 걸 빤히 보고 있는데 그가 물었다.

"이거 나만 주는 거야?"

"아니, 형이랑 아이리스랑 알카 형한테도 줬어."

"그럼 네 개 만든 거야? 오늘 나 못 만나면 어쩌려고 그랬어?"

"내가 그냥 다 먹으려고 했……."

나는 말을 하다말고 속으로 욕지거릴 내뱉었다. 가을은 그런 나는 안중에도 없다는 듯 수플레를 한 입 먹었다. 정말 배가 고팠던 건지 한마디도 하질 않고 우물우물 수플레는 먹는 가을을 보며 나는 한숨을 내쉬었다.

쟨 어떻게 내 마음을 다 아는 거지? 내 얼굴에 다 티가 나나?

내가 손을 들어 얼굴을 만지고 있는데 수플레 두 개를 다 먹은 가을이 미간을 구겼다.

"달아."

"아, 맞다. 너 단 거 싫어한다고 했었지? 그럼 다음에는……. 야, 근데 너는 잘 먹어놓고 왜 그래? 그럼 먹지를 말던가."

이 자리가 너무 불편해서 나는 혼자 중얼거리면서 투덜댔다. 어떻게든 끝장을 보고 싶은데 그날 이후로 가을은 평소와 다름없이 행동했다. 괜히 나만 안절부절못하는 것 같은 생각이 들었다. 이대로 아무 일도 없었다는 듯 평소처럼 지내기도 뭐하고, 그렇다고 내가 먼저 그 얘기를 꺼내기도 뭐하고…….

"오늘은 이만 가볼게."

가을이 몸을 일으키며 말했다. 예상치도 못했던 말에 나도 덩달아 일어났다. 간다고? 벌써? 이렇게 갑자기?

가을은 빈 종이봉투를 접어 품에 넣으며 말했다.

"한동안 계속 바쁠 거야."

"어……. 나도 계속 바쁠 거야."

할 말이 없어서 나는 거짓말을 했다. 딱히 바쁠 일도 없는데 왜 거짓말을 한 건지 모르겠다.

그날 이후부터 자꾸만 머릿속이 멍했다.

다시 제자리로 돌아오려면 빨리 결판을 지어야 되는데 쟨 왜 그 말을 다시 꺼내지 않는 거지?

혼자 혼란스러워하고 있는데 가을이 의아한 얼굴로 물었다.

"왜 바빠?"

"어? 아……. 그게, 그러니까. 내, 내일부터 형이랑 알카 형이랑 아이리스한테 내가 밥을 해주기로 했거든. 먹고 싶은 것도 다 다르고 취향도 달라서……. 또 재료도 다 없을 수도 있으니까 시장도 가야 될 수도 있고, 그래서 바쁠 거 같아."

급조한 것치고는 괜찮았다. 최대한 태연하게 말을 끝마치고 내 임기응변에 놀라고 있을 때, 가을이 미간을 구겼다.

"교황청에 요리사 없어?"

"있지. 근데 내가 할 거야. 내가 잘하는 게 요리밖에 없으니까 그런 거라도 해야지. 아무것도 안하고 놀기만 하면 밥버러지 같잖아."

"꼬맹이가 너더러 밥버러지래?"

아니, 그런 건 아닌데……. 뭐라고 말할까 하다가 내용이 정리가 되질 않아서 나는 묻지도 않은 말을 줄줄 얘기하기 시작했다.

"아이리스 알지? 형 동생인데, 아이리스가 오늘 조기 졸업해서 왔거든. 근데 걘 사제가 되고 싶대. 형이 교황인데도 시험 못 치면 여기에서 못 산다고 공부도 열심히 하고, 여긴 빈방도 되게 많은데 좁은 데서 살고…… 형도 좀 너무하지 않냐? 아이리스가 자기 여동생이면 방이라도 좀 좋은데 줄 수 있는 거잖아. 근데 형도 그렇고 아이리스도 그렇고 뭔가……"

횡설수설하는 내 얘기를 알아들은 건지 아닌지는 모르겠지만 가을은 아무런 말도 하지 않았다. 딱히 무슨 대답을 바랐던 것도 아니라서 나는 다시 말을 이었다.

"아이리스는 나보다 어린데 더 어른 같아. 난 매일 놀기만 하고 사고만 치는데, 그래서 그거 보면서 좀 찔리기도 하고 난 뭐 하고 있나 싶기도 하고…… 난 여기에서 형이랑 사는 걸 엄청 당연하게 생각했거든? 난 돈 없으면 형한테 용돈 달라고 하는데 아이리스는 공부하면서 일까지 해. 이러다가 아이리스가 시험에서 떨어지면 난 어떡해? 아이리스도 나랑 똑같은 형 동생인데 누구는 나가서 살고 누구는 여기에서 살면 좀 이상하잖아. 난 아무것도 안 하고 있는데."

내가 아무것도 하지 않아서 형한테 미안했던 적은 없었는데 오늘따라 계속 그런 생각이 들었다. 나는 아까 수플레를 만들면서 계속 해왔던 생각을 말했다.

"그래서 그냥 나도 나가서 살까 생각 중이야. 돈 한 푼 없이 나갈수는 없으니까 일단 내일부터 나가서 일도 구하고…… 난 그래도 다른 것보다 요리 잘하니까 식당이나 이런 데 취직해서 숙식 제공되는

데서 살래. 돈 모으면 그걸로 집도 사고……. 숙식 제공되는 곳이 없으면 그냥 여기에서 출퇴근하면서 다닐 거야. 내가 어린애도 아니고 자꾸 용돈 달라고 하기에도 좀 미안하고……."

생각해보면 알카 형한테도 미안하다. 따지고 보면 알카 형은 내 과외 선생님인데 돈도 한 푼 못 받고 무상으로 나한테 공부를 가르쳐주고 있는 거니까.

공짜로 과외받고 있는 주제에 난 성실하지도 않고 매일 하기 싫다고 징징거리기만 하고, 알카 형은 그런 내가 얼마나 한심해 보였을까.

우리 형도 그랬다. 다 큰 놈이 일할 생각은 안 하고 집에 빈대처럼 붙어 있는데 말도 못하고 마음고생이 심했을 거다. 나 같아도 한숨밖에 나오지 않았을 것 같다.

"왜 난 여기에서 그냥 놀 생각만 했을까? 형이 무슨 자원봉사자도 아니고 여긴 내 집도 아닌데."

일단 호적상으로는 형이 내 보호자가 됐지만, 이제 우린 진짜 가족도 아니다. 형이 아무런 보상도 받지 않고 나한테 퍼주기만 하는 걸 좋다고 받을 권리가 없었다.

형이 진짜 내 가족이라고 해도 안 될 말이었다. 만약 부모님이 살아 계셨다고 해도 다 크면 내가 부모님을 돌봐드려야 하는 건데.

"아무튼 그래서 나도 일을 할 거야. 사실 아깐 좀 우울했는데 지금은 괜찮아. 이제 일도 하고 돈도 벌고 그러면서 하고 싶은 것도 찾고 할 거니까."

내가 웃으며 말하자 한마디도 하지 않고 가만히 있던 가을이 입을 열었다.

"황금알 팔면 되잖아."

아, 그러고 보니까 그걸 잊고 있었다. 지금까지 금이가 낳은 황금 알만 스무 개가 넘었다. 그것만 팔면 진짜 일 안 해도 부자가 되기는 하겠다. 그리고 탄트라에 놀러 갔을 때, 형한테 별장이 있다는 걸 알고 좋아하기도 했었지. 그거 달라고 해서 호텔로 개조시켜서 돈 벌려고 했었는데…….

"그건 내가 번 게 아니잖아. 옛날에 우리 형이 그랬는데 쉽게 번 돈은 쉽게 쓰게 된대. 개고생을 하면서 벌어봐야 돈이 얼마나 중요하고 무서운지 알게 된다고 그랬어. 또 아까는 매일 편하고 매일 좋은 직업 같은 건 없다고 그랬으니까 힘들어도 참을 거야."

통장에 조금씩 돈 모이는 걸 보면 힘들어도 참을 만하지 않을까? 지금은 제일 좋아하고 또 잘하는 게 요리니까 요리를 배우면 되는 거다. 뭐, 배우다가 아닌 거 같으면 그때 가서 다른 걸 찾으면 되고. 아무것도 안 하고 있는 것보다는 뭐든 하는 게 나을 것 같았다.

"그래서 앞으로 나도 바쁠 거야."

"언제까지?"

"앞으로 계속 바쁘지 않을까? 나도 정식으로 일을 하는 건 처음이니까 언제까지 바쁠지는 모르겠는데……. 모르겠어, 일단 나가서 일을 구해 봐야지."

내 말에 가을이 떨떠름한 표정으로 말했다.

"교황이 네가 일하는 걸 허락할까?"

그의 말이 무슨 뜻인지 몰라서 나는 고개를 갸웃했다. 형이 가을이를 싫어하는 것처럼 가을이도 형을 싫어한다고 생각했다. 그런데 이 말은 조금 이상했다. 가을이라면 「교황이 허락하지 않으면 내가 허락하게 만들어 줄게.」 같은 말을 할 줄 알았는데.

"꼬맹이가 지금까지 너한테 한 걸로 봐선, 그냥 네가 일한다고 하면 땅꼬마 같은 게 글씨도 모르면서 일은 무슨 일이냐고 화낼 거 같은데……."

"……."

적나라한 그 말에 나는 눈을 둥그렇게 떴다. 험악한 얼굴을 하고 날 쳐다보는 가을을 보며 나는 푸핫 하고 웃었다.

"너 지금 우리 형 흉내 낸 거야?"

"왠지 이럴 거 같지 않아?"

"그럴 거 같기는 해."

내가 실실 웃으면서 말하자 가을도 웃었다. 가을이가 말했던 대로 형이라면 정말 그럴 것 같았다. 내가 계속 킥킥거리자 가을이 내 머리를 두어 번 토닥였다.

"일주일 정도 못 올 거야."

"근데 왜 바빠? 어디가?"

"할 일이 좀 있어서. 나중에 와서 얘기해줄게."

그럼 밥할 때 이제 가을이 건 만들면 안 되겠다. 그런 생각을 하고 있는데 가을이 멀거니 날 보다가 말했다.

"그리고 여기가 우리 집이 아니라고 생각한다는 말은 하지 마. 그 거 꼬맹이가 들으면 서운해할걸?"

"뭐?"

누가 서운해한다고?

혹시 잘못 들었나 싶어 되묻자 가을이 태연한 얼굴로 기겁할 소릴 했다.

"말투가 좀 이상해서 그렇지 너 많이 생각하는 거 같던데."

"……."

누가 누굴? 차마 무서워서 묻지도 못하고 있는데 가을이 웃으며 말했다.

"교황도 빙의했거나 환생한 거지? 둘이 지구에 있을 때 형제였어?"

"……."

쟤 뭐야……. 진짜 독심술 하나? 저거 사람 맞아? 귀신인가? 사색 이 된 얼굴로 내가 입만 뻐끔거리자 가을이 다시 웃었다.

"좀 알아봤는데 너랑 교황 사이에 아무런 접점이 없어서 안 그래도 이상하게 생각하고 있었어. 넌 빙의한 거고 지구에서 왔다고 했으니 까 혹시 교황도 그런 거 아닌가 생각은 하고 있었는데 진짠가 보네."

그렇다고 보통 이런 걸 이렇게 단박에 눈치채나?

평소에도 눈치가 빠르다는 건 알고 있었는데 이건 거의 『식스센 스』 수준이었다.

"난 내 동생이 너처럼 그런 말 하면 서운할 거 같아."

"그, 그러냐? 근데 틀린 말은 아니잖아."

"넌 아직 어리잖아. 그러니까 그런 걱정은 하지 말고 글씨부터 배워. 아직 빙의한 지 얼마 안 됐으니까 곧 성인이 된다고 해도 어린애나 마찬가진 거야."

"그런가? 그래도…….."

내가 우물쭈물하자 가을이 다시 말했다.

"아무튼 난 가봐야 하니까 너무 걱정하지 말고 평소에 하던 대로 해. 너무 무리하지 말고."

"그래도 내일 나가서 일은 알아볼래."

아이리스는 열심히 공부하고 있는데 난 평소처럼 놀고먹기만 하기에 민망했다. 내가 단호하게 말하자 가을이 한숨을 내쉬었다.

나는 아침 일찍 일어나 세수만 하고 주방으로 갔다. 이른 아침인데도 주방은 전쟁터처럼 정신이 없었다. 어제 수플레를 만들 땐 좀 한가해 보이더니……. 내가 요리를 할 수 있는 자리는 없는 것 같아서 결국 하는 수 없이 다시 방으로 돌아왔다.

빈 주방을 찾아서 성 좀 돌아볼까 하다가 결국 포기했다. 그랬다간 미아가 될 것 같아서였다.

지금 나가서 일을 알아보자니, 알카 형 점심을 못 만들 것 같았다. 점심 먹고 오지 말라고 해놓고 아무것도 만들어 놓지 않을 수도 없고…….

어떻게 할까 방을 서성이다가 나는 아이리스가 머물고 있는 방으로 갔다. 똑똑 노크를 하자 방 안에서 익숙한 목소리가 들려왔다.

"누구세요?"

"나 겨울인데, 잠시 볼 수 있어?"

아이리스는 막 일어났는지, 머리가 부스스했다.

"지금 일어났어?"

"으응, 어제 좀 늦게까지 공부한다고……. 근데 이 시간에 웬일이야?"

시곗바늘은 이제 막 일곱 시를 가리키고 있었다. 이른 시간이긴 정말 이른 시간이었다.

"미안해. 일곱 시밖에 안 된지 몰랐어."

"괜찮아. 나도 지금 일어나려고 했거든. 일단 들어와. 급한 거 아니면 나 좀 씻고 와도 되지?"

그 말에 나는 얼떨떨한 얼굴로 고개를 끄덕였다. 씻고 온다니까 괜히 기분이 이상해져서 쭈뼛거리고 있는데 아이리스가 옷장에서 속옷을 꺼내는 모습이 보였다. 나는 고개를 휙 돌려 창밖을 보며 자괴감에 빠졌다.

내가 입는 속옷 외에 다른 사람의, 그것도 여자 속옷을 보는 건 처음이었다.

뭐한 것도 없는데 괜히 아이리스한테 미안해져서 벽에 머리를 쿵쿵 박고 있는데 아이리스가 의아한 얼굴로 물었다.

"뭐해?"

"아, 아무것도 아니야. 아직 아침 안 먹었지?"

"응, 같이 먹을래? 일단 나 좀 씻고 올게. 조금만 기다려."

대화만 들으면 꼭 연인 간의 대화 같았다. 저런 여자를 어떤 남자가 안 좋아할까. 아이리스는 얼굴도 예쁘고 성격도 좋고, 공부도 잘하고……. 내 꼴이 이렇지만 않았더라면 나도 분명 아이리스를 좋아했을 것 같았다.

아니, 아이리스가 형 동생이니까 고백은 못하고 혼자 마음만 졸이다가 포기했을 것 같기는 한데……. 나는 허공을 멀뚱멀뚱 보다가 고개를 저었다. 내가 왜 이런 생각을 하고 있는 거지?

아이리스한테 다시 미안해져서 끙끙거리다가 나는 자기 합리화를 시키며 혼자 고개를 끄덕였다. 예쁜 여자 보면 이런 생각 할 수도 있는 거지, 뭐. 내가 변태라서 그런 게 아니라 딴 사람들도 다 그러는 건데, 뭐. 그래, 다…….

문득 가을이가 생각났다. 가만 보면 걔랑 나 사이에 무슨 일이 있었던 것도 아니고, 걔가 날 좋아할 만한 상황 같은 것도 없었는데……. 역시 첫인상 때문인가? 예쁘면 첫눈에 반할 수도 있는 거니까.

나는 거울에 비친 내 모습을 뚫어져라 쳐다봤다. 제시가 예쁘기는 예쁘지. 눈도 크고 얼굴도 작고 피부도 하얗고, 또 머릿결도 엄청 부드럽고. 눈을 동그랗게 뜨면 꼭 강아지 같아서 귀여웠다.

좀 마르기는 했지만 처음보다는 많이 쪄서 뭐 몸매도 이 정도면…….

아니, 근데 가만 생각해보니까 내 첫인상이 좋게 보였을 리가 없었다. 처음에 난 울면서 비명을 지르고 기절만 했는데? 그걸 어떻게 좋게 보는 거지? 아, 혹시 가을이 이상형이 병약한 미소녀 이런 건가? 내가 매일 기절 하고 울고 그랬으니까 걔 입장에서는 내가 병약해 보였을 수도 있었다.

연약해 보이는 여자 싫어하는 남자가 어디에 있겠는가. 남자의 보호본능을 일으키는 여자는 진리였다.

거울 속에 비치는 제시의 모습이 딱 그랬다. 예전에 비해 살이 좀 찌기는 했지만 여전히 말랐고, 손목도 쥐면 부러질 것처럼 얇기만 했다.

나는 가을의 커다란 손을 떠올렸다. 난 가을이가 손을 쫙 펴면 다 가리고도 남을 정도로 얼굴도 작았다. 아마 걔 한 손으로도 내 양 손목을 다 쥘 수 있을 것 같았다.

"아이리스."

때마침 아이리스가 다 씻고 밖으로 나왔다. 내 부름에 아이리스가 내게 걸어왔다. 나는 진지한 얼굴로 물었다.

"객관적으로 봤을 때 내가 예쁜 편이야? 보고 있으면 막 보호본능이 일어나고 그러냐? 내가 막 소리 지르면서 울고 있으면 어떨 것 같아? 달래주고 싶고 안아주고 싶고 그럴 거 같아?"

"으응? 어……. 응. 그렇지. 그, 그럴 것 같아."

갑작스러운 내 질문에 아이리스는 당황했다.

심각한 얼굴로 거울 속에 비친 내 모습을 빤히 보고 있는데 아이리스가 물었다.

"무슨 일 있어?"

그 말에 나는 아이리스를 휙 돌아봤다. 아이리스는 여자니까 어쩌면 나보다 더 잘 알고 있을지도 몰랐다.

나는 우물쭈물하다가 말했다.

"내가 사실⋯⋯. 며칠 전에 고백을 받았거든?"

"뭐어? 그게 진짜야? 세상에! 누구야? 응? 교황청 사람이야? 멋있어? 나이는 몇 살이야? 키는? 직업은 뭐야?"

"⋯⋯."

아이리스는 비명에 가까운 환호를 지르며 내게 질문을 쏟아냈다. 내가 고백받은 게 아이리스한테 좋은 일인가? 나는 떨떠름한 얼굴로 말을 이었다.

"으응. 근데 그 사람이 고백해놓고 아무 일도 없었다는 것처럼 행동하고 있어. 그러니까 고백하기 전이랑 똑같이. 이게 무슨 뜻인 거 같아? 내가 좀 싫다고 하기는 했는데⋯⋯. 혹시 그래서 포기한 건가?"

내 진지한 질문에 아이리스는 코웃음을 쳤다. 예상치도 못했던 행동에 나는 눈만 껌벅거렸다. 아이리스는 평소 청순했던 표정은 온데간데없이 마녀처럼 웃고 있었다.

"그건 그 남자가 지금 밀당을 하고 있는 거야."

"⋯⋯미, 밀당?"

"그래! 누군지는 모르겠지만, 그 사람 진짜 고단수인 것 같아. 거기에 절대 넘어가면 안 돼. 남자들은 쉬운 여자한테 금방 싫증을 느끼거든."

그, 그게 뭐야? 밀당? 싫증? 내가 모르겠다는 듯 고개를 갸웃하자 아이리스가 한숨을 내쉬며 날 의자에 앉혔다.

"너 남자랑 사귀어본 적 없지?"

"당연히 없지……."

내가 남자랑 왜 사귀니, 여자랑 사귀어 본 적도 없는데……. 나는 힘없이 한숨을 내쉬었다.

"딱 답이 나오네. 그 남자는 지금 널 떠보고 있는 거야. 아니면 어장관리를 하고 있던가!"

"……."

나는 화가 난 것처럼 외치는 아이리스를 보며 입을 다물었다. 어장관리라니. 거기까진 생각을 못했다. 그러고 보면 그럴 수도 있을 것 같았다.

"그럼 난 이제 어떻게 해야 돼? 나도 그냥 가만히 있으면 돼?"

"일단 네 마음이 제일 중요해. 넌 어때? 그 사람이 좋아?"

"미쳤어? 절대 싫어! 죽어도 싫어!"

내가 과하게 반응하자 아이리스가 눈을 가늘게 떴다. 아이리스가 왜 날 저렇게 쳐다보는지는 모르겠지만 이건 정말 진심이었다.

난 평생 솔로로 늙어 죽어야만 한다. 변태가 될 바에 평생 솔로로 늙어 죽는 게 훨씬 나았다.

"정말이야?"

"당연하지. 그럼 내가 좋은데 싫다고 하겠냐?"

내 억울하다는 얼굴에도 아이리스는 의심 섞인 눈동자로 날 빤히 쳐다보기만 했다.

"정말 그렇게 싫어? 왜? 그 사람 못생겼어?"

"어? 아니…… 못생긴 건 아닌 거 같은데……"

나는 가을의 얼굴을 떠올리며 곰곰이 생각했다. 솔직히 가을이 정도면 못생긴 게 아니라 잘생긴 거 아닌가? 조각같이 잘생긴 얼굴은 아니었지만, 평범한 사람이라고 하기에는 다소 무리가 있는 얼굴이었다. 게다가 눈이 빨갛게 변했을 땐 또 분위기가 확 달라져서…….

"설마 키가 작니?"

"아니, 키도……. 180 정도 되는 것 같던데."

"돈을 못 벌어?"

"돈도……. 돈은 엄청 많은 것 같아. 응, 돈은 진짜 많은 것 같더라."

내 말에 아이리스가 얼빠진 표정을 지었다.

"근데 왜 싫어? 설마 나이가 엄청 많아? 할아버지니?"

"아니야. 그런 게 문제가 아니라……."

"아, 혹시 성격이 좀 이상해? 왜? 어떻게 이상한데?"

"어? 성격……. 성격이……. 어, 그러니까……. 좀 이상하기도 한데, 평소에는 괜찮거든. 그게……. 잘해줘. 가끔 무서운데 잘해줄 땐 또 되게 잘해줘. 울면 달래주고 위험할 때도 갑자기 나타나서 구해주고……."

그러고 보니까 이 새끼 이거, 완전 엄친아잖아?

말을 하면서 나는 그 새끼가 세상 모든 남자의 적이라는 걸 깨달았다.

얼굴 잘생겼고, 돈도 많이 벌고, 똑똑하고, 키도 크고! 이게 무슨 드라마도 아니고, 이런 사람이 세상에 어떻게 존재하는 거지?

본능적인 거부감에 인상을 찌푸리고 있는데 아이리스가 뚱한 표정으로 말했다.

"너 지금 나한테 자랑하고 있는 거지?"

"뭐?"

내가 의아한 얼굴로 묻자 아이리스가 입을 댓 발은 내밀고 뾰루퉁하게 말했다.

"자랑하고 있는 거지? 잘생기고 키도 크고 돈도 잘 벌고 자상한 남자한테 고백받았다고 자랑하고 있는 거지!"

"무슨 소리야? 야! 내가 언제……!"

아이리스는 끔찍한 오해를 하고 있었다. 내가 당황하자 아이리스가 내 손을 꼭 붙잡고 말했다.

"무슨 일이 있어도 그 남자를 놓치면 안 돼. 세상에 그런 남자가 흔한 건 아니잖아."

"……."

"그런 사람이 왜 싫어? 설마 바람둥이야?"

그건 모르겠다. 바람둥이인지 아닌지 그런 걸 내가 어떻게 알아?

내가 입을 다물고 가만히 있자 아이리스가 대답을 재촉했다. 나는 미간을 좁히며 말했다.

"모르겠어. 다른 사람 만나는 거 본 적은 없는데……."

"세상에! 완전 소설 속에 나오는 남자가 따로 없네. 누구야? 나도 아는 사람이야?"

초월자니까 너도 아마 알 거야……. 나는 속으로 한숨을 내쉬었다. 나는 무슨 상상을 하고 있는지 상기된 얼굴로 날 쳐다보는 아이리스를 보며 말했다.

"아무튼 난 어떻게 해야 되지? 그 새끼가 평소랑 똑같이 행동하는데 내가 괜히 그 고백 얘길 먼저 꺼내기도 민망하고, 진짜 미치겠어. 난 빨리 어떻게든 결판을 짓고 싶은데……."

"결판? 무슨 결판? 설마 진짜 거절할 셈이야?"

"그럼 내가 걔랑 둘이 뭘 해? 설마 사귀기라도 하란 거야?"

내가 눈을 부리부리하게 뜨고 얘기하자 아이리스도 더 이상 말하지 않았다. 아이리스는 어색하게 웃으며 고개를 끄덕였다.

"네가 싫으면 어쩔 수 없지, 뭐. 근데 왜 싫은 거야?"

"걘 남자잖아."

"응?"

나도 모르게 본심이 튀어나왔다. 아이리스의 의아한 얼굴을 보며 나는 화들짝 놀라 다시 말했다.

"그, 그냥 지금은 누구 만날 생각이 없어. 난 아직 나이도 어리고, 또 공부도 해야 하고, 그리고…… 도, 돈도 벌어야 하고……. 아, 아무튼! 나 먹고살기도 바빠 죽겠는데 딴 사람 만날 시간이 어디에 있어?"

내 말에도 아이리스는 여전히 의아한 얼굴이었다.

"사랑하는데 나이가 무슨 상관이야? 그 사람 만나면서 공부할 수도 있는 거고, 돈 벌 수도 있는 거잖아. 그리고 돈이라면 오라버니가 주지 않아?"

그 말에 나는 괜히 뜨끔했다. 아이리스는 정말 모르겠다는 듯 날 쳐다보고 있었다.

나는 아이리스의 눈치를 보며 말했다.

"그, 그렇긴 한데 평생 형한테 돈 받으면서 살 수도 없잖아. 너도 공부도 하고 일도 하는데……. 난 아무것도 안 하고 여기서 살고 그러는 건 좀……."

"그게 무슨 소리야? 오라버니랑 네가 남도 아니고 가족인데……. 그리고 오라버니는 돈도 엄청 많으니까 사고 싶은 거나 먹고 싶은 거 있으면 막 용돈도 달라고 해. 오라버니는 용돈 달라고 하면 티는 안 내는데 되게 좋아하시거든."

나는 싱글싱글 웃으며 말하는 아이리스를 명청하게 쳐다봤다. 아이리스는 수건으로 젖은 머리를 닦으며 다시 말했다.

"그 사람이랑 자주 만나?"

"으응. 원래 매일 만났는데 갑자기 바쁘다고 한 일주일 정도 못 만날 것 같대."

내 말에 아이리스는 허탈한 얼굴로 한숨을 내쉬었다.

"와, 정말 고단수네. 고백하자마자 바쁘다고 일주일 동안 못 만난대? 너더러 계속 자기 생각하라는 거야, 뭐야?"

"어?"

"그렇잖아. 고백해놓고 그러는 게 어디에 있어? 매일 찾아와서 좋다고 해도 모자랄 판에……. 생각할수록 괘씸하네. 고백해놓고 왜 아무 일도 없었다는 것처럼 행동해?"

그거야 나도 모르지……. 화를 내는 아이리스를 보며 나는 어색하게 웃었다.

왠지 내가 생각했던 이미지랑 많이 다른 것 같았기 때문이다. 툭 건드리면 울 것 같고, 남자 얘기만 나와도 부끄럽다고 얼굴을 붉힐 것 같았는데 생각보다 훨씬 더 똑 부러지는 성격이었다.

"그래서 일주일 동안 아예 못 보는 거야?"

"그런 것 같아. 난 그 사람이 어디에 사는지도 모르고 뭐 하는지도 잘 모르거든. 만날 땐 전부 걔가 날 찾아왔었어."

"그럼 넌 그 사람에 대해서 아는 게 하나도 없는 거야?"

아이리스의 말에 나는 고개를 끄덕였다. 그러고 보니까 난 정말 가을이에 대해서 아는 게 하나도 없었다. 걘 내가 말 안 해줘도 나에 대해서 아는 게 엄청 많아 보였는데.

또 내가 먼저 만나러 가지 않아도 항상 먼저 찾아왔고, 흘리듯 한 말도 기억하고 내게 필요한 걸 다 가져다줬다. 가만 생각해보니까 이건 진짜…….

"난 뭐 그 사람을 잘 모르니까 확실하게 말할 수는 없지만……. 너한테 들은 것만 놓고 봤을 땐 진짜 세상에 뭐 그런 남자가 있나 싶은 생각이 들긴 들어. 완전 동화 속에 나오는 왕자님 같잖아."

"……."

"솔직하게 말해봐. 그 사람 정말 싫어? 응? 나한테 말해봐. 아무한테도 말 안 할게, 응?"

뭐가 그렇게 재미있는지 웃으며 말하는 아이리스를 보며 나도 덩달아 웃었다.

"진짜 싫어. 이건 내 인간으로서의 존엄성이 걸린 문제야."

"에이, 아깝다……."

정말 아쉽다는 듯 말하는 아이리스를 보며 나는 우물쭈물하다가 말했다.

"근데 싫기는 싫은데……. 내가 그동안 생각을 많이 해봤어. 그래도 계속 친구로 지내고 싶어. 혹시 거절했다고 걔가 영영 날 안 본다고 그러면 어쩌지?"

내 말에 아이리스는 복잡하다는 표정을 지었다.

"그럼 어쩔 수 없는 거지, 뭐……. 네가 거절해도 그 사람은 계속 널 좋아하고 있을 텐데, 애인은 싫고 친구로 만나자고 하는 건 너무 가혹한 거 아닐까?"

"……그래도 걘 내가 여기 와서 제일 처음 친해진 친구란 말이야. 겨우 그런 걸로 연을 끊는 건 너무 심한 거 아니야?"

"그 사람이 고백 안 받아주면 널 영영 안 보겠다고 했어?"

그런 건 아닌데……. 보통 다 그렇지 않나.

나도 내가 욕심이 많다는 건 알고 있었지만 그래도 아쉬운 건 아쉬운 거였다.

"일단 다시 만나면 그 사람이랑 얘기를 해봐. 난 내가 좋아하거나,

좋아했던 사람이랑은 친구로 못 지낼 것 같거든. 근데 그 사람은 또 어떨지 모르니까."

"뭐라고 말을 꺼내야 될지 모르겠어."

내가 시무룩한 얼굴로 나지막하게 말하자 아이리스도 덩달아 시무룩한 표정을 지었다. 괜히 분위기가 이상해진 것 같아서 나는 의자에서 일어났다.

"일단 아침 먹으러 가자. 배 안 고파? 너 과일 타르트 먹고 싶다고 했지? 내가 만들어 줄게."

"으응, 일단 밥 먹으면서 다시 얘기해보자. 밑에 기숙사에서 사는 사람들이 쓰는 공동 주방이 있거든. 우선 재료 사러 나갈까?"

아이리스와 나는 재료를 사러 교황청을 나섰다. 그리고 시장에서 흥정을 하는 아이리스를 보며 나는 다시 한 번 놀랐다. 얘가 진짜 똑부러지는 애였구나……. 열일곱 살밖에 안 된 여자애가 아니라 정말 어른 같았다.

"요리는 언제부터 하게 된 거야?"

"어렸을 때부터. 부모님이 일찍 돌아가셔서 요리는 내가 다 했거든."

"정말? 대단하다. 난 요리하려고 해도 어렵고 힘들어서 사 먹는 게 대부분이었거든."

싱글벙글 웃는 아이리스를 보며 나도 웃었다.

보통 부모님이 돌아가셨다는 얘길 하면 사람들은 다 내게 미안하다고 사과를 했었다. 그럴 때면 내가 왜 사과를 받아야 하는 건지도 모른 채 늘 아니라고 어색하게 웃기만 했는데.

"알카 형한테는 샌드위치랑 김밥 만들어줘야겠다. 나중에 공부다 하고 같이 먹어야지. 형은 뭐 만들어주지? 그 인간은 입이 까다로워서……."

내가 한숨을 내쉬자 아이리스가 걱정스럽다는 듯 말했다.

"공부하면서 다른 사람들 밥까지 만들면 안 피곤해?"

"괜찮아. 내가 좋아서 하는 거니까."

우리는 이것저것 재료를 가득 사서 둘 다 낑낑거리며 교황청으로 돌아왔다. 주방에 도착하니 벌써 아홉 시였다.

내가 타르트와 샌드위치를 만드는 동안 아이리스는 보조를 해주며 신기하다는 얼굴로 날 쳐다봤다. 음식을 다 만들고 알카 형이랑 형에게 줄 몫은 따로 남겨둔 다음 아이리스와 식탁에 앉았다.

"진짜 식당에서 파는 음식 같아. 어떻게 이렇게 금방 만들어?"

"목숨 걸고 요리를 배웠거든……."

어렸을 때의 일이 생각나 나는 침울한 표정으로 대답했다. 따로 요리 학원에 다닌 건 아니라서 혼자 별짓을 다 했다. 처음에는 내가 한 계란말이를 먹고 대뜸 너 뒈지고 싶냐고 욕하는 형 때문에 요리에 취미를 붙였다. 저 주둥아리에서 맛있다는 말을 기필코 듣고야 말리라는 생각을 하면서 의욕에 불타올랐지.

내가 옛 생각에 빠져있을 때, 아이리스는 샌드위치를 우물우물 먹고 있었다. 정말 맛있게 먹는 모습에 나까지 덩달아 기분이 좋아져서 실실 웃고 있는데 아이리스가 입에 있는 걸 꿀꺽 삼키며 물었다.

"이제 좀 기분은 나아졌어?"

"어?"

"너무 깊게 생각하지 마. 지금 고민한다고 해결될 일도 아니잖아. 그 사람 만나서 얘기하다 보면 다 잘될 거야."

아이리스가 다 잘 될 거라고 하니까 정말 다 잘될 거 같은 기분이 들었다. 나는 상냥하게 웃고 있는 아이리스를 보며 나도 모르게 말했다.

"너 꼭 우리 엄마 같아."

내 말에 아이리스는 웃는 얼굴 그대로 굳었다. 그러더니 어색하게 웃으며 말했다.

"칭찬 맞지?"

"응, 진짜 우리 엄마 같아."

형이 아이리스 같은 사람이랑 결혼해서 나한테 엄마 만들어줬으면 좋겠다. 나는 그런 실없는 생각을 하며 웃었다.

아직 공부할 시간이 좀 남아서 나는 형이 일하는 걸 멀거니 쳐다 봤다. 한 손으로는 샌드위치를 들고 한 손으로는 서류를 들고 있는 형을 가만히 보다가 나는 말했다.

"맛있어?"

"토할 정도는 아니네."

그러시겠지. 네 입에 맛있는 게 뭐가 있겠냐. 나는 투덜거리다가 다시 물었다.

"형 결혼 못하지? 교황은 결혼 못한다고 하던데."

"왜? 너 결혼하고 싶냐?"

그 말에 나는 고개를 저으며 말했다.

"아니, 뭐…… 그런 건 아니고."

난 지금 형 딸이니까 형이 결혼하면 나한테 엄마가 생긴다. 처음에는 많이 어색할 수도 있을 거고, 형이랑 결혼하게 될 사람이 날 좋아해 준다는 보장도 없었지만 그래도 엄마가 생기면 좋을 것 같았다.

하지만 형은 결혼을 안 하는 게 아니라 못한다는 걸 알기 때문에 굳이 내 생각을 입 밖으로 꺼내진 않았다.

"근데 아이리스랑 결혼하는 사람은 좋겠다. 아이리스는 얼굴도 예쁘고 공부도 잘하고 성격도 좋잖아."

내가 혼잣말처럼 말하자 형은 다시 서류로 시선을 돌리며 말했다.

"이 나라에서 동성애는 불법이야. 화형당한다."

"야, 내가 좋아한다는 게 아니라 그냥 말이 그렇다는 거거든?"

"갑자기 왜 결혼 타령이야?"

형이 그냥 교황 때려치우고 결혼했으면 좋겠다.

형은 왜 교황이 된 거지? 결혼도 못하고 일은 엄청 많고 놀지도 못하는데.

"아까 아이리스 만나서 아침 먹었는데 걔가 꼭 우리 엄마 같은 생각이 들었어."

진짜 엄마가 있으면 무슨 느낌이 들까? 부모님이 어렸을 때 돌아가셔서 잘 기억이 나지 않았다. 아빠는 대충 형 같을 것 같은데 엄마는 아무리 생각을 해도 잘 모르겠다.

아침에 일어났는데 집 안에서 음식 냄새가 나는 건 어떤 기분일까?

상진이 새끼는 아침을 먹을 바에는 5분이라도 더 자는 게 좋다고 엄마가 아침밥 해놔도 매일 안 먹는다고 했는데, 그걸 들으면서 부러웠던 적이 있었다.

멍청하게 허공을 보면서 생각에 잠겨 있다가 형이 날 쳐다보고 있다는 걸 깨달았다. 나는 정신을 차리고 말을 돌렸다.

"근데 나 내일부터 나가서 일 좀 알아봐도 돼?"

형은 내가 엄마나 아빠 얘기를 꺼내면 곤란해했다. 표정에는 별 변화가 없었지만 나는 알 수 있었다.

자기가 잘못한 것도 아니면서 나한테 미안해하고 곤란해하고 더 잘해주려고 했다. 형이 나한테 잘해주는 건 좋았지만 미안해하는 건 싫었다. 그래서 중학교에 들어갈 무렵부터는 엄마나 아빠 얘기 같은 건 잘 꺼내지 않게 됐다.

"무슨 일?"

"그냥 아무거나. 이상한 거 안 할 거야. 밤늦게까지 하는 것도 안 할 거고."

가을이랑 얘기할 땐 숙식 제공되면 거기서 먹고 자고 다 한다고
했지만 그걸 형한테 말했다간 부리가 찢어질 것 같았다.

최대한 좋게 말하는데도 형은 미간을 좁혔다.

"네 이름 석 자도 제대로 못 쓰면서 일은 무슨 일이야?"

그 말에 나는 눈을 동그랗게 떴다. 가을이가 예상했던 반응과 비
슷했기 때문이다.

"내 이름은 쓸 수 있거든?"

"헛소리하지 말고 가서 일기나 써."

"넌 왜 자꾸 나한테 일기 쓰라고 그래? 툭하면 나보고 일기 쓰래.
일하는 거랑 일기 쓰는 거랑 뭔 상관이야?"

내가 투덜거리자 형이 다시 한 번 표정을 구기며 살벌하게 말했다.

"쓸데없는 소리 하지 말라고 했다."

"내가 무슨 나쁜 일 한다는 것도 아니고……."

지구에 있을 때도 그랬다. 쟤 왜 저렇게 내가 일하는 꼴을 못 보는
거지? 일한다고 하면 나중에 크면 하라고만 했다. 자기는 고등학교
때부터 아르바이트했으면서.

"그냥 사회경험 좀 해보려고 그러는 거야."

"네가 하기 싫어도 나중에 나이 먹으면 다 하게 돼 있어. 왜 벌써
부터 하고 싶다고 지랄이야? 공부나 해."

"미리 해보면 더 좋을 수도 있잖아. 나중에 진짜 커서 일할 때 도
움도 되고."

내 말에 형이 한숨을 내쉬었다.

"그렇게 일이 하고 싶냐?"

"그래. 하고 싶어서 죽겠어."

내가 단호하게 말하자 형도 단호한 얼굴로 말했다.

"그럼 방 청소나 해. 시급 줄 테니까. 최저임금 맞춰서."

"뭐? 야! 방 청소하는 게 일이냐?"

"시녀들도 다 돈 받고 일하는 거야. 오늘부터 이 방 청소는 네가 해. 똑바로 안 하면 돈 안 준다."

이게 뭔 개소리여. 솔직히 지구에 있을 때부터 청소하고 빨래하고 밥하는 건 내 몫이었다. 그런 건 나한테 일이 아니라 일상이었다고!

"그런 건 나한테 일이 아니야!"

"그럼 오늘부터 일로 쳐."

"야! 그거 말고……."

"병아리, 너 자꾸 시끄럽게 하면 죽는다. 일하고 있는 거 안 보여?"

저 새끼가……. 자기는 서류 보는 게 일이면서 나는 청소하는 게 일이냐? 나는 의자에서 벌떡 일어나 손을 내밀었다.

"돈 내놔!"

"무슨 돈?"

"내가 만든 샌드위치 먹었잖아! 그거 재료도 다 아이리스가 산 거란 말이야. 넌 이제부터 내가 밥해줄 때마다 돈 내."

내 말에 형이 미간을 좁히며 접시 위에 남은 샌드위치를 쳐다봤다.

"넌 이걸 돈 받고 파냐?"

"뭔 소리야?"

"돈 주고 먹으래도 안 먹겠다."

"야! 너 그거 먹지 마! 내놔!"

내가 악을 쓰자 형이 혀를 차며 한숨을 내쉬었다.

아침에 일어나서 방을 치우고 밥을 만드는 건 이제 일상이 됐다. 먼지 한 톨 묻어나지 않는 창틀을 보며 뿌듯해하고, 새벽부터 내가 정성껏 요리한 음식을 먹는 사람들을 보며 또 한 번 뿌듯해하기를 정확히 사흘째.

불현듯 아차 싶은 생각이 들었다.

내가 가정주부도 아니고 왜 이런 걸 보면서 뿌듯해하는 거지?

"저기, 겨울아……."

상다리를 부러뜨릴 요량으로 내 온 힘을 다 쏟아 부어 만든 아침상을 보며 아이리스가 곤란하다는 듯 내 이름을 불렀다. 나는 혼란스러운 얼굴로 닭튀김을 보다가 고개를 들었다.

"어, 응?"

아이리스가 왜 저런 얼굴로 날 쳐다보는지 알 것도 같았다. 내가 봐도 아침치고는 상차림이 너무 과했다.

이렇게까지 할 생각은 없었는데 나도 모르게 만들다 보니까······.

"고마워, 맛있게 먹을게. 저기, 그런데······. 내일부터는 안 해줘도 괜찮아."

"왜? 내가 해주는 거 맛없어?"

아무리 상차림이 과했다고 해도 그렇지, 아예 내일부턴 밥을 해오지 말라니? 청천벽력과도 같은 말에 내가 울상을 짓자 아이리스가 한숨을 내쉬었다.

"아니, 너무 맛있어서 문제야. 오늘 아침에 몸무게를 재봤는데 2kg이나 찐 거 있지. 내일부턴 살 좀 빼야 할 것 같아."

"무슨 소리야, 네가 뺄 때가 어디에 있다고 그래? 넌 더 쪄도 돼!"

내 눈엔 아이리스가 10kg 정도 더 쪄도 예뻐 보일 것 같았다. 그리고 고작 2kg 찐 걸로 무슨 다이어트까지······.

"너도 나랑 똑같이 먹으면서 넌 왜 더 빠진 것 같지? 나만 찌고, 이건 불공평해."

"아니야, 아이리스. 넌 진짜 더 쪄도 예쁠 것······."

"넌 몸무게 얼마야?"

"어? 어······. 난 모르는데······."

내가 고개를 갸웃하며 말하자 아이리스가 울상을 지었다. 확실히 요즘 활동량이 많아져서 그런지 살이 좀 빠진 것도 같았다.

"넌 여자의 적이야!"

그때 아이리스가 우는 시늉을 하며 버럭 소리쳤다.

내가 여자의 적이라고? 왜?

내 의아한 얼굴을 보며 아이리스의 표정은 더욱 울상으로 변해 갔다. 나는 결국 영문도 모른 채 사과를 한 후 아이리스의 다이어트 성공을 기원해주며 방을 나섰다.

　일단 아이리스는 한 달 동안 다이어트 한다고 했으니까 아이리스 몫의 식사는 만들지 않아도 됐다. 그럼 내 거랑 알카 형 거랑 형 것만 만들면 된다.

　"병아리."

　"어? 빨리 먹어. 이건 식으면 맛없어."

　"제발 부탁이니까, 불만 있으면 말로 해."

　형은 요 며칠간 내가 만든 진수성찬으로 속이 불편하다며 내게 돈을 쥐여 줬다. 식사는 알아서 해결할 테니 밥 만들지 말고 나가서 놀라는 말에 나는 얼떨떨한 얼굴로 돈을 받았다.

　그럼 난 내 거랑 알카 형 것만 만들면 된다.

　"내일은 뭐 만들어줄까요?"

　내일은 시간도 많을 테니, 해달라는 건 다 해줄 생각으로 물었지만 알카 형은 곤란하다는 듯 웃었다.

　"죄송합니다, 내일부턴 금식 기간이라서요."

　"……."

　다들 진짜 너무한다. 셋이서 짠 건가? 왜 갑자기 다 싫다는 거야? 그럼 이제 밥 만들어서 누구 줘?

　그래도 요 며칠 동안 아침 일찍 일어나서 밥 차리는 거 진짜 재미있었는데. 뿌듯하기도 하고…….

하지만 이제 먹을 사람이 없으니 밥을 할 필요도 없어졌다. 혼자 먹으려고 아침부터 그 난리법석을 떨 수도 없는 거고.

나는 수업이 끝나고 바람이라도 쐴 생각으로 정원에 나와 얼빠진 얼굴로 허공만 쳐다봤다. 원래 이 시간엔 주방에서 점심 만든다고 바빠야 되는데……. 밥을 만들 필요도 없으니 한가하기만 했다.

심심해서 나뭇가지를 주워 바닥에 의미 없는 낙서만 하고 있는데 뭔가가 내 눈앞을 휙 지나갔다.

화들짝 놀라 고개를 들었지만 보이는 건 아무것도 없었다. 뭐지? 나는 양손으로 눈을 벅벅 비비고 다시 주변을 살폈다. 아무것도 없는데? 이제 헛것까지 보이나? 오감을 곤두세워 사방을 살피는데 머리 위로 다시 무언가가 휙 지나갔다.

퍼뜩 고개를 들자 뭔가가 내 머리 위를 빙글빙글 날고 있었다. 처음에는 그게 새인 줄 알았다. 놀라서 두어 발자국 뒤로 물러서는데 하늘을 날고 있던 무언가가 힘이라도 잃은 듯 갑자기 툭 내 발치로 떨어졌다.

"이, 이게 뭐야?"

나는 들고 있던 나뭇가지로 그걸 툭툭 쳤지만 그건 더 이상 움직이지는 않았다. 난 그 앞에 쪼그려 앉아 눈에 힘을 줬다. 이게 뭐지? 이거 아무리 봐도 종이비행기 같은데? 이게 어떻게 내 머리 위를 빙글빙글 돌았지? 실이라도 달려 있나?

나는 종이비행기를 들어 여기저기 살폈다. 하지만 특별한 건 하나도 없었다. 이게 어떻게 하늘을 날았던 걸까?

의심스러운 눈초리로 종이비행기를 노려보고 있는데 날개 끄트머리에 익숙한 글자가 보였다.

그건 한글로 적힌 내 이름이었다.

"……."

나는 설마 설마 하는 마음으로 반듯하게 접혀 있는 종이비행기를 펼쳤다. 구겨진 종이 안쪽에는 한글이 아닌 이 나라의 글자가 쓰여 있었다. 놀랍지도 않았다. 이걸 누가 보냈는지 알 것 같았기 때문이다.

나는 종이에 쓰인 글자를 해석하기 위해 방으로 돌아와 사전을 펼쳤다. 침대에 엎드려 종이와 펜을 들고 모르는 글자 해석에 집중하고 있는데 어디선가 달달한 냄새가 났다. 처음에는 그냥 그러려니 했는데 가만 생각해보니까 정말 이상했다. 방에서 단내가 왜 나지?

침대에 엎드린 채 허리만 들어 주변을 살피려고 하는데 아까까지만 해도 났던 냄새가 다시 나지 않았다. 고개를 갸웃하고 엎드려 글자를 보려 하자 다시 단내가 났다. 나는 멀뚱멀뚱 종이를 보다가 다시 허리를 들었다. 냄새가 나지 않는다. 다시 허리를 숙여 종이에 바짝 얼굴을 들이대니 단내가 나기 시작했다.

종이에서 빵 냄새가 왜 나? 이상한 얼굴로 종이를 보다가 곧 나는 이 종이의 정체를 깨달았다. 이건 내가 며칠 전 가을이한테 수플레를 줄 때 썼던 그 종이봉투였다. 빈 종이봉투를 챙길 때만 해도 별생각 없었는데 설마 그 봉투에 편지를 썼을 줄이야.

나는 어이가 없기도 하고 웃기기도 해서 실실 웃으며 다시 글자 해석에 집중했다.

글자를 해석하는 데 시간은 별로 걸리지 않았다. 글자도 별로 어렵지 않았고, 그렇게 길지도 않았기 때문이다. 종이에 쓰인 글자를 다 해석한 나는 의아한 얼굴로 몸을 일으켰다. 글자를 다 해석하기는 했는데 이 말의 의미를 정확하게 알 수가 없었다.

"밖엔 왜 나오라는 거야?"

종이의 첫 문장은 밖으로 나오라는 거였다. 일단 나는 쓰인 대로 종이를 들고 밖으로 나왔다. 아까 종이비행기가 날아왔던 그 정원까지 걸어가 다시 종이를 펼쳤다. 종이에 쓰인 글자를 가만히 보며 나는 알 수 없는 불안감을 느꼈지만 마음을 굳게 먹고 입을 열었다.

"강가을."

귓가로 희미하게 바람 소리가 들려왔다. 멀뚱멀뚱 새파란 하늘만 보다가 나는 인상을 찌푸리고 다시 종이를 쳐다봤다. 아, 빼먹은 게 있었구나. 나는 가을이 줬던 귀걸이에 손을 대고 다시 말했다.

"강가을."

눈을 한 번 감았다가 떠도 여전히 아무런 변화가 없었다. 이 새끼가 심심해서 장난을 친 건가. 앤 왠지 그러고도 남을 것 같았다.

허탈해져서 한숨을 내쉬며 귀걸이에서 손을 떼는데 갑자기 풍경이 변했다. 눈 깜짝할 새에 일어난 일이었다.

분명 아까까지만 해도 정원에 있었는데 지금 보이는 건 나무나 하늘이 아니었다. 내 눈앞에서 가을이 익숙한 얼굴로 웃으며 입을 열었다.

"안녕?"

"……."

나는 얼빠진 얼굴로 그를 보다가 주변을 살폈다. 통나무로 지어진 것처럼 보이는 그냥 평범한 방이었다.

"여기 아델라이야."

"아델라이?"

그게 뭐지? 어디서 들어본 것 같기는 한데 잘 기억이 나지 않았다. 내가 계속 얼빠진 얼굴로 눈만 깜박이자 가을이 날 의자에 앉혔다.

"말하는 걸 깜박했는데 그 귀걸이에 손대고 내 이름 부르면 나한테 올 수 있어."

"이것도 마법이야? 종이비행기 그거도 마법이고?"

고개를 끄덕이는 가을을 보며 나는 아까보다 훨씬 더 얼이 빠졌다. 도대체 마법으로 못하는 게 뭐가 있지? 귀걸이에 손대고 이름만 불렀을 뿐인데 순간이동이 되다니.

"밥 먹었어?"

"어? 어……. 아까 먹었는데……. 근데 난 여기 왜 오라고 한 거야? 너 바쁘다며?"

"일주일 정도 바쁠 예정이었는데 이제 이틀만 더 있으면 될 거 같아."

일이 빨리 끝났나? 다시 방을 훑어보며 고개를 끄덕이고 있는데 가을이 묻지도 않은 얘기를 혼자 줄줄 하기 시작했다.

"한 일주일 정도 데이트해주면 준다고 해서 어쩔 수 없었어."

데이트? 저건 또 뭔 소리야? 내가 의아한 표정을 짓자 가을이 구석 쪽을 손가락으로 가리켰다. 고개를 돌리자 그곳에는 새하얀 천으로 칭칭 감긴 뭔가가 벽에 기대져 있었다.

"저게 뭐야?"

"브류나크. 원래 아빠가 가지고 있었는데 옛날에 아빠가 엄마한테 끝말잇기 져서 뺏겼거든. 그래서 엄마한테 저거 좀 달라니까 일주일 동안 데이트해주면 준다고 해서 계속 끌려다니고 있어, 지금."

……브류나크? 그 빛의 창인지 뭔지 하는 신기, 그거? 아르젠 국보였는데 지금은 없다는 그거? 형이 나보다 더 중요하다고 했던 그거? 날 공양미 삼백 석에 팔려가는 심청이로 만들 뻔했던 그거?

내가 혼란스러운 표정을 짓자 가을이 웃었다.

"아무튼 이틀만 더 있으면 저건 내 거야."

"네가 저게 왜 필요해? 저거 우리 형 나라 국보라며?"

나도 정확하게는 모르겠지만 저게 아르젠에 꽤 중요한 물건 같았는데……. 그리고 보니까 창이라고 해서 그런지 길기는 엄청 길다. 뾰족하게 날도 서 있겠지? 한번 보고 싶어서 자리에서 일어나려는데 귓가로 가을의 목소리가 들려왔다.

"저게 있어야 꼬마를 해결하지."

"해결? 무슨 해결?"

나는 건성건성 물어보며 자리에서 일어났다. 벽에 세워진 브류나크 쪽으로 다가가려다가 나는 멈칫했다. 꼬마를 해결해? 가을과 형이 싸우며 했던 대화가 순식간에 파노라마처럼 머릿속을 스쳐 지나갔다.

나는 로봇처럼 삐거걱거리며 뒤를 돌아 그를 쳐다봤다. 가을은 미간을 좁힌 채 한숨을 내쉬고 있었다.

"너 완전 다 잊어버리고 있었지?"

뭘 잊어버려? 네가 나한테 고백했던 거? 내가 그걸 잊어버렸겠냐? 내 인생에 남자한테 고백받은 최초의 순간을 내가 잊어버렸겠냐고! 자려고 누워 있을 때도 자꾸 생각나서 내가 허공에 발차기를 한 게 몇 번인데!

가을이 입에서 무슨 말이 나올지 몰라서 속마음과는 달리 아예 모른 척을 하려다가 나는 그에게 성큼성큼 다가갔다. 어쩌면 이건 기회일지도 몰랐다. 또 언제 이런 말이 나올지도 모르는데!

나는 비장한 표정으로 그에게 다가가 말했다.

"할 말 있어."

"하지 마."

"어?"

"그냥 하지 마."

나는 단호한 그 목소리에 입을 다물었다. 싫다는 말이라도 했다간 진짜 사달이라도 날 것 같은 분위기였다. 갑작스레 찾아온 침묵에 이러지도 저러지도 못하고 눈만 깜박이다가 나는 마음을 굳게 먹었다.

흐지부지 지나가면 앞으로 어떻게 될지 불 보듯 뻔한 일이었다. 그냥 쟤가 포기한 것 같으면 나도 어떻게 없던 일로 치고 넘어갈 수도 있을 것 같은데 그건 또 아닌 거 같으니까…….

나는 머리를 벅벅 긁으며 말했다.

"난 지금 진지하니까 들어."

"나도 진지한데……."

"난 더 진지하거든?"

사실 남자고 여자고 성별을 떠나서 고백을 받은 건 처음이라 어떻게 해야 될지를 모르겠다. 나도 처음 있는 일이라 이렇게 해도 되는 건지는 모르겠지만, 그래도 나도 말할 건 말해야겠다.

"저번에도 말했다시피 난 지금 누구 만날 생각이 없어."

"나도 알아."

"근데 왜 자꾸 그래?"

내 물음에 가을이 의아한 얼굴로 물었다.

"내가 뭘?"

"네가 지금 자꾸 분위기를 이상하게 만들잖아! 애초에 저 국보도 그래. 저걸로 꼬마를 해결해? 왜? 저걸로 우리 형을 왜 해결해? 나한테……, 무슨 짓을 하려고!"

말을 하면서도 내가 과민 반응을 하고 있다는 건 알았다. 하지만 어쩔 수가 없었다. 좋아한다는 말을 들었던 그때부터 신경이 쓰여서 가만히 있을 수가 없었기 때문이다. 자꾸 그날의 일이 떠올라서 하루에도 수십 번씩 허공에 발차기를 하고, 떠올리지 않으려고 별짓을 다 했다.

이 엿 같은 기분을 하루라도 빨리 해결하려면 저 새끼랑 결판을 지어야 한다. 그것밖엔 없었다.

"내가 무슨 짓을 한다고 그래?"

"그럼 저걸로 우리 형을 왜 해결해?"

"미래를 위해서?"

가을은 내 물음에 한 치의 망설임도 없이 대답했다.

미래라니? 무슨 미래? 우리의 미래?

로맨스 영화의 한 장면이 순식간에 머릿속을 점령했다. 나는 머리를 쥐어뜯으며 끙끙 앓았다. 주인 허락도 없이 이딴 상상이나 멋대로 하고 있는 머리통을 박살 내고 싶은 심정이었다.

"사랑은 강요하는 게 아니라며? 강요하지도 않고 뭐 해달라는 것도 아닌데 왜 그렇게 화를 내?"

억울하다는 얼굴로 말하는 가을을 보며 나는 어이가 없었다. 그냥 너무 어이가 없어서 숨만 몰아쉬고 있다가 순간 멈칫했다.

……그러고 보니까 맞는 말인 것도 같았다. 쟨 나한테 뭐 바라는 것도 없고, 진짜 강요하는 것도 아닌데……. 내가 너무 심했나? 아니, 근데 그래도 자꾸 신경이 쓰이는데 어떡해? 다 그런 거 아니야? 나만 이러는 거야? 어?

속으로 혼자 질문하며 자기 합리화를 시키고 있는데 가을이 다시 말했다.

"그럼 내가 뭘 어떻게 해야 되는데?"

"뭐? 네가……. 네가 뭘 어떻게 해야 되냐고?"

"그래."

그건……. 어, 그러게……. 네가 뭘 어떻게 해야 되지?

나는 혼란스러운 얼굴로 그를 쳐다보기만 했다. 지금 이 상황에서는 저놈이 뭐라고 말을 해도 난 복잡하기만 할 것 같았다. 머릿속이 하나도 정리가 되질 않아서 나는 되는 대로 내뱉었다.

"그러게 애초에 왜 그딴 말도 안 되는 소리를 해? 네가 그런 말만 안 했으면 이런 상황이 오지도 않았잖아!"

"그래도 이미 말한 걸 어떡해, 취소한다고 취소되는 것도 아닌데."

가을은 안부를 묻는 것처럼 태연한 목소리로 말했다. 나만 흥분하고 나만 당황하고 있었다.

애초에 고백을 한 건 저놈인데 내가 왜 이렇게 휘둘려야 돼? 원래 이런가? 다들 원래 이러는 거야? 아니면 내가 이상한 건가? 아니, 저놈이 이상한 건가?

"그렇게 신경 쓰여?"

"뭐가?"

"내가 너 사랑한다고 한 게 그렇게 신경 쓰이냐고."

그 말에 나는 기겁을 하고 소리쳤다.

"야! 네가 언제 사랑한다고 했어!"

나는 소름이 돋아서 팔뚝을 벅벅 문지르며 비명을 질렀다. 혼자 악악거리고 있는데 그런 나를 가만히 보던 가을이 다시 물었다.

"그 말은 안 했어? 그럼 내가 뭐라고 했는데?"

"너 저능아냐? 1년 지났어? 10년 지났냐? 시간이 얼마나 지났다고 그걸 기억 못해? 나 좋아하냐고 물어보니까 어떻게 알았냐고 그렇게 티가 많이 나냐고 그랬잖아! 그리고 네가 국보보다 내가 더 좋다며!"

"아……."

그는 자기가 한 말이면서도 마치 남의 얘기를 듣는 듯했다. 이제야 기억이 났다는 듯 고개를 끄덕이는 가을을 보며 나는 갑자기 열불이 치솟았다.

누가 보면 내가 먼저 고백한 줄 알겠네!

"미안해. 네가 내 말 한마디, 한마디까지도 다 기억하면서 그렇게 신경 쓰고 있을 줄 몰랐어."

별안간 가을이 눈꼬리를 접으며 웃었다. 그의 웃는 얼굴을 보며 또 말리고 있다는 생각이 들었지만, 나는 화가 나서 참을 수가 없었다.

"넌 왜 이렇게 남 일처럼 말해?"

상황이 이렇게까지 되니까 저놈이 날 가지고 놀았다는 생각밖에 들지 않았다. 내가 자꾸 화내고 소리 지르고 그러는 게 혹시 재미있어 보였던 걸까? 그래서 저러나?

나는 정색을 하고 물었다.

"너 혹시 그거 장난이었어?"

"장난 아니야."

"근데 왜 그래?"

내 말에 웃고 있던 가을 역시 정색을 했다. 표정이 사라진 그의 얼굴을 보면서도 무섭기는커녕 화만 났다. 놀림거리가 됐다는 생각만 자꾸 들었다. 화가 나면 숨이 가빠졌는데 지금은 그렇지도 않았다.

입을 꾹 다물고 그의 대답을 기다리고 있는데 가을이 입을 열었다.

"네가 이렇게 신경 쓰고 있을지 몰랐어. 넌 싫다고 했잖아. 그래서 내 말 듣고도 그냥 무시할 줄 알았어."

무시? 순간 예상치도 못했던 그의 말에 나는 얼이 빠져버렸다. 무시라니? 고백을 듣고 어떻게 무시를 해?

"내가 무시할 줄 알았다고?"

"넌 그냥 미친개한테 물렸다고 생각할 줄 알았어."

"……."

그건……. 그, 그런 생각도 좀 하기는 했는데……. 순간 뜨끔한 나는 그의 시선을 피하며 고개를 돌렸다.

"그럼 어떻게 해? 받아줄 때까지 계속 고백해줬으면 좋겠어?"

"미쳤냐? 너 자꾸 장난칠래?"

다시금 팔뚝에 소름이 돋았다. 내가 이를 갈며 말하자 가을이 한숨을 내쉬었다.

"장난 아니라고 했잖아. 계속 고백하는 것도 싫고, 평소처럼 행동하는 것도 싫다고 하고……. 그럼 어떻게 해? 네가 말해 봐, 내가 어떻게 했으면 좋겠어?"

나, 나도 몰라. 나도 모르니까 지금 이러고 있지! 보통 다른 사람들은 이런 상황에서 어떻게 하지?

망했다, 평소에 로맨스 소설이나, 로맨스 영화 같은 것 좀 봐둘 걸……. 나는 울상을 짓고 말했다.

"그, 그냥 나 좋아하지 마."

"그건 네가 결정할 문제가 아니야."

"……."

가을은 표정 없는 얼굴로 나랑은 전혀 상관없다는 식으로 말했다. 그게 마치 타인에게 선을 긋는 것처럼 보여서 갑자기 기분이 이상해졌다. 아까까지만 해도 화를 내도 숨이 가빠지지 않았는데, 지금은 너무 당황해서 그런지, 그 예상치도 못했던 말에 숨 쉬는 게 어려워졌다. 심장이 바닥으로 쿵 떨어지는 것 같은 기분에 나는 그의 시선을 피해 고개를 돌렸다.

꼭 그런 기분이었다. 그동안 밤새 허공에 발차기를 하고 밥을 먹다가도 떠오르면 욕지거리를 내뱉을 때처럼 엿 같은 그런 기분. 다시 내가 평소처럼 돌아오려면 빨리 저놈이랑 결판을 지어야 되는데 이젠 어떻게 결판을 지어야 하는지도 모르겠다.

가을이 말마따나 나는 이래도 싫고 저래도 싫다. 그리고 날 좋아할지 말지 결정하는 건 그의 몫이다.

그럼 나는? 나는 이제 어떻게 하지? 계속 이 엿 같은 기분으로 살아야 되나?

"그렇게 신경 쓰이면 넌 그냥 없던 일이라고 생각하고 살아. 그게 편할 거 같으면."

"……."

고백을 받았는데 어떻게 없던 일이라고 생각해? 그게 말이 돼? 그럼 고백한 사람은 뭐가 되는데?

나는 지극히 상식적인 생각을 하다가 고개를 숙였다.

고백을 받은 건 난데 내가 고백을 하고 거절을 당한 기분이었다.

어떻게 고백을 한 당사자가 자기 고백을 없던 일이라고 생각하면서 살라고 하는 거지?

내 기준에서는 이해가 되지 않았다.

상처를 받아야 되는 것도 저놈이고 혼란스러워야 될 것도 저놈이고 눈치를 봐야 되는 것도 저놈인데 왜 내가 이러고 있지?

저놈이 진짜 날 좋아하는 게 맞나? 고백한 사람 맞아? 정말 장난이었나? 나만 심각하게 생각하고 있었던 건가? 없던 일이라고 생각하라고? 그럼 앞으로는 어떻게 할 건데? 내가 그렇게 생각하면 저놈도 없던 일이라고 생각하면서 사는 건가? 이렇게 없던 일로 치부할 거면 그때 그런 말은 왜 한 건데? 나한테 왜 잘해줘?

가뜩이나 머리가 아파 죽겠는데 답도 나오지 않는 질문들이 머릿속을 점령했다.

멍한 얼굴로 입을 다물고 있는데 가을이 물었다.

"혹시 이제 나 보기 싫어?"

차라리 그렇다고 할까? 아이리스 말대로 애인은 싫고 친구로 계속 지내자고 하는 건 너무 이기적인 생각 같았다. 그럼 여기서 두 번 다신 보지 말자고 하는 게 맞는 거 같은데 입이 떨어지지가 않았다.

몇 년씩 알고 지낸 건 아니었지만 그래도 이곳에 와서 이런저런 일을 겪으면서 많이 친해졌다고 생각했다. 처음에는 무서웠고, 지금도 가끔 무서울 때도 있고 싸이코 같은 때가 있지만 이제 그런 건 아무래도 좋았다.

무섭고 싸이코 같은 살인자지만 나한테 해를 끼칠 사람이 아니라는 믿음이 있으니까.

　나는 슬쩍 고개를 들어 가을을 쳐다봤다. 그는 무슨 생각을 하는지 알 수 없는 얼굴로 날 빤히 쳐다보고 있었다.

　흔들림 하나 없는 눈동자로 말끄러미 날 쳐다보는 그의 눈동자는 진지했지만, 진심은 보이지 않았다.

　나는 평소처럼 웃으려 노력하며 그의 어깨를 툭 쳤다.

　"야, 뭘 또 그런 걸로 안 봐? 너만 괜찮으면 난 상관없어."

　내 말에도 가을은 아무런 대답도 하지 않았다. 최대한 활짝 웃으려고 노력은 했지만 내가 어떤 얼굴로 어떻게 웃고 있는지 알 수는 없었다.

　교환청으로 돌아갈 땐 귀걸이로 갈 수 없다고 해서 가을이 날 방까지 데려다 줬다. 우리는 정말 아무 일도 없었던 사람들 마냥 태연했다.

　아니, 적어도 가을은 그랬다. 평소처럼 웃고 평소처럼 행동하고 평소처럼 날 쳐다보면서 잘 가라는 인사를 했다. 그게 꼭 마지막인 것 같은 기분이 들었다.

이게 마지막이라니, 내가 생각해도 어이가 없어 허탈하게 웃었다.

하지만 그 뒤로 4일이 지났다. 4일 동안 아무런 연락도 없고, 날 찾아오지도 않았다. 일주일 동안 바쁘다고 했으니까 그러려니 편하게 생각하려고 했지만 이제 이틀만 더 바쁘면 된다는 말이 머릿속에서 떠나질 않았다. 그가 말한 이틀은 벌써 이틀 전에 지났다.

나는 마른걸레로 창문을 닦다가 슬쩍 고개를 돌려 형을 쳐다봤다. 나는 형이 일하는 걸 가만히 보다가 주춤주춤 다가갔다.

"형."

내 부름에 형은 고개도 들지 않았고 대답도 하지 않았다. 그게 일상이라 나는 걸레를 만지작거리며 조심스럽게 물었다.

"저기⋯⋯. 그냥 궁금해서 그러는 건데⋯⋯. 내가 그러니까 진짜 무슨 딴생각이 있어서 그러는 게 아니라 그냥 혹시나 해서 물어보는 건데⋯⋯."

내가 자꾸 말꼬리를 흐리자 그제야 형이 고개를 들었다. 나는 혼란스러운 얼굴로 형을 보며 숨을 삼켰다.

"그거⋯⋯. 그 국보⋯⋯. 그거 혹시 지금 형이 가지고 있어?"

"국보?"

"그, 왜⋯⋯. 창⋯⋯. 그거 빛의 창인지 뭐시긴지 신기라는 그거 있잖아."

내 말에 형이 미간을 좁혔다.

"그걸 내가 왜 들고 있어? 잃어버린 지 200년은 지난 건데."

"⋯⋯."

그 말에 괜히 허탈해졌다. 이제 이틀만 있으면 그 창은 자기 거라며 웃던 가을이 떠올랐다. 그걸로 꼬마 해결한다더니, 형한테 아직 주지 않았나 보다.

아니, 어쩌면 아예 주지 않을 수도 있을 거라는 생각이 들었다. 이젠 정말 그때가 진짜로 마지막이었나 싶었다.

"그건 갑자기 왜 물어봐?"

"……."

나는 내가 쥔 걸레를 멀뚱멀뚱 보다가 고개를 들었다. 내 말을 기다리고 있는 듯 형은 날 쳐다보고 있었다. 나도 덩달아 형을 보다가 다시 고개를 돌려 주변을 살폈다.

바닥도 쓸어야 하고, 침대도 정리해야 하고, 탁자도 닦아야 한다. 아직 할 일이 산더미처럼 많았지만 나는 쥐고 있던 걸레를 탁자 위에 두며 힘없이 말했다.

"나 며칠 휴가받을래."

한 일주일 정도 쉬고 싶었다. 내가 한숨을 내쉬자 형이 어이없다는 듯 말했다.

"넌 휴가를 네 멋대로 결정하냐?"

"그럼 휴가 말고 오늘은 그냥 쉬는 날 할래."

오늘은 일할 기분이 아니다. 형은 날 보며 몇 번 혀를 차더니 오늘일 안 한 수당은 월급에서 깔 거라고 했다. 마음대로 하라고 말하려는데 노크 소리가 들렸다. 고개를 돌리자 문이 열리면서 아이리스가 들어왔다.

"일하고 계셨어요?"

아이리스는 내게 눈짓으로 인사를 하고는 형에게 다가갔다.

"왜?"

"겨울이랑 같이 점심 먹으려고요. 오라버니는 식사하셨어요?"

안 그래도 아이리스 만나러 가려고 했는데 잘됐다. 우리는 밥은 나중에 먹겠다고 말하는 형을 뒤로하고 방을 나섰다.

둘이 긴 복도를 걷고 있는데 아이리스가 날 보며 의아한 얼굴로 물었다.

"표정이 왜 그래? 무슨 일 있어?"

그 말이 끝나기도 전에 나는 한숨을 내쉬었다. 말도 하지 않고 연달아 한숨만 내쉬고 있는데 아이리스가 눈을 가늘게 뜨며 말했다.

"혹시 그 사람 때문이야? 저번에 네가 말했던 사람."

"그런 것도 있는데……. 꼭 그 사람 때문만이 아니라 그냥 내가 지금 뭐 하고 있나 싶어서."

평소에는 무슨 일이 있어도 이렇게까지 오래 고민하지는 않았는데 이번 일은 유독 심했다. 가을이를 만나고 난 뒤로는 더 그랬다. 그의 말은 틀린 게 하나도 없어서 더 심란했다.

아이리스와 교황청을 나와 근처 식당으로 갔다. 간단하게 주문을 한 뒤에 요즘 공부는 좀 어떠냐고 물으려는데 아이리스가 먼저 입을 열었다.

"그 뒤로 그 사람은 만나봤어?"

"잠시 만났어. 근데 지금은 그게 문제가 아니라……."

나는 걱정스러운 눈으로 날 보고 있는 아이리스를 보며 말끝을 흐렸다. 나도 내가 왜 이러는 건지 알 수가 없어 설명하기도 어려웠다. 내가 우물쭈물하자 내 말을 기다리던 아이리스가 다시 물었다.

"만나서 무슨 얘기 했어?"

"걔가 나보고 그렇게 신경 쓰이면 고백했던 걸 그냥 없던 일이라고 생각하래. 그래야 편해질 것 같으면 그렇게 해도 된대. 근데 이게 말이 되냐?"

아무리 생각을 해봐도 내 입장에서는 이해할 수가 없었다.

"내가 만약 그 사람이었으면 확실한 대답을 듣고 싶을 것 같은데, 그런 말을 하니까 그냥 나한테 장난친 거 같은 기분이 들어. 그래서 내가 막 화를 냈거든? 그러니까 걔가 그럼 어떻게 했으면 좋겠냐고 나한테 질문을 하는 거야."

내가 열변을 토하는 걸 가만히 듣고 있던 아이리스가 물었다.

"근데 넌 왜 그렇게 화를 내? 어차피 그 사람 싫은 거면 그냥 무시하면 되지 않아?"

가을이도 내가 무시할 줄 알았다고 하더니 이젠 아이리스까지 나더러 무시하라고 한다.

나는 미간을 좁히며 말했다.

"무시하는 건 좀 그렇잖아. 어쨌든 고백을 받은 거니까 확실히 결판을 내야 어색한 것도 없을 텐데 흐지부지 넘어가면 계속 어색할 거 아니야. 앞으로 안 볼 것도 아니고. 난 그런 거 싫어. 그리고……."

나는 목이 메서 물 한 컵을 마신 뒤에 다시 입을 열었다.

"처음에는 걔가 날 놀린 거라고 생각해서 화가 났거든? 솔직히 놀리는 것도 적당히 해야지 어떻게 그런 걸로 사람을 놀려? 괜히 나만 바보 된 거 같잖아. 근데 지금은 내가 그걸 왜 그렇게 심각하게 받아들였나 싶어서 나한테 너무 화가 나."

가을이는 별것도 아닌 것처럼 행동하고 실제로도 그렇게 생각하고 있는 것 같은데, 나만 심각했다. 따지고 보면 고작 고백 한 번 받았다고 휘둘렸던 내가 너무 부끄럽고 창피했다.

여태까지 살면서 고백 한 번 안 받아보고 여자 한 번 안 사귀어 봤다고 티를 내는 것 같았기 때문이다.

"근데 결판이라는 게 정확히 무슨 뜻이야? 확실하게 거절하고 싶다는 거야?"

"당연하지."

그래야 평소처럼 지낼 수 있을 테니까. 내 확고한 얼굴을 보며 아이리스는 좀 떨떠름한 표정을 지었다.

"이미 한 번 고백을 한 거면 네가 확실히 거절을 하던 그 고백을 받아들이던 옛날로 돌아갈 수는 없어. 네가 말하는 평소라는 게 둘이 친구처럼 지냈던 날을 얘기하는 거 아니야?"

아이리스의 말에 뒤통수를 얻어맞은 것 같았다. 가만히 생각해보면 또 그랬다. 이미 고백을 한 시점부터 우리 사이는 변한 거였다.

"내가 봤을 땐 이미 신경 쓰고 있다는 것 자체가 너도 그렇게 싫지만은 않은 것 같아. 옆에서 볼 땐 그냥 좀 뭐랄까……."

아이리스는 힐끔힐끔 내 눈치를 보며 말꼬리를 흐렸다.

그때 주문했던 음식이 나왔다. 먹음직스러운 스파게티를 보면서도 입맛이 돌지 않았다. 포크로 면만 툭툭 건드리고 있는데 아이리스가 말을 이었다.

"너도 싫지만은 않은 것 같은데 그냥 어색해서 계속 싫다고 하는 것 같아."

그 말에도 나는 별로 놀라지 않았다. 저런 비슷한 말이 나올 걸 예상했기 때문이다. 형도 그렇고 아이리스도 그렇고 다 그렇게 보이나 보다.

"정말 그렇게 싫어?"

"……."

나는 입을 꾹 다물었다. 이래서 더 짜증이 났던 거다. 아무리 생각을 해봐도 싫어해야 되는 게 정상인데 항상 생각의 끝은 물음표였다.

이유가 딱히 없어도 싫어야 되는 게 정상 아닌가?

"그럼 좋고 싫고를 떠나서 그 사람이 안 되는 이유를 한 번 생각해 봐. 왜 그 사람은 안 돼?"

남자잖아. 남자니까 당연한 거 아니야?

하지만 이 말을 아이리스에게 할 수는 없었다. 내가 사실은 남자였다고 하면 아이리스가 어떤 표정으로 어떤 말을 할지 무서웠기 때문이다. 평소처럼 날 대해주지 않을 것 같았다.

그건 당연한 일이었다. 여잔 줄 알았던 애가 사실 남자였다고 그러면 누구나 다 당황할 테니까.

"근데 지금 그런 고민하는 건 좀 아닌 것 같아. 내가 봤을 때 갠 그냥 별로 심각하게 생각하지 않는 것 같았거든. 장난은 아니라고 말하긴 하는데 그냥 진지하게 생각은 안 하는 것 같아."

"그거 완전 나쁜 놈 아니야? 자기가 먼저 고백해놓고 왜 그래?"

그러니까 내 말이……. 심각하게 생각한 나만 바보가 됐다.

"그래서 그냥 나도 심각하게 생각하지 않으려고."

"그럼 뭐가 문제야?"

그걸 나도 모르겠다. 내가 왜 이러는지 나도 이유를 알 수가 없다. 고백이야 어떻게 됐든 이젠 정말 아무 상관이 없는데 왜 이렇게 기분이 이상하지?

"내가 개 말에 휘둘렸다는 게 짜증 나. 그래서 그런 것 같아."

"으음."

아이리스는 복잡하다는 얼굴로 침음을 냈다. 손도 대지 않아 퉁퉁 불어버린 스파게티를 포크로 휘휘 저으며 나는 한숨을 내쉬었다. 일단 먹고 생각해봐야겠다. 포크에 스파게티를 둘둘 말고 있는데 아이리스가 말했다.

"너 혹시 자존심이 상한 거야?"

나는 그 말에 깨달음을 얻은 사람처럼 입을 쩍 벌렸다.

"맞아. 그래서 그랬나 봐. 나 지금 자존심이 상한 거 같아."

내가 과하게 고개를 끄덕이며 긍정하자 아이리스가 어색하게 웃었다.

"내가 봤을 땐 너도 그 사람 좋아하는 거 같아."

"그건 아니야. 그럴 계기도 없었단 말이야."

이번에는 강하게 부정하자 아이리스가 한숨을 내쉬며 말했다.

"꼭 무슨 계기가 있다고 해서 사랑이 시작되는 건 아니야. 얼굴도 모르는데 목소리만 듣고 순식간에 사랑에 빠질 수도 있는 거고 단 한마디 말 섞은 걸로도 사랑에 빠질 수 있는 거거든. 그건 사람마다 달라. 처음에는 친구였다가 나중에 애인이 되는 건 흔한 일이기도 하고."

그 말에는 동의하지만 나는 아니었다. 그런 일은 절대 일어날 수가 없었다. 아이리스는 내 사정을 모르니까 저런 소리를 하는 거다. 내가 남자였다는 사실을 알면 아이리스도 저런 말은 못하겠지.

내가 계속 떨떠름한 표정을 짓고 있자 아이리스가 다시 한숨을 내쉬었다.

"넌 꼭 그 사람을 싫어하려고 노력하고 있는 것 같아."

나는 더 이상 말하지 않고 입을 꾹 다물었지만 속으로는 그 말에도 동의했다.

아이리스와 점심을 먹고 교황청으로 돌아온 나는 주방으로 갔다. 아이리스와 말을 하다 보니까 내가 얼마나 바보 같았는지 깨달았다.

난 너무 촌스러웠다. 그냥 쿨하게 넘어갈 수도 있었던 일인데 혼자서만 심각했다.

앞으로 차가운 도시 남자가 되어야겠다고 다짐하며 나는 수플레를 만들었다.

가을이는 단 거 별로 안 좋아하니까 몇 개는 달지 않게 만들고 내가 먹을 건 초콜릿을 잔뜩 넣어 엄청 달게 만들었다.

가을이도 엄청 당황했을 거다. 혼자서만 난리를 쳤던 그때의 일을 생각하면 지금도 얼굴이 화끈거렸다.

계속 연락이 없는 것도 어쩌면 부담스러워서 그랬던 걸 수도 있다는 생각이 들었다. 걘 그냥 별로 심각하게 생각하지 않고 그랬던 걸 수도 있는데 내가 심각하게 나오니까 많이 부담스러웠을 거다. 이번 일은 내가 잘못한 것 같다. 만나서 미안하다고 하고……. 아니, 근데 뜬금없이 그런 말을 꺼내기엔 좀 뭐하니까……. 일단 만나서 생각해 봐야겠다.

나는 종이봉투에 수플레를 가지런하게 담고 건물 밖으로 나와 크게 심호흡을 했다. 과연 이게 잘하는 짓인가. 나는 귀걸이에 손을 대고도 한참을 고민했다. 하지만 이대로 가만히 있으면 정말 서로 어색해질 것 같았다.

나는 눈을 꾹 감고 입을 열었다.

"강가을."

손에 힘을 주자 종이봉투가 바스락 소리를 내며 구겨졌다. 감았던 눈을 뜨자 가을이가 얼빠진 얼굴로 날 쳐다보고 있는 게 보였다.

나는 태연하게 귀걸이에 대고 있던 손을 내리며 물었다.

"야, 너 밥 먹었어?"

"아니⋯⋯."

내가 갑자기 나타나서 많이 놀란 듯싶었다. 얼떨떨한 그 얼굴이 웃겨서 나는 웃으며 종이봉투를 탁자 위에 올려놓았다. 그리고 고개를 돌려 수플레 만들어왔다고 하려는데 가을이 말고 다른 사람도 있는 게 보였다.

"으악!"

나는 너무 놀라서 작게 비명을 질렀다. 다른 사람이 있었다는 것도 충분히 놀랄 일인데 그 사람이 바로 무신이었기 때문이다. 무신은 내가 갑자기 나타난 게 놀랍지도 않은지 내가 방금 탁자 위에 올려놓은 종이봉투에만 관심을 가졌다.

"웬일이야?"

가을은 여전히 당황하고 있었다. 나는 얼떨떨한 얼굴로 가을과 무신을 번갈아 쳐다봤다.

저번에 납치당할 뻔했을 때 무신이 날 구해줬던 일이 떠올랐기 때문이다.

그때 전화번호가 암호라던 그 말은 오해가 풀린 건가?

나는 우물쭈물하며 입을 열었다.

"그, 그냥 심심해서 왔어. 근데 저기⋯⋯."

저, 무신이 여기에 왜 있어? 그렇게 묻고 싶었지만 가을의 표정이 너무 이상해서 나는 말꼬리를 흐렸다.

마치 이 상황을 믿을 수 없다는 것처럼 눈을 동그랗게 뜨고 멀뚱멀뚱 날 쳐다보던 가을이 별안간 웃었다.

"진짜?"

"그럼 가짜겠냐? 근데 저 사람은……."

　다시 내 말이 끝나기도 전에 옆에서 부스럭거리는 소리가 들려왔다. 고개를 돌리자 무신이 내가 만든 수플레를 멋대로 먹고 있었다. 내가 어이없다 듯 쳐다보자 무신이 뜬금없이 물었다.

"어디서 샀어?"

"……."

　그 진지한 얼굴에 나는 다시 한 번 당황했다. 저건 초콜릿을 잔뜩 넣어서 만든 수플레였다. 그러니까 내가 먹으려고 엄청 달게 만든 건데……. 나는 혹시나 싶어서 물었다.

"안 달아요? 나 엄청 달게 먹어서 다른 사람은 내가 먹는 거 잘 못 먹는데……."

"어디서 샀냐고."

"제가 만든 건데요……."

　내 말에 시종일관 무표정했던 무신의 표정이 변했다. 그러더니 고개를 숙여 종이봉투 안에 있는 수플레를 멀뚱멀뚱 쳐다보기만 했다. 그 모습이 왠지 귀엽기도 하고, 저번처럼 무섭지도 않아서 나는 화색을 하고 물었다.

"저기 근데 저번에 그 전화번호가 암호라고 했던 거요……. 그게 사실 한국말이 맞기는 한데 암호는 아니에요. 그게 무슨 뜻이냐면,

그러니까 연락을……."

"이걸 네가 만들었다고?"

"네? 아, 네. 그거 다 드세요. 그거 드릴 테니까 대신 전화번호……."

내가 웃으며 말하자 옆에서 인상을 쓰고 있던 가을이 대뜸 말했다.

"나 주려고 만들어온 거 아니야?"

"너도 같이 먹어. 저거 검은색 말고 연한 갈색은 안 달게 만든 거야. 근데 저기요, 전화번호라는 게 서로 연락을 쉽게 할 수 있는 뭐 그런 거거든요. 제가 무슨 다른 이유가 있어서 그러는 게 아니라 그냥 순수한 의도로……."

무신은 표정에 드러나진 않았지만 수플레가 입에 맞는 것처럼 보였다. 지금 이때가 기회다 싶어 쉬지 않고 말하고 있는데 가을이 내 말을 막았다.

"바쁘다면서요?"

"내일부터 바빠도 돼."

"아까 아빠가 찾던데."

"내 알 바 아니다."

나는 아까부터 가을이 내가 말을 못하게 막은 것도 잊고 멀뚱멀뚱 무신만 쳐다봤다. 진짜 잘 먹는다. 단 것도 별로 안 좋아하게 생겼는데……. 아, 그러고 보니까 알카 형이 무신은 단 걸 엄청 좋아한다고 했었다. 초콜릿 공장까지 하는 걸 보면 나보다 단 걸 더 좋아하는 게 분명했다.

그나저나 저 사람은 어떻게 먹는 데도 빛이 날 수 있는 거지? 먹는 것도 예쁘다. 내가 감탄하고 있는데 갑자기 쾅 소리가 나며 문이 열렸다. 들어온 건 웬 꼬맹이였다.

"아벨!"

잔뜩 화가 난 얼굴로 들어오는 꼬맹이를 보며 나는 고개를 갸웃했다. 누구랑 진짜 많이 닮은 것 같았다.

"너 뭐야? 진짜 계약 파기하고 싶어? 네가 날 챙겨야지 왜 매번 내가 널 찾아다녀야 돼? 주인이 칼을 챙겨야지 칼이 주인을 챙기는 경우가 어디에 있냐고!"

벌겋게 달아오른 얼굴로 바락바락 소리치는 꼬맹이를 보며 나는 문득 깨달았다. 저 꼬맹이는 무신이랑 엄청나게 닮아 있었다. 무신의 어린 시절이라고 해도 믿을 정도였다.

"나 좀 챙겨!"

무신은 시끄러운지 인상을 쓰며 자리에서 일어났다.

초콜릿이 들어간 검은색 수플레는 어느새 하나도 남아 있지 않았다. 무신이 자리에서 일어나는 걸 보며 나는 가을에게 작게 물었다.

"누구야?"

"엑시아."

이름이 엑시안가? 근데 누구지? 진짜 아들인가? 근데 말하는 걸로 봐선 아들인 거 같지는 않은데……. 주인이랑 칼은 또 뭔 소리야? 내가 이해할 수 없다는 얼굴로 고개를 갸웃하자 가을이 덧붙였다.

"저것도 신기야."

신기? 그 창 같은 건가? 하지만 그 말에도 나는 여전히 의아하기만 했다. 신기 중에 사람도 있었나? 근데 아무리 봐도 열 살도 안 된 것 같은데……. 그럼 무신이 거의 부모님 같은 건가?

그런 생각을 하고 있는데 씩씩거리던 꼬마의 몸에서 마치 전구처럼 빛이 나기 시작했다.

"마지막 경고야. 한 번만 더 이런 일 생기면 가만 안 놔둬."

이를 벅벅 갈며 말을 끝마친 꼬마가 검으로 변한 건 순식간에 일어난 일이었다. 얇은 검신은 투명할 정도로 희게 빛났고, 손잡이 부분은 화려한 금빛이었다.

"빨리 챙겨!"

"으억!"

스스로 빛을 내는 보석처럼 발광하던 검에서 목소리가 터져 나와 나는 이상한 소리를 내며 뒤로 넘어갔다. 가을이 내가 뒤로 넘어가는 걸 잡아줘서 가까스로 바닥에 나뒹굴지는 않았다.

나는 가을이 팔에 매달려 빛나는 검만 쳐다봤다.

저게 뭐야? 방금 전까지만 해도 사람이었는데? 지금 사람이 검으로 변신한 거야?

그때 허공에 둥둥 떠 있던 검의 빙글 돌았다. 마치 날 쳐다보고 있는 것 같아서 나는 숨을 헉하고 들이켰다.

"저건 또 뭐야?"

칼에 눈이 달린 것처럼 강렬한 시선이 느껴졌다. 내가 움찔하자 가을이 어색하게 웃으며 말했다.

"얜 사람이야."

"신기 아니야?"

"평범한 사람이니까 걱정하지 마. 네 주인이랑 계약 같은 건 안 해."

흉흉하게 터지던 빛이 가을의 말에 좀 수그러드는 것 같았다. 그러다 무신이 검을 잡자 완전히 빛이 사그라졌다. 날씬하고 화려한 검이 검집에 들어가자 갑작스레 적막이 찾아왔다. 무신이 고개를 돌려 날 한 번 보더니 가을이에게 시선을 돌리며 말했다.

"죽어도 괜찮은 거면 난 상관없다."

"죽으면 안 되는데……."

둘이서 무슨 말을 하고 있는 건지는 모르겠지만 분위기가 심각했다. 죽는다는 말까지 나오니까 더 그렇게 보였다.

하지만 지금 저 사람들보다 내가 더 심각했다. 그러니까 지금 칼이 사람으로 변한 건가? 사람이 칼로 변한 건가? 둘 중에 뭐가 진짜지? 나는 뻑뻑 소리가 날 정도로 눈을 세게 비비며 머리를 흔들었다.

"수업료로 저거랑 똑같은 거 만들어오면 다시 생각해보지."

저거? 정신없이 머리를 흔들다가 시선을 돌리자 무신이 턱짓으로 수플레를 가리키고 있었다. 내가 고개를 갸웃하자 가을이 다시 말했다.

"그것도 안 되는데……."

"그럼 귀찮게 하지 마."

무신은 인상을 쓰더니 가버렸다. 무신이 나간 문을 멍하게 보다가 나는 고개를 돌려 가을을 쳐다봤다.

"저거 뭐야? 사람이 검으로 변한 거야?"

"엑시아? 신기라고 말했잖아."

태연하게 말하는 가을을 보며 나는 당황했다. 신기라는 게 사람으로 변하는 검을 말하는 거였나? 그럼 우리 형 나라 국보라는 그 빛의 창도 사람으로 변하는 무기인가? 이게 어떻게 가능한 일이지? 무기가 어떻게 사람으로 변해?

"신기 여섯 자루는 다 사람으로 변할 수 있어. 이것도 마법 같은 거야."

……마법으로 죽은 사람을 살릴 수 있다고 해도 이젠 놀라지 말아야지.

나는 태연하게 말하는 가을을 보며 다짐했다. 정신이 하나도 없었다. 나는 의자에 앉으려다가 수플레를 보며 물었다.

"아까 무신이 했던 건 무슨 소리야?"

가을은 내 물음에도 대답하지 않고 남은 수플레만 멀거니 쳐다봤다. 무신은 정확하게 초콜릿으로 만든 수플레만 모조리 다 먹어치웠다.

남은 수플레를 가만히 보던 가을이 의자에 앉으며 말했다.

"너 저번에 아저씨한테 배우고 싶다고 했잖아. 그래서 그거 부탁하고 있었어."

"뭐? 설마 검술 배우고 싶다고 한 거?"

가을은 나도 까먹고 있었던 걸 기억하고 있었다. 물론 처음엔 검사가 되면 멋있을 것 같아서 검술을 배우고 싶었지만 지금은 아니었다. 왜냐면 이제 난 요리사가 되고 싶었기 때문이다.

"근데 너 저번에는 안 된다고 하더니 갑자기 왜……."

내가 말끝을 흐리자 수플레만 쳐다보고 있던 가을이 내 쪽으로 시선을 돌렸다.

"저번에 봤을 때 화난 것 같아서."

"뭐?"

저게 무슨 소리야? 내가 의아한 얼굴로 고개를 갸웃하자 가을이 말을 이었다.

"아벨 아저씨 만나게 해주면 화 풀릴 것 같아서 그랬어. 계속 만나게 해달라고 그랬잖아."

"……"

예상치도 못했던 말에 내가 입을 다물자 가을이 다시 말했다.

"이제 화 풀렸어?"

그는 내 눈치를 보는 것처럼 조심스럽게 물었다. 내가 언제 화를 냈냐고 묻고 싶었는데 입이 떨어지지가 않았다. 나는 한참 입을 다물고 있다가 말했다.

"빨리 그거 먹어."

"아직 화났네."

"화 안 났어. 그냥 빨리 먹어. 그리고 형한테 말 안 하고 나와서 난 이제 가봐야 될 거 같다. 다음에 또 놀러 올게."

내 말에 가을이 말끄러미 날 보더니 말했다.

"그래, 잘 가."

나는 손까지 흔드는 그를 보며 잠시 당황했지만 곧 고개를 끄덕였다. 그리고 자연스레 문을 나서려다가 멈칫했다.

그러고 보니까 난 여기가 어딘지도 몰랐다. 왔을 때처럼 귀걸이로 돌아갈 수도 없었다. 나는 얼떨떨한 얼굴로 그를 보며 말했다.

"여기 어디야?"

"라칸 사막."

……거기가 어딘데? 그리고 사막이라니? 나는 재빨리 문을 열어 밖으로 나갔다. 밖으로 한 걸음 내디뎠을 뿐인데 안과 밖의 공기가 천지 차이였다. 공기도 무거웠고 무엇보다 햇볕이 너무 뜨거웠다. 10분만 나가 있어도 살에서 지글지글 소리가 날 것 같았다.

쾅하고 문을 닫으며 나는 숨을 몰아쉬었다.

이, 이게 뭐야? 뭐 이렇게 더워? 아무리 사막이라고 해도 이렇게 더운 건 사기 아니야? 사막에 가본 적이 없어서 잘 모르겠지만 그래도 이건 더워도 너무 더웠다.

"내가 왜 사막에 있어?"

"내가 사막에 있으니까."

가을은 수플레를 우물거리며 태연하게 말했다. 그의 말은 틀린 게 없었다. 내가 사막에 있는 건 가을이 사막에 있기 때문이었다. 저 놈을 찾아온 건 나였으니까 화를 낼 수도 없었다. 그래도 설마 사막에 있을 줄은 몰랐다.

"그럼 나 집에 어떻게 가? 여기서 우리 집까지 걸어가면 얼마나 걸리는데?"

"걸어가면 한 1년 정도 걸릴 것 같은데……. 근데 그전에 죽을걸?"

그 말에 나는 기가 막혔다.

"왜 사막에 집을 만들어놔?"

"예전에 여기서 드래곤이 살았대. 유적 좀 찾으려고."

저 인간은 도대체 직업이 뭐야……. 내 얼빠진 표정을 보며 가을이 웃었다.

"이거 다 먹고 데려다 줄게."

나는 하는 수 없이 다시 의자에 앉았다. 평소에는 게 눈 감추듯 먹어치웠으면서 지금은 깨작거리는 게 영 먹기 싫은 사람처럼 보였다. 하지만 나는 아무런 말도 하지 않고 가만히 기다렸다.

처음에는 몰랐는데 이제는 좀 알 것도 같았다. 쟨 예전부터 저랬다. 지금 생각해보면 조금만 신경을 썼어도 다 알 수 있었을 텐데 그땐 왜 몰랐을까. 저렇게 티 나게 늦게 먹고 있는데도 예전에는 몰랐다.

내가 아무런 말도 하질 않자 가을이 날 쳐다봤다.

"무슨 생각해?"

"아무 생각도 안 해."

"너 아직 화났지?"

"화 안 났다니까."

내가 한숨을 내쉬자 가을이 인상을 썼다. 뭐가 그렇게 마음에 들지 않는지 잔뜩 일그러진 얼굴로 깨작깨작 먹고 있던 가을이 수플레를 탁자 위로 내려놨다. 그러더니 대뜸 말했다.

"그렇게 집에 빨리 가고 싶어?"

"뭐?"

"아니면 왜 아무 말도 안 해?"

저건 또 무슨 소리야. 내가 인상을 쓰자 가을이 말도 안 되는 소릴 했다.

"빨리 먹고 집에 빨리 데려다 달라는 거잖아."

"무슨 소리야?"

"말 시키면 늦게 먹을까 봐 말도 안 하고 있는 거잖아."

쟤가 진짜 미쳤나…… 잘 먹다가 갑자기 무슨 헛소리야, 저게? 나는 인상을 쓰며 입을 열었다.

"그런 거 아니야."

"근데 왜 아무 말도 안 해?"

"나도 가끔씩은 사색을 즐기고 싶을 때가 있어."

내가 무슨 말하는데 한 맺힌 사람도 아니고 좀 조용할 수도 있는 거지. 내가 투덜대자 가을은 나보다 더 투덜거리기 시작했다.

"근데 그 사색을 왜 하필 나랑 있을 때 즐겨? 내가 병풍이야? 그리고 아벨 아저씨한테 왜 자꾸 전화번호 달라고 그래?"

"여기서 갑자기 무신 얘기가 왜 나와?"

"나한텐 전화번호 가르쳐 달라는 말 한 적도 없잖아. 근데 왜 아벨 아저씨한테는 볼 때마다 그 소리야?"

저게 진짜 왜 자꾸 시비를 걸어? 나랑 싸우자는 건가? 안 그래도 심란해 죽겠는데 도대체 왜 저러는 건지 알 수가 없었다.

"여긴 전화기도 없다며? 근데 내가 너한테 전화번호를 왜 물어?"

"그럼 아벨 아저씨한테는 왜 물어?"

"그거야…… 그, 그것밖에 할 말이 없으니까 그렇지."

대뜸 왜 그렇게 예쁘냐고 물어볼 수도 없는 거고, 당신은 내가 그
토록 찾아 헤매던 나의 이상형이라고 고백할 수도 없는 거고⋯⋯.

무겁게 침묵이 맴도는 가운데 갑자기 가을이 입을 열었다.

"이거 어떻게 만들어?"

"뭐?"

저건 또 뭔 소리야? 너무 갑작스러울 정도로 변한 화제에 내가 어
이없다는 표정을 짓자 가을이 뜬금없이 말했다.

"가르쳐줘."

"⋯⋯."

그의 손끝은 먹다 남은 수플레를 가리키고 있었다.

가을을 따라 주방으로 온 나는 기가 막혀서 입을 열 수가 없었다.
마치 내가 올지 미리 알고 있었다는 듯 수플레를 만들 재료가 버젓
이 준비되어 있었기 때문이다. 수플레뿐만이 아니었다. 오므라이스
를 만들 재료까지 다 있었다.

"난 요리 못해."

묻지도 않았는데 가을이 날 보며 말했다.

내가 아무런 대답도 하지 않자 가을이 다시 말했다.

"한 번 배운다고 해서 바로 못 만들어."

그래서 지금 나더러 네가 수플레를 만들 수 있을 때까지 계속 가르치라는 거냐? 아까 빨리 가야 된다는 소리를 귓등으로 들었나, 저게······.

그때 아이리스를 만나러 탄트라에 갔던 일이 떠올랐다. 피에로를 잡고 집으로 돌아가는 길에 나보고 「같이 있고 싶은데.」라고 했던 그 말이.

난 기억력이 나쁜 편인데 왜 이런 건 안 까먹는지 모르겠다. 또 나랑 같이 있고 싶어서 그런 게 아닌가 하는 생각이 들었지만 나는 고개를 저었다.

이젠 나도 심각하게 생각하지 않을 거다.

"알았어. 일단 손부터 씻어."

나는 한숨을 내쉬며 소매를 걷었다. 나도 이제 모르겠다. 될 대로 되라지. 속으로 한숨을 내쉬고 있는데 가을이 날 따라 소매를 걷었다.

"수플레는 원래 따뜻할 때 바로 먹어야 맛있어."

"그럼 와서 해줘. 만들어서 가지고 오지 말고."

"내가 네 종이냐?"

내가 어이없다는 듯 웃자 계속 주름이 가 있던 가을의 미간이 펴졌다. 그 갑작스러운 표정 변화에 다시금 기분이 이상해졌다. 나는 신경 쓰지 않으려고 노력하면서 틀을 꺼냈다.

"일단 틀에 버터를 발라야 돼. 다 바르고 설탕도 좀 뿌려주고."

배울 생각이 있는 건지 없는 건지 가을은 내가 틀에 버터 바르는 걸 가만히 쳐다보기만 했다. 안 따라 하냐고 하려다가 나는 그냥 입을 다물었다.

안에 뭘 넣을까 하다가 오렌지가 눈에 들어왔다. 나는 오렌지 껍질을 까서 과육만 발라냈다.

발라낸 과육을 틀 안에 담고 달걀노른자에 설탕을 넣고 섞었다. 그런 뒤에 체에 친 밀가루를 넣고 다시 섞었다. 데운 우유를 조금씩 넣어 붓다가 나는 슬쩍 고개를 들었다.

가만히 날 쳐다보는 가을을 보며 떨떠름한 표정을 감출 수가 없었다.

아깐 그렇게 말 안 한다고 난리를 치더니 이젠 그런 말도 안 하네.

별로 할 말도 없고 쟤도 배울 마음도 없는 것 같아서 나는 그냥 빠르게 수플레를 만들었다. 우리는 내가 수플레를 다 만들어 오븐에 넣을 때까지 한마디도 하지 않았다.

"이제 다 된 거야?"

"한 20분 정도 구워주면 돼."

"그거밖에 안 걸려?"

나는 손을 씻으며 고개를 끄덕였다. 젖은 손을 수건에 닦고 있는데 가을이 물었다.

"언제부터 이렇게 잘했어?"

"나도 몰라."

나는 수플레가 구워지는 동안 뒷정리를 하며 말했다.

"그냥 어렸을 때부터 했어. 처음에는 나도 너처럼 건드리기만 해도 부엌이 난장판이 되는 거야. 삶은 달걀 먹고 싶어서 그거 그냥 전자레인지에 넣고 돌렸다가 달걀이 폭발한 적도 있어. 그냥 그렇게 하다가 보니까 이렇게 된 거야."

"만들어서 누구 줬어?"

"내가 누굴 줬겠냐……."

나는 한숨을 내쉬었다. 진짜 내가 밥 만든다고 칼질하면서 손가락도 베이고 매일 데이고 주부습진까지 걸리고……. 나는 갑자기 억울해져서 하소연하듯 말했다.

"칭찬도 좀 해주고 잘한다, 잘한다 해주면 나도 밥할 맛이 날 텐데, 그런 게 하나도 없었어. 뭐 해주면 맛있다는 말도 안 해주고 어쩌다가 간이 좀 안 맞으면 이걸 누가 처먹느냐고 성질만 내고……. 내가 진짜 밥 만들다가 국자 던진 게 한두 번이 아니었다."

"근데 왜 만들어줬어?"

"어렸을 땐 그런 게 좀 있었어. 저 입에서 맛있다는 말을 기필코 들어야겠다는 그런 거. 지금 생각해보면 진짜 어이가 없지. 그럼 그냥 나가서 처먹으라고 하면 될 걸 왜 그렇게 악을 쓰고 만들었는지……. 그땐 내가 너무 순수했어."

뒷정리를 하는 도중에 오븐에서 소리가 났다. 우리는 뒷정리는 나중에 하기로 하고 뜨끈뜨끈한 수플레를 들고 탁자에 앉았다. 나는 가을에게 숟가락을 건네며 말했다.

"먹어봐, 식은 거랑은 차원이 다를걸?"

저번에 오므라이스 만들어줬을 땐 눈에서 레이저를 쏘면서 좋아하더니 오늘은 시큰둥해 보였다.

가을은 숟가락으로 볼록 솟아오른 수플레 가운데를 푹 찍었다. 그러더니 한입 크기만큼 떠서 입을 열었다. 그 모습을 가만히 보는데 괜히 긴장됐다. 꼭 요리를 다 만들고 시험을 치는 기분이 들었기 때문이었다.

몇 번 입을 우물거리던 가을의 눈이 커졌다. 나는 고개를 끄덕이며 만족했다. 그럼 그렇지. 내가 만든 게 맛없을 리가 없었다.

"맛있지?"

고개를 끄덕이는 가을을 보며 나는 웃었다. 별말은 하지 않았지만 표정에서 맛있다는 티가 팍팍 났다. 저렇게 좋아해 주면 진짜 요리하는 맛이 난다. 나는 혼자 뿌듯해하면서 탁자에 팔꿈치를 대고 턱을 괬다.

"내가 요 며칠 밥을 하면서 생각을 해봤는데 난 검사 말고 요리사하고 싶어. 어렸을 땐 잘 몰랐는데 아이리스도 그렇고 알카 형도 그렇고 내가 만든 거 맛있게 먹어주는 거 보면 진짜 기분이 좋거든."

부엌에 있을 땐 피곤하다는 생각이 들지 않았다. 내가 만든 걸 먹고 좋아할 사람들의 얼굴을 떠올리면 나도 덩달아 웃음이 났다.

물론 멋있어 보일 것 같아서 검사가 되고 싶은 게 꿈이었던 것처럼 요리사가 되고 싶은 것도 금방 다른 뭔가로 바뀔지 몰랐다. 그래도 지금은 요리하는 게 즐거우니 지금 내 꿈은 요리사였다.

"내가 맛있게 먹어주는 게 좋아?"

"당연하지. 솔직히 알카 형이랑 아이리스도 맛있게 먹어주기는 하는데 별로 많이 먹진 않거든. 알카 형은 원래 소식하는 사람 같고, 아이리스는 살 빼야 된다고 별로 안 먹어. 근데 넌 만들어주기만 하면 맛있다고 내 것까지 다 먹고 그러니까 너한테 만들어줄 때가 제일 좋아."

가을은 입을 다물고 말끄러미 날 쳐다보기만 했다.

나는 그의 얼굴에서 표정이 사라졌다는 걸 눈치채지도 못할 만큼 신 나 있었다.

"지구에 있을 땐 형이랑 가을이 형만 먹었는데……. 너랑 이름 똑같다고 했던 우리 형 친구 있잖아. 가을이 형도 그렇고 우리 형도 그렇고 먹는 걸 별로 안 좋아했거든. 그냥 죽지 않을 정도로만 배를 채우면 되는 사람들이었기 때문에 지구에 있을 땐 솔직히 요리하는 게 귀찮았어. 그냥 좀 힘들어서 노동이라는 생각을 많이 했어."

"……."

"근데 여기에 와서 내가 대충 만들었는데도 막 맛있다고 잘 먹고 그러니까 좋아. 뿌듯하기도 하고, 또 만들어서 먹이고 싶고. 근데 아까 말했던 것처럼 알카 형이랑 아이리스는 가끔씩 먹거든. 특히 아이리스는 한 달이나 다이어트 한다고 하고……. 넌 나중에 살 쪄도 내가 만들어주면 맛있게……."

맛있게 먹어줬으면 좋겠다고 말하려다가 입을 다물었다. 내가 다문 게 아니라 다물 수밖에 없는 상황이 왔기 때문이다.

암전이 되는 것처럼 순식간에 시야가 까맣게 변했다.

나는 눈도 한 번 깜박이지 못하고 아까 수플레를 만들 때 넣었던 오렌지를 떠올렸다. 과육만 잘라서 틀에 넣었던 그 오렌지를.

시큼한 맛보단 단맛이 강했다.

가을이가 단 걸 싫어한다는 걸 알았지만 정신이 없어서 설탕을 엄청나게 많이 넣었으니까. 그런 쓸데없는 생각을 하면서 눈을 한 번 깜박이는데 입술에 닿았던 온기가 떨어져 나갔다.

석상처럼 굳어 있는 날 보며 가을이 입을 열었다.

"뭐야?"

"……."

머릿속을 가득 채웠던 오렌지가 순식간에 밀가루 반죽처럼 뒤죽박죽으로 섞였다.

뭐냐니? 쟨 저걸 왜 나한테 물어?

잔뜩 혼란스러워진 머릿속 때문에 숨도 못 쉬고 있는데 가을이 당황한 표정을 지었다.

나는 그제야 저 새끼가 내 입술에 뽀뽀를 했다는 걸 깨달았다.

적막한 와중에 가을은 자기가 저지른 일임에도 나보다 더 당황하고 있었다. 숟가락을 들고 안절부절못하는 가을을 보며 나는 참고 있던 숨을 내쉬었다.

이미 화를 낼 타이밍을 놓쳤다.

다시 한 번 눈을 깜박이는데 가을이 탁자에 팔을 짚고 의자에서 일어섰다. 나는 그 모습을 마지막으로 눈을 감았다.

감았다가 다시 떴을 땐 가을이 어느새 내 코앞까지 다가와 있었다. 반사적으로 숨을 멈추는데 그의 코끝이 내 코끝에 닿았다가 옆으로 비켜갔다.

다시 한 번 따뜻하지도 차갑지도 않은 입술이 닿았다가 떨어졌다. 지독할 정도로 강해진 오렌지 냄새에 눈을 깜빡이는데 귓가로 목소리가 들렸다. 마치 아주 멀리에서 들리는 것처럼 희미한 메아리 소리 같았다.

"아, 미안."

"······."

내 얼빠진 표정을 보며 가을이 웃었다. 눈꼬리를 곱게 접어 웃는 얼굴이 바로 앞에서 보였다.

숨결이 닿을 정도로 가까운 거리에서 그의 입술이 내 입술을 간질였다. 입술에 닿은 채 미안하다고 짧게 사과를 하는 가을을 보다가 나는 뒤로 넘어갔다.

아니, 의자와 함께 뒤로 넘어가려고 할 때 가을이 나를 잡아줬다. 팔목을 붙잡혀 앞으로 끌려가면서도 나는 정신을 차릴 수가 없었다. 덜컹 뒤로 의자가 넘어가는 소리가 멀리서 들려왔다.

눈도 깜박이지 못하고 입을 꾹 다물고 있는데 내 입술 위로 그의 입술이, 웃음소리와 함께 닿았다.

번쩍 눈을 떴다. 고개를 돌리자 창밖으로 해가 떠오르는 게 보였다.

나는 멍청한 얼굴로 슬금슬금 몸을 일으켜 욕실로 가서 찬물로 세수를 했다. 얼굴에 비누칠을 하려고 비누를 묻혀 손을 비비는데 이상한 느낌이 들었다.

슬쩍 고개를 숙이자 내 손에 묻어 있는 건 비누 거품이 아니라 새파란 치약이었다. 나는 치약이 잔뜩 묻은 손을 씻고 비누로 세수를 했다. 그리고 얼굴을 닦고 욕실을 나오려다가 양치질을 안 했다는 걸 깨달았다.

다시 욕실로 들어가 양치질을 하려고 했는데 내가 잡은 건 칫솔이 아니라 수도꼭지였다. 수도꼭지를 빙글빙글 돌리자 머리 위에서 찬물이 거세게 나오기 시작했다. 옷을 입은 채 찬물을 맞으니 그제야 정신이 좀 드는 것도 같았다.

거울 속에 비친 내 얼굴을 가만히 보다가 순간 어제 있었던 일이 떠올랐다. 나는 파노라마처럼 스쳐 지나가는 기억에 더 생각할 것도 없이 귀신 만난 사람처럼 비명을 질렀다.

"으아아아악!"

내 비명을 듣고 놀란 형이 욕실로 들어왔다. 옷을 입은 채로 물을 맞으며 연신 비명을 질러대는 날 보며 형은 기겁했다. 나는 머리 위에서 떨어지는 물이 멈췄다는 것도 모른 채 형을 붙들고 헛소리를 늘어놨다.

　"이상한 꿈을 꿨어! 내가 미쳤어! 난 또라이야!"

　"아침 댓바람부터 무슨 헛소리야? 너 왜 그래?"

　형은 내 정신 상태에 문제가 있다고 생각한 듯 심각한 얼굴로 날 추궁했다. 나는 벌벌 떨면서 형의 옷깃을 쥐고 필사적으로 변명을 하기 시작했다.

　"기, 기억이 안 나. 내가 무슨 짓을 했지? 난 뭐지? 난 누구지? 여긴 어디야? 나 왜 이래?"

　"너 왜 그래? 정신 안 차려?"

　"난 아무것도 기억이 안 나. 내가 어제 집에 어떻게 왔지? 나 여긴 언제 온 거야? 근데 여기가 어디야? 넌 누구야? 난 누구지?"

　잔뜩 일그러진 얼굴로 형은 날 욕실에서 끌어냈다. 나가지 않겠다고 끝까지 버텼지만 난 질질 끌려 욕실에서 나올 수밖에 없었다. 별로 춥지도 않은데 벌벌 몸이 떨렸다.

　형은 두꺼운 이불로 날 둘둘 말더니 급하게 밖으로 나갔다. 나는 정말 어미 닭을 쫓는 병아리처럼 형의 뒤만 졸졸 쫓아갔다.

　"나 어떡해? 진짜 미쳤나? 근데 나 집에 어떻게 왔어? 형, 어디 가, 내 말 좀 들어봐. 나 집에 어떻게 온 거야? 여기 어디야? 우리 집 맞아?"

　형은 문고리를 잡았다가 다시 놓고 뒤를 돌아 날 쳐다봤다.

나는 멀거니 형을 올려다보며 울상을 지었다.

"가서 앉아 있어. 누워 있던가."

"어디 가?"

형은 내 말에 대답도 하질 않고 다시 나가려고 했다. 갑자기 덜컥 겁이 난 나는 형을 붙잡고 떨리는 목소리로 말했다.

"가, 가지마."

"너 진짜 왜 그래?"

진짜 안 되겠다 싶었던지 형은 허리를 굽혀 내 어깨를 붙잡고 진지하게 물었다. 하지만 뭐라고 대답을 해야 할지 몰랐다. 고등학교에 막 입학할 때 형 몰래 상진이 새끼랑 깡소주를 마신 적이 있었는데 지금이 딱 그런 기분이었다.

그러니까 세상이 빙빙 돌아서 도저히 몸을 가눌 수가 없었다.

"사, 사막이……."

"뭐? 사막?"

"사막에서……. 내가 그러니까 사막에 있었는데……."

형은 재촉하지 않고 가만히 내 말을 기다렸다. 몇 번이나 입술을 달싹였지만 제대로 된 말은 나오지 않았다. 마치 신음처럼 간간이 소리를 내다가 나는 의아한 얼굴로 물었다.

"사막인데 왜 집이지?"

"무슨 소리야?"

"사막이었는데……. 여긴 사막이 아니잖아."

나도 내가 무슨 소리를 지껄이고 있는지 몰랐다.

생각도 없이 나오는 대로 헛소리를 하고 있는데 형이 날 번쩍 들었다. 그러더니 침대에 눕히곤 무시무시한 얼굴로 말했다.

"여기 가만히 있어."

정신이 없는 와중에도 그 얼굴이 너무 무서워서 나는 찍소리도 낼 수가 없었다. 이불이 몸을 둘둘 말고 있어서 뒤척이지도 못하고 마치 밧줄에 묶인 사람처럼 멀거니 천장을 보다가 나는 눈을 감았다.

귓가로 문이 열리는 소리와 함께 형의 목소리가 들려왔다. 충분히 무슨 말인지 알아들을 수 있을 거리였지만 그게 무슨 말인지 하나도 못 알아들었다. 마치 외계어 같았다. 머릿속을 지배하는 수많은 물 음표 속에서도 무더운 사막이 떠올랐다.

사막은 더웠다. 그러니까 진짜 죽을 만큼 더웠다. 햇볕이 뜨겁다 못해 내 살을 다 녹일 것만 같았다.

나는 도망자처럼 그 사막을 질주했다. 그때 내가 무슨 생각을 하고 있었지? 아니, 근데 내가 사막에서 왜 질주를 한 거지?

나는 의아한 얼굴로 천장을 보다가 갑자기 떠오른 기억에 내 얼굴이 사색이 되는 걸 느꼈다.

뒤로 의자가 넘어갔다. 그러니까 아주 멀리서 의자가 뒤로 넘어가는 소리가 들렸었다. 그리고 입술에 닿았던 그 웃음소리. 나는 내 팔을 붙잡고 있는 그의 손을 뿌리쳤다. 그리고 죽을힘을 다해 문을 박차고 뛰어 나갔다.

신발을 신었음에도 맨발로 사막을 달리는 것 같이 발바닥에서 열기가 올라왔다.

나는 푹푹 발이 꺼지는 그 모래 위를 미친 것처럼 달리다가 다시 붙잡혔다.

도망가지 마. 미안해.

"으아악!"

나는 이불에 둘둘 말린 채 침대 위를 굴러다녔다. 마치 내 귀에 대고 속삭이는 것처럼 그의 목소리는 생생하기만 했다. 나는 푹신한 침대 위에 머리를 박으며 자기최면을 걸었다.

"잊어버려. 넌 아무것도 기억이 안 나는 거야. 그건 그냥 꿈이야. 없던 일이라고. 넌 지금 잠이 덜 깨서 혼자 망상을 하고 있는 거야! 겨울아, 한겨울, 넌 할 수 있어. 네가 못하는 건 없어. 넌 한다면 하는 애잖아. 넌 할 수 있……."

말을 채 끝마치지도 않았는데 다시 몸이 위로 번쩍 들렸다. 푹신한 침대에 골이 흔들리도록 머리를 퍽퍽 처박다가 고개를 돌리자 형이 일그러진 얼굴로 날 쳐다보고 있었다.

"어디 갔다 왔어?"

"얘 왜 이래?"

형은 내게서 시선도 떼지 않고 누군가에게 질문했다. 고개를 돌리자 그곳에는 백발이 성성한 할아버지가 당황한 얼굴로 날 쳐다보고 있었다.

나는 더 당황한 얼굴로 할아버지를 보며 물었다.

"누구세요?"

"의, 의원입니다."

"의원? 의사요? 의사 선생님이 여기에 왜 있어요? 너 어디 아파?"

내 말에 형은 욕지거리를 내뱉으며 말했다.

"아픈 건 내가 아니라 너야."

"나 어디 아파? 언제부터? 근데 내가 왜 아프지?"

형은 화를 참는 듯 숨을 내뱉더니 다시 날 침대에 눕혔다. 그러더니 둘둘 말린 이불을 풀면서 말했다.

"일단 진찰부터 해."

나는 얼빠진 얼굴로 형과 의사 선생님을 번갈아 쳐다봤다. 좀 조용해지니 이제야 정신이 드는 것 같았다. 나는 땀을 뻘뻘 흘리며 내 맥을 짚고 있는 의사 선생님을 보다가 슬그머니 팔을 빼냈다.

"자, 잠깐만."

"가만히 있어."

"아니야, 나 어디 안 아파. 그냥 자고 일어났더니 정신이 좀 없어서……."

나는 이불을 머리끝까지 쓰고 등을 돌렸다. 잔뜩 몸을 웅크리고 있는데 귓가로 의사 선생님의 목소리가 들려왔다.

"혹시 평소에 앓고 계시는 지병이 있습니까?"

"없어."

"평소에 정신적으로 힘든 일은 없으셨습니까?"

"……."

정신적이라는 말이 나오자 형은 아무런 말도 하질 못했다. 나는 몸을 웅크리고 숨만 삼켰다.

의사까지 오자 상황이 심각해진 것 같아서 좀 무섭기도 했다. 숨을 죽이고 있는데 형이 한숨을 내쉬는 소리가 들려왔다.

"일단 나가서 대기하고 있어."

"알겠습니다."

의사 선생님의 발걸음 소리가 점점 멀어졌다. 문이 열렸다가 닫히는 소리가 들리자 나는 이불을 걷고 슬그머니 얼굴을 내밀었다. 형이 무서운 얼굴로 날 쳐다보고 있었다.

"자, 자고 일어나면 괜찮을 거야. 진짜 아무것도 아니야. 내가 좀 무서운 꿈을 꿨나 봐. 사막에서 누가 막 날 쫓아오는데 난 계속 도망가고, 근데 괴물이 자꾸 쫓아오고 난 계속 도망가고……. 근데 사막이 뜨거워서 내가 진짜 더웠는데, 그래서 신발도 신었는데 안 신은 것 같고, 그게 모래에 발이 빠지고……."

"진정 좀 해."

형은 커다란 손으로 내 머리를 토닥거리는 것처럼 두드리며 말했다. 그 말에 나는 입을 꾹 다물었다. 밖으로 튀어나올 것처럼 펄떡이던 심장이 이제야 좀 제자리를 찾는 것 같았다. 가슴을 들썩이며 심호흡을 하고 있는데 형이 침대 머리맡에 앉으며 물었다.

"왜 그래?"

"미, 미안해."

"사과를 듣겠다는 게 아니라 왜 그러는지 묻고 있는 거잖아."

다시 인상을 쓰는 형을 보며 나는 어깨를 움츠렸다. 화를 내는 것 같아서 잔뜩 긴장하고 있는데 형이 다시 한숨을 내쉬었다.

"꿈을 꿨다고? 사막에서 괴물이 쫓아와?"

"괴물은 아닌데……."

"네가 몇 살인데 괴물 나오는 꿈 꿨다고 그 난리를 피워?"

나는 울상을 짓고 형을 보다가 벌떡 몸을 일으켰다. 나는 무릎을 꿇고 앉아 숨을 삼키며 물었다.

"나 집에 언제 왔어?"

"너 어제 나갔었냐?"

"……."

그 말에 나는 순식간에 사색이 됐다. 형은 내가 나간 것도 몰랐다. 그리고 내가 언제, 어떻게 들어 온 지도 모른다. 헉하고 숨을 들이켜는데 형의 표정이 다시 일그러졌다.

"어제 뭐했어? 기억이 안 나?"

"기, 기억이……. 드문드문 나기는 나는데……."

"너 어제 술 처먹었냐? 기억이 왜 드문드문……. 잠깐."

인상을 쓰고 있던 형의 표정이 순식간에 변했다. 형은 잔뜩 굳은 얼굴로 날 보더니 짧게 물었다.

"너 어제 누구 만났어?"

그 말에 나는 다시 한 번 헉하고 숨을 들이켰다. 그러자 형의 표정이 삽시간에 일그러졌다.

"너 그 귀걸이 붙잡고 이름 부르면 텔레포트 된다며?"

"그, 그걸 네가 어떻게 알아?"

형은 골이 아프다는 듯 머리를 짚고 일어섰다.

그러더니 창문 쪽으로 다가가 창문을 열었다. 형이 창문을 열자마자 갑자기 웬 시커먼 옷을 입은 사람이 안으로 휙 들어왔다. 그는 한쪽 무릎을 꿇고 인사를 하더니 기계처럼 말하기 시작했다.

"오후 한 시 경에 아이리스 님과 푸른 하늘이라는 식당에서 40분간 점심을 드시고 교황청으로 돌아오셨습니다. 입궁 즉시 중앙청 주방으로 가셔서 요리를 하시고 서쪽 정원으로 가시더니 이동하셨습니다."

저게 뭐야……. 나는 얼빠진 얼굴로 검은색 일색인 남자를 보며 눈만 깜박였다.

"돌아오신 건 오후 다섯 시 경입니다. 정신을 잃으신 것처럼 보였고, 탑의 마법사가 안고 와 침대에 눕혔습니다. 탑의 마법사가 돌아간 뒤에 상황판단을 위해 침실에 들어가려고 했지만……."

거기서 남자는 말끝을 흐렸다. 그러더니 침통하다는 목소리로 더욱 고개를 숙였다.

"당했습니다."

"뭘 당해?"

"한 발자국만 더 움직이면 목줄기를 끊어버리겠다고 협박을 하는 바람에……. 죄송합니다."

나는 이불을 끌어안고 숨을 삼켰다. 내가 정신을 잃었다고? 언제 정신을 잃었지? 그럼 날 여기까지 데려다 준 건 가을이라는 소린가? 근데 내가 정신을 왜 잃어? 그런 기억이 없는데?

"그걸 왜 지금 보고해?"

"죄송합니다. 기절한 뒤에 정신을 차린 지 얼마 되지 않았습니다."

형이 다시 입을 열려고 했지만 내가 더 빨랐다.

"형."

내 부름에 형이 고개를 돌렸다. 나는 어색하게 웃으며 말했다.

"너 혹시 나한테 사람 붙여 놨냐?"

갑자기 속이 부글부글 끓었지만 나는 애써 웃는 얼굴로 물었다. 그런 날 보며 형은 당당하게도 말했다.

"그게 왜?"

"……."

그 당당함에 나는 할 말을 잃었다. 어이가 없어서 입을 쩍 벌리고 있는데 형이 짜증 난다는 얼굴로 턱짓을 했다. 검은색 옷을 입은 남자는 다시 한 번 죄송하다고 하더니 사라졌다. 그 움직임이 너무 빨라서 나는 쫓을 수도 없었다.

"넌 그런 걸 뭐 그렇게 당당하게……."

"어제 어디로 갔어?"

"어? 뭐더라……. 사막이었는데……. 무슨 사막이었어."

사막 이름이 기억나질 않아서 나는 인상을 잔뜩 쓰고 말했다. 계속 말해 보라는 듯 날 빤히 쳐다보는 형을 보면서 나는 숨을 삼켰다.

"그, 그리고 거기서 무신을 만났는데……. 무신이 내 수플레 먹고 엑시아? 그런 신기가 와서 화내다가 칼로 변하니까 무신은 그거 들고 갔는데……. 그리고 가을이가 수플레 만드는 거 가르쳐 달라고 해서 내가 오렌지 수플레를 만들었거든? 그래서 그냥 그거 다 만들고 먹었어."

"그래서?"

"그래서……. 그, 그래서 그 뒤로 뭔 일이 있었더라. 아, 머리 아파."

다 기억은 났지만 나는 생각나지 않는 척했다. 머리를 부여잡고 꾀병을 부리며 끙끙거리고 있는데 갑자기 공기가 서늘해지는 것 같은 착각이 들었다. 갑자기 공기가 서늘해지다니, 그런 일은 있을 수 없다는 걸 알면서도 나는 잔뜩 쫄았다.

"아, 맞다. 내가 수플레를 먹다가……. 기, 기절했어."

"왜?"

"그, 머, 머리가 아파서……. 갑자기 뒷골이 너무 당기는 거야. 그래서 뒤로 넘어가려고 하는데 가을이가 날 붙잡아줬어. 그리고 그 뒤로는……. 아까 그 사람이 말한 것처럼 그렇게 됐겠네."

내가 들어도 말도 안 되는 변명이었다. 속으로 잔뜩 울상을 짓고 있는데 형이 골치 아프다는 듯 한숨을 내쉬었다.

"병아리."

"어?"

"알카이아한테 공부만 배우지 말고 거짓말 잘하는 법도 같이 배워라."

……저게 무슨 뜻이야. 나는 얼빠진 얼굴로 형을 보다가 내 거짓말이 다 들통 났다는 걸 깨닫고 배시시 웃었다.

"아, 알았어."

"한숨 더 자."

"네."

"넌 일단 일어나서 봐."

나는 그 청천벽력과도 같은 말을 듣지 못한 척 이불을 머리끝까지 덮고 눈을 감았다.

⚜

몸을 뒤척이다가 한숨을 내쉬었다. 쩝쩝 입맛을 다시며 입을 우물우물거리자 서서히 정신이 들기 시작했다. 슬쩍 눈을 뜨자 사방이 어두웠다. 나는 바람 소리 한 점 들리지 않는 그 적막함 속에서 눈을 깜박이다가 벌떡 상체를 일으켰다.

내가 잠이 든 시간은 분명 아침이었다. 하지만 지금 창밖엔 휘영청 하게 달이 떠 있었다. 설마 아침에 잠들어서 여태까지 잔 건가? 그럼 도대체 몇 시간을 잔 거야?

잠을 너무 많이 자서 그런지 몸도 무겁고 머리도 아팠다. 한숨을 내쉬며 끙끙거리고 있는데 어둠을 가르고 나지막한 목소리가 들려왔다.

"어디 아파?"

이제는 익숙해도 너무 익숙한 목소리다. 나는 소리가 난 쪽으로 고개를 돌렸다. 가을은 달빛이 비치지 않는 침대 밑에 앉아있었다. 어두워서 얼굴은 자세히 보이지 않았다.

"머리 아파?"

"여긴 어쩐 일이야?"

한숨을 내쉬며 물었지만 대답은 들려오지 않았다. 아침에는 혼란스럽기도 하고 무서워서 정신을 차릴 수가 없었는데 그의 얼굴을 보니 오히려 머릿속이 차갑게 식는 기분이었다. 더 이상 당황스럽지도 않고 무섭지도 않았다.

"왜 그랬어?"

"미안해, 그렇게 무서워할 줄은 몰랐어."

가을은 정말 반성하고 있는 것 같았다. 그의 목소리에서 미안함이 너무 절절하게 느껴져서 화도 나지 않았다.

"근데 내가 사막으로 도망간 것까진 기억이 나는데 왜 그 뒤로 기억이 없지?"

"기절했잖아. 기억 안 나?"

그 말에 나는 허탈하게 웃었다. 형한테 변명하려고 대충 말한 거였는데 내가 진짜 기절을 했었구나.

"왜 자꾸 기절을 해? 너 혹시 진짜 어디 아픈 거 아니야?"

걱정이 담뿍 느껴지는 소리에 가슴이 싸해졌다. 나는 잘 보이지 않는 그의 얼굴을 말끄러미 보며 물었다.

"왜 그랬어? 나보고 그렇게 신경 쓰이면 그냥 없던 일이라고 생각하라며?"

"네가 화냈잖아."

내가 화를 내서 그렇게 말했다고? 나는 뭐라고 할 말이 없어서 입을 다물었다.

잠시 침묵이 내려앉았다. 무겁고 싸늘한 침묵이 예전에는 불편하기만 했는데 지금은 이상하게 아무렇지도 않았다.

별로 어색하지도 않고 불편하지도 않아서 가만히 있는데 가을이 먼저 입을 열었다.

"네가 싫어하는 건 나도 하기 싫어. 그건 예전부터 그랬어. 근데 혹시라도, 그러니까 내가 나도 모르는 사이에 혹시 네가 싫어하는 짓 할까 봐 그게 좀 무서워."

"넌 벌써 했어."

나는 미간을 구기며 말했다. 아무런 말도 하지 않을 줄 알았는데 예상외로 대답은 곧바로 들려왔다.

"그래서 지금 무서워."

퍽이나 무섭겠다. 마음만 먹으면 사람도 순식간에 죽일 수 있으면서.

그렇게 생각하면서 비웃어주려고 했는데 웃음도 나오지 않았다. 가을이 얼굴이 자세히 보이지 않아서 그가 어떤 표정을 하고 날 쳐다보고 있는지도 모르겠다.

어떤 말을 먼저 해야 할까? 아니 어떻게, 무슨 말을 해야 할까. 다시 가을의 목소리가 들려왔다.

"사실 나도 이렇게 될 줄은 몰랐어."

"뭐가?"

"하루 지나면 괜찮아지겠지, 그렇게 생각했는데 내가 틀린 거야."

도통 무슨 소린지 알 수가 없었다. 하지만 나는 굳이 되묻지 않았다. 너무 많이 자서 그런지 목이 멨다.

그때 귓가로 얼핏 웃음소리가 들려왔다.

"괜찮아지기는 무슨. 하루가 지나면 지날수록 더 심해지고 있어."

"……."

"어제보다 오늘이 더 좋아. 내일은 오늘보다 더 좋아질 거야."

가을은 마치 예언이라도 하는 듯했다. 이제까지 그가 진지했지만 진심은 느껴지지 않는다고 생각했는데 내가 뭘 보고 그런 생각을 했는지 모르겠다.

나는 어둠 속에서 어렴풋이 빛나는 새빨간 눈동자를 보다가 고개를 숙였다.

"나 빙의된 거 알지? 나 지구에 있을 때 남자였어."

가을은 조금이라도 당황할 줄 알았는데 태연하게 말했다.

"지금은 여자잖아. 그리고 난 네가 여자라서 좋은 게 아니라 그냥 너라서 좋은 거야. 그런 건 상관없어."

그는 아무리 고민해도 답이 나오지 않은 날 비웃기라도 하는 듯 금세 답을 냈다. 하지만 그에게 답일 수는 있어도 나에게까지 답일 수는 없었다.

"나는 상관있어."

"……."

"그러니까 그러지 마. 나 너랑 불편해지기 싫어."

내 간절한 부탁에도 가을은 아무런 말도 하지 않았다. 나는 그 침묵이 싫다는 뜻이라는 걸 알았다. 이럴 거면 다신 내 앞에 나타나지 말라고 하고 싶은데 입이 떨어지질 않았다.

왜 그런지는 나도 잘 몰랐다. 미안해서 그런 걸 수도 있었고, 아이리스 말대로 좋아하는데 당황스러워서 그런 걸 수도 있었다.

차갑게 식은 머릿속이 다시금 혼란스러워지기 시작했다. 머리통을 죄여 오는 두통에 인상을 쓰고 있는데 침대맡에 앉아 있던 가을이 몸을 일으켰다. 가려는 건가 싶어서 침대에서 일어서려는데 목소리가 들려왔다.

"그냥 있어. 내일 올게."

창문 틈으로 들어오는 달빛이 가을의 얼굴을 비췄다. 달빛 때문에 그런 건지는 몰라도 그의 얼굴은 아픈 사람처럼 보였다. 나는 시체처럼 창백한 피부 위로 드문드문 피딱지가 굳어 있는 걸 보자마자 몸을 일으켰다.

발에 닿은 바닥은 놀랄 정도로 차가웠다.

"너 얼굴이 왜 그래?"

내 말에 가을은 대수롭지 않다는 듯 말했다.

"맞았어."

"누구한테? 너 설마 우리 형한테 맞은 거야?"

"한 번만 더 나타나면 죽여버린대. 그 꼬맹이는 교황인지, 뒷골목 깡패인지 가끔 헷갈려."

웃으며 말하는 가을을 보며 나는 기가 막혔다.

지금껏 형이랑 가을이가 싸운 적은 많았다. 하지만 이제까지 다친 사람은 없었다. 오히려 건물이 박살나면 박살났지, 누가 다친 적은 한 번도 없었는데……

"넌 지금 웃음이 나오냐? 그걸 왜 맞고만 있어? 예전에 그랬던 것처럼 피하면 됐잖아."

멀쩡한 곳이 하나도 없었다. 입술은 다 불어 터져 있었고, 볼에는 생채기도 그득했다. 또 피가 흐르다가 굳은 건지 턱을 지나 목까지 길게 핏자국이 나 있었다.

내가 혀를 차며 한숨을 내쉬는데 가을이 날 보며 말했다.

"같이 싸울 수도 없잖아. 넌 나보다 그 꼬맹이를 더 좋아하니까."

"뭐?"

"싸워도 내 편 안 들 거잖아. 그럼 싸워봤자 나만 손해지."

누가 같이 싸우래? 그냥 피하라고 했지. 나는 입 밖으로 나오지 않는 말을 속으로 중얼거리며 인상을 썼다. 무슨 말을 하든 더 이상 대화를 이어나가면 안 될 것 같다는 생각이 들었다. 그래서 대답하지 않고 입을 꾹 다물고 있는데 가을이 대뜸 말했다.

"넌 정말 최악이야."

"……."

그 갑작스러운 말에 나는 고개를 퍼뜩 들었다. 아까까지만 해도 당황스러울 정도로 낯간지러운 말을 줄줄 내뱉더니 이건 또 무슨 폭언이야? 뛰던 심장이 그대로 멎는 것 같아 숨이 막혔다. 그때 가을이 웃었다.

그건 평소와는 다른 웃음이었다.

"싫다면서 내 걱정은 왜 해?"

그게 아니라고 말하려다가 나는 다시 입을 다물었다.

걱정한 건 맞았기 때문이다. 갑자기 초조해져서 주먹을 꽉 쥐는데 가을이 다시 폭언을 퍼부었다.

"너 저번에 나한테 좋아한다고 한 거 장난 아니었냐고 그랬지? 장난은 네가 한 거 아니야? 내가 별로 싫은 것 같지도 않은데 자꾸 싫다면서 도망만 갔잖아. 아니, 그건 내가 착각한 거라고 해도 지금은 이러면 안 되는 거야. 싫다면서 걱정은 왜 해?"

얼굴로 열이 몰렸다. 뭐든 말을 하고 싶은데 그는 내가 말할 틈을 주지 않았다.

"난 네가 좋은데 가끔은 죽여버리고 싶어."

"……."

"그랬던 적이 딱 세 번 있었어. 한 번은 네가 골목길에서 처음으로 내가 사람 죽이는 거 봤을 때였는데, 그때 사실 다 귀찮아서 너도 죽이려고 했어. 그런데 네가 갑자기 기절하는 바람에 그럴 수도 없었어."

귀찮아서 날 죽이려고 했다는 말을 들었는데도 이상하게 무섭지가 않았다.

"두 번째는 네가 우리 형 털끝 하나라도 건드리면 죽여버린다고 했을 때 내가 널 죽이고 싶었어. 아니, 사실 거기까진 괜찮았는데 교황한테 너희 무슨 사이냐고 했을 때 무슨 사이면 어쩔 거냐고 했을 땐 좀…… 아마 네가 나 좋아하냐고 안 물어봤으면 그때 교황청 다 때려 부수고 그 꼬맹이 뼈란 뼈는 다 부러뜨렸을지도 몰라."

그의 표정은 버려진 강아지 같았다. 그래서인지 아까부터 죽이고 뼈를 부러뜨린다는 말밖에 하지 않았는데 그게 고백처럼 들려왔다.

"세 번째가 지금이야. 네가 날 걱정하고 있는데도 널 죽이고 싶어."

"……."

"근데 넌 죽는 거 싫잖아. 네가 싫어하는 건 하기 싫으니까 안 죽여. 넌 지금도 내가 무섭지?"

가을의 말은 앞뒤가 하나도 맞지 않았고, 횡설수설하고 있는 것 같았는데도 나는 무슨 뜻인지 알 것 같았다. 그는 저렇게 장황하게 말하면서 내가 그랬던 것처럼 부탁을 하고 있었다. 날 무서워하지 말라고.

날 죽이고 싶다는 그 말을 왜 이렇게 알아들은 건지는 몰랐다. 그냥 저 표정만 봤을 땐 그가 내게 애원하고 있는 것만 같아서 일지도 몰랐다.

"이제 안 무서워."

이번에는 원했던 대답이었는지 가을이 웃었다.

"다행이네."

"……."

"근데 넌 오늘 진짜 최악이야."

그가 말을 하면서 등을 돌렸기 때문에 가을의 표정이 어떤지는 알 수 없었다. 다행이라고 하면서 웃었으니 계속 웃었을 것도 같았지만, 웃고 있지 않았을 것도 같았다.

나는 가을이가 방을 나간 뒤로 한숨도 잘 수가 없었다. 침대에 누워 시커먼 천장만 멀뚱멀뚱 보고 있는데 날이 밝았다. 곧바로 일어나 몸을 씻고 머리를 말리고 옷을 입었다.

내 침대가 있는 곳에서 응접실 같은 곳을 지나자 형이 일하는 책상이 보였다. 예상대로 형은 꼭두새벽부터 일을 하고 있었다.

인기척을 느낀 건지 형이 내게 시선을 돌렸다.

"자다 죽은 귀신이 들러붙었냐?"

나는 정색을 하고 형에게 다가갔다. 내 표정이 심상치 않다는 걸 느꼈는지 형의 표정이 일그러졌다. 입을 꾹 다물고 도끼눈을 뜨고 쳐다보고 있는데 형이 내 이마에 딱밤을 날렸다.

"표정이 왜 그래? 지금 반항하냐?"

"할 말 있어."

이제 형이 딱밤을 때리는 건 아프지도 않았다. 내가 여자가 된 뒤로부터 형은 이빨 빠진 호랑이 같았다. 때려도 별로 아프지 않았고 내가 아프다고 하면 욕을 하면서도 날 걱정했다.

"그 미친놈 얘기면 입 다물어."

나는 정말 저 인간이 독심술이라도 하는 건가 진지하게 고민하지 않을 수가 없었다. 아니면 짐승처럼 육감이 뛰어나던가. 내가 생각하고 있는 건 귀신처럼 알아맞혀서 숨길 수 있는 게 하나도 없었다.

나는 한숨을 내쉬며 말했다.

"이건 내 문제야."

"뭐?"

또 뭔 개소리냐는 듯 형이 되물었다. 원래는 제발 신경 좀 끄라고 하려 했는데 갑자기 형한테 너무 미안해져서 나는 주춤주춤 입을 열었다.

"내 문제니까 내가 알아서 할게. 나중에 진짜 힘들면 도와달라고 긴급요청을 할 테니까 지금은 그냥 내가 알아서 하게 내버려뒀으면 좋겠어."

순간, 하마터면 왜 네 멋대로 사람을 개떡이 되도록 패냐는 소리가 나올 뻔했다. 나는 목구멍까지 튀어나온 말을 가까스로 삼키며 차분하게 말했다.

"내 문제는 내가 해결하고 싶어서 그래. 자꾸 형이 다 해줘서 내가 혼자서는 아무것도 못하면 어떡해?"

"……."

형은 얼빠진 얼굴로 날 쳐다보기만 했다. 그런 형을 보며 나는 다시 입을 열었다.

"나도 이제 다 컸으니까 나 좀 믿어봐. 넌 그렇게 사람을 못 믿으면 피곤해서 어떻게 사냐? 일만 해도 그래. 좀 부하한테도 시키고 그렇게 융통성 있게 하면 될 걸, 꼭 지가 다 하려고……."

내가 투덜거리자 형이 허탈하다는 듯 숨을 내뱉었다. 저 새끼가 미쳤나, 꼭 그런 눈빛이었다. 뭐 어쩔 거냐는 눈으로 내가 노려보자 형이 골 아프다는 듯 중얼거렸다.

"자식새끼 키워봐야 소용도 없다더니……."

그 말에 왠지 뜨끔하는 기분이 들었다. 일부러 신경 써준 건데 내가 말이 너무 심했나 싶은 생각이 들었다. 형도 많이 바쁠 텐데……. 나는 우물쭈물하다가 주춤주춤 형에게 다가가 손을 뻗었다.

"삐쳤어?"

형의 옷깃을 쥐고 울상을 짓는데 갑자기 이마로 딱밤이 날아왔다. 난데없이 이마를 맞은 나는 얼빠진 얼굴로 물었다.

"왜 때려?"

"나중에 도와달란 말하면 죽는다."

"아, 왜! 그래도 내가 진짜 죽을 거 같으면 도와줘야지!"

"너도 이제 다 컸으니까 네 일은 네가 알아서 해결해."

맞은 이마가 아픈 건 아니었지만 할 말이 없어서 나는 입을 삐죽 내밀고 이마만 벅벅 문질렀다. 나는 이마에 열이 날 정도로 빡빡 문지르다가 고개를 들어 다시 형을 쳐다봤다. 지금 아니면 언제 이런 말을 해보겠나 싶은 생각이 불현듯 들었다.

하지만 머릿속에서 빙빙 맴도는 단어가 입 밖으로 잘 나오질 않았다. 울상을 짓고 계속 이마만 문지르다가 나는 그냥 죽었다 하는 셈 치고 외쳤다.

"형!"

나는 눈을 꾹 감고 다시 입을 다물었다. 보이진 않았지만 형이 이상한 얼굴로 날 쳐다보고 있을 것 같은 느낌이 들었다. 나는 재빨리 방을 나서며 다시 외쳤다.

"고마워!"

후다닥 문을 열고 밖으로 튀어 나가는데 뒤에서 코웃음 치는 소리가 들려왔다. 쪽팔려서 나는 계속 달리기만 했다.

나는 커다란 나무 그늘 밑에 쪼그리고 앉아 나뭇가지로 퍽퍽한 흙바닥에 의미 없는 낙서를 하며 생각했다.

어제 그러고 갔으니까 앞으로 며칠은 보지 못할 거다. 그때까지 생각을 정리해놓고 만약 걔가 또 그런 얘기를 꺼내거나 그러면 그땐 논리정연하고 침착하게 말을 해야지.

마음 같아서는 걔가 그냥 처음 그랬던 것처럼 아무렇지도 않게 행동해줬으면 좋을 것 같았다.

근데 다시 생각해보면 어쩌면 이젠 두 번 다시는 찾아오지 않을 것 같기도 했다. 최악이라고 하고 갔으니까, 이젠 걔도 다신 날 보고 싶지 않겠지.

나 같아도 그렇겠다. 그렇게 거절을 당했는데 무슨 낯으로 찾아오겠어. 그때 내가 말이 좀 심했나……. 나는 움직이던 손을 멈추고 무릎 사이에 얼굴을 묻었다.

애초에 이런 걸로 고민을 하고 시간을 보내는 것 자체가 이상한 일이었다. 내 기준에서는 이해가 되지 않았다.

걘 상관없다고 했지만 나는 상관있다. 걘 내가 여자라고 생각을 하고 있었으니까 그렇게 쉽게 말하는 거지, 자기가 만약 여자였다고 해봐라. 그렇게 쉽게 말이 나오는지…….

나도 내가 어떻게 하고 싶은 건지 몰라서 한숨만 푹푹 내쉬다가 고개를 들었다. 그냥 방에 가서 일이나 해야겠다. 청소하고 빨래하고 밥하고 그러면 좀 기분이 나아질 것 같기도 했다. 그래도 안 되면 그냥 잠이나 자야겠다.

그렇게 생각하고 벌떡 일어서다가 나는 놀라서 뒤로 넘어갈 뻔했다. 다행히 내가 넘어가기 전에 가을이 내 팔목을 붙잡았다.

"놀래라."

진짜 놀라서 심장이 벌렁벌렁 뛰었다.

어제 그러고 가놓고 뭐 이렇게 금방 나타나? 내가 뭐라고 하기도 전에 가을이 먼저 입을 열었다.

"미안해."

그는 느닷없이 내게 사과를 했다. 평소와 같은 모습이었지만 내 눈에는 많이 수척해진 것처럼 보였다. 그리고 어젯밤에 봤던 그 상처도 그대로였다. 피딱지만 없어졌지, 생채기는 그대로 남아 있었다.

"내가 어제 말이 심했어."

어제 가을이가 했던 말은 틀린 게 하나도 없었다. 그의 말대로 내가 확실하게 행동하지 않았기 때문에 그는 내게 화를 내도 되는 입장이었다. 그런데 그는 도리어 내게 사과를 한다.

"맞은 데가 너무 아파서 정신이 나갔었나 봐."

"네가 뭘 잘못했는데?"

정말 궁금해서 한 질문이었다. 아무리 생각해도 그가 내게 잘못한 게 없는 것 같았다.

내 질문에 가을이 인상을 썼다.

"방에 몰래 찾아가서 미안해."

"……."

"그리고 최악이라고 한 건 그냥 홧김에 한 말이었어. 또 죽이고 싶다고 한 것도 그냥 홧김이었고, 너한테 화풀이한 것도 미안해."

어제 자기가 했던 말을 전부 다 사과하는 가을을 보면서 나는 허탈한 웃음이 나왔다. 어젠 정말 화난 것 같더니, 쟨 어떻게 화를 내도 하루를 못 가냐.

"네가 날 무서워하고 있다는 건 알고 있었어. 말로는 무서워하지 말라고 했으면서 그걸로 협박한 것도 미안해. 난 사실 진짜 협박한 건 아니었는데 네가 협박이라고 느꼈으면 내가 잘못한 거야. 네가 무서워서 하고 싶은 말도 못하고 계속 끌려다닌 것도 알았는데 그냥 무시했어. 그것도 미안해."

계속 사과를 하니까 덜컥 불안해졌다.

사람이 변하면 죽을 때가 된 거라고 하던데, 쟨 저렇게 사과를 하고 「이제 네 앞에 나타나지 않을게.」 따위의 말을 할 것만 같았다. 갑자기 손끝이 저려서 주먹을 꽉 쥐는데 그는 여전히 사과만 했다.

"미안해. 그냥 다 미안해."

초조한 마음에 제발 그 미안하다는 말 좀 그만하라고 하려는데 가을이 태연한 얼굴로 말을 이어나갔다.

"근데 미안한 건 미안한 건데 미안하다고 해서 하고 싶은 걸 안 할수는 없잖아. 나도 최대한 노력하긴 할 건데, 앞으로 더 미안해질 거야. 그것도 미리 사과할게. 미안해."

"……."

갑자기 맥이 탁 풀린 나는 어이없다는 얼굴로 가을을 쳐다봤다. 지금 가만히 보니 저 표정은 미안하다는 얼굴이 아니었다. 마음에도 없는 사과를 늘어놓던 가을이 웃었다.

"나도 노력할 테니까 너도 노력 좀 해봐. 세상에 마음만 먹으면 안될 게 뭐가 있겠어. 정 싫으면 그냥 일단 만나면서 그런 건 천천히 생각해도 돼. 그리고 내가 깜빡하고 말 못한 게 있는데……."

만나면서 그런 건 천천히 생각하라니? 그건 또 무슨 말도 안 되는 논리야? 그러니까 지금 일단 먼저 사귀고 나서 좋은지 안 좋은지 생각하라는 거냐?

나는 기가 막혀서 한마디도 할 수가 없었다.

"다른 사람은 만나지 마. 물론 내가 너랑 아무 사이도 아니니까 그런 것까지 내가 간섭할 입장이 아니라는 건 알아. 그래서 네가 만약 다른 사람을 만난다고 해도 내가 너한테 뭐라고 할 수는 없어. 나도 어쩔 수 없는 거지. 지금 우린 아무 사이도 아니니까."

나는 의아한 얼굴로 그를 쳐다봤다. 다른 사람 만나지 말라는 건 바람을 피우지 말라는 소린가? 근데 어쩔 수 없다니? 저놈 성격이면 분명 협박을 하고도 남을 텐데…….

그 의외의 말에 내가 의아한 표정을 짓자 가을이 다시 한 번 웃었다.

"근데 경쟁자를 없애는 건 모든 경쟁의 기본이야. 그건 너도 알지? 나도 이기고 싶으니까 경쟁자는 쥐도 새도 모르게 다 처리할 거야. 경쟁자는 최대한 적어야 좋은 거니까. 그래야 내 승률이 높아지잖아."

……그럼 그렇지, 저 미친놈 성격이 어딜 가겠어.

승률이고 지랄이고 결국 바람피우면 그 상대를 쥐도 새도 모르게 처리한다는 소리였다.

정말 이상하게도 이젠 저놈이 사람을 죽인다고 해도 하나도 무섭지가 않았다. 예전에는 그냥 장난이라도 죽이겠다는 말을 하면 사색이 되곤 했는데, 이젠 그냥 어이없는 웃음만 나왔다. 어쩐지 지금은 내가 사람을 죽여달라고 사정을 해도 죽이지 않을 것 같았다.

가을은 뭐가 그렇게 좋은지 계속 웃기만 했다. 날 빤히 보면서 눈꼬리를 접어 예쁘게 웃고, 내 모습을 하나하나 뜯어봤다.

이해할 수가 없었다. 나는 분명 싫다고 말했고, 그걸 가을이도 받아들였다. 그런데도 그는 좋아하고 있었다. 보답 받지 못할 사랑 같은 걸 좋아하는 사람은 분명 없을 텐데.

"근데 또 생각해보면 네가 만약 다른 사람을 좋아한다고 그러면 내가 그 사람을 죽일 수는 없을 거 같아. 그럼 네가 진짜 날 미워할 수도 있으니까."

내가 누군가 딴 사람을 좋아한다니, 그건 말도 안 되는 일이었다. 저 새끼는 내가 지구에 있을 때 남자라고 했던 말을 잊었나. 내가 지구에 있을 때 차라리 게이였더라면 이렇게까지 고민은 안 했을 텐데. 그리고 애초에 저놈이 아니면 내가 지금 이런 말도 안 되는 고민 같은 걸……

"그래서 내가 밤새도록 고민을 해봤어. 네가 만약 딴 사람을 좋아하면 내가 어떻게 해야 되는지."

"……"

그가 무슨 말을 하는지 하나도 들리지 않았다. 내가 지금 무슨 생각을 한 거지? 저놈이 아니면 이런 고민을 할 리가 없어? 이게 무슨 뜻이야?

사색이 된 내 얼굴을 보면서 가을이 손을 뻗었다. 가을은 손가락으로 내 턱을 들어 억지로 눈을 마주치게 하곤 다시 웃었다.

"울 거야."

"뭐?"

"매일 찾아가서 잠도 못 자게 네 옆에서 울 거야. 그럼 넌 내가 귀찮고 짜증 날 테니까 어쩌면 다른 사람 좋아하는 걸 포기할 수도 있잖아. 넌 귀찮은 거 싫어하니까."

어제보다 오늘이 더 좋아. 내일은 오늘보다 더 좋아질 거야.

느닷없이 어젯밤에 들었던 말이 떠올랐다. 그때 그 말을 들었을 땐 아무렇지도 않았는데 다시금 그 말이 떠오르자 얼굴로 열이 몰렸다. 내 시뻘게진 얼굴을 보며 가을이 태연하게 말했다.

"지금이라도 내가 좋아진 거면 미리 말해. 그럼 네가 다른 사람 만나도 그 사람 안 죽일게."

귀가 터질 것 같았다. 아니, 머리가 터질 것 같나?

얼굴이 뜨거워서 숨이 차기 시작했다. 무슨 말이든 해서 저 말에 반박하고 싶은데 머릿속이 하얗게 변해서 아무런 말도 떠오르지가 않았다.

나는 가까스로 그의 손을 뿌리쳤다. 지금은 일단 이 자리를 빨리 떠야 할 것 같았다. 나는 다짜고짜 등을 돌려 빠르게 걸었다. 가을은 그런 내 뒤를 졸졸 쫓아오며 말했다.

"나 어제 맞은 데 아파."

"마법 써."

"싫어."

형도 그렇고 가을이도 그렇고 마법만 쓰면 저런 상처쯤은 눈 깜짝할 새에 치료할 수 있다는 걸 알고 있다. 그런데 마법도 쓰지 않고 온 건 어쩌면 내가 치료해주길 바라서일지도 모른다는 생각이 들었다.

하지만 나는 모른 척 다시 한 번 말했다.

"마법 쓰면 금방 낫잖아."

"그럼 네가 내 걱정을 안 하잖아."

"어젠 내가 걱정하니까 죽여버리고 싶다며?"

"어제는 그랬는데 오늘은 생각이 변했어."

어련하시겠어. 나는 걸음을 조금 더 빨리했다.

일단 지금은 후퇴할 때였다. 후퇴해서 어지러운 머리를 정리하고 심호흡도 좀 하고 다시 한 번 생각해볼 필요가 있었다. 이대로 있다간 진짜 큰일 날 것만 같았다.

"나 어제 수플레 먹고 아무것도 안 먹었어."

나는 한숨을 내쉬며 걸음을 딱 멈췄다. 내 뒤를 졸졸 쫓아오던 가을 역시 걸음을 멈췄다. 나는 휙 돌아 그를 보며 말했다.

"왜 자꾸 쫓아와?"

"좋아하니까."

"야! 너 진짜 어제 머리 맞았냐?"

가을은 낯간지러운 말을 얼굴색 하나 변하지 않고 태연하게 했다. 내가 화를 내자 가을이 여우처럼 웃었다.

"그래서 아까 미리 미안하다고 했잖아."

"뭐?"

"네가 하지 말라고 해도 내가 하고 싶으니까 어쩔 수 없어. 미안하다고 해서 하고 싶은 걸 안 할 수는 없잖아."

말이 안 통했다. 진짜 백 년이 지나도 저 새끼한테 말발로는 이길 수 없을 것 같다는 생각이 들었다. 더 이상 말해봤자 나만 손해일 것 같아서 나는 단호한 얼굴로 말했다.

"나 오늘 진짜 바쁘거든? 좀 있다 알카 형이랑 공부도 해야 되고, 밥도 해야 되고 청소도 해야 된다고. 진짜 바쁘니까 그냥 좀 가! 가라고!"

"그럼 갈 테니까 아까 얼굴은 왜 빨개진 건지 말해 봐."

그 말에 나는 다시 얼굴로 열이 몰리는 것 같은 기분이 들었다. 그러고 보니까 아까 그 낯간지러운 고백에 심장이 뛰었고, 얼굴이 붉어졌다. 그렇다는 건 이젠 빼도 박도 못한다는 소리가 아닌가! 싫다고 해놓고 얼굴은 왜 빨개져?

이건 정말 내가 뭐라고 할 말이 없었다.

내가 당황하자 가을은 아까보다 훨씬 더 여우처럼 웃으면서 말했다. 뒤에 꼬리가 아홉 개쯤 보이는 것 같은 착각이 들었다.

"어제보다 오늘이 더 좋아졌어?"

"……"

그 말을 듣는 순간 어떻게 막을 새도 없이 눈물이 차올랐다. 갑자기 울컥해서 거짓말처럼 눈물이 그렁그렁 차올라 곧 볼을 따라 흘러내렸다.

내가 눈물을 뚝뚝 흘리자 여우처럼 웃던 가을도 당황했다.

"왜 울어?"

"이 씹……. 네가 자꾸 놀렸잖아!"

나는 울먹이는 목소리로 버럭 소리쳤다. 억울했다. 왜인지는 모르겠지만 억울하고 서러웠다. 난생처음 느껴보는 생경한 감각이 주체할 수도 없을 만큼 몰려와 날 뒤덮었다.

"미안해, 울지 마. 내가 잘못했어."

"왜 자꾸 놀려!"

"알았어, 내가 미안해."

난 쉴 새 없이 흐르는 눈물을 닦을 생각도 하지 못했다. 파도처럼 밀려오는 감정에 곧 질식해서 죽을 것만 같았다. 그 감각이 무서워 나는 계속 울었다.

나는 손으로 얼굴을 덮고 우는 소리를 냈다. 내가 혼자 발광하면서 입으로만 우는 소리를 내자 안 되겠다 싶었던 건지 알카 형이 책을 덮었다.

"괜찮으십니까?"

"흑흑……. 난 진짜 구제할 수도 없는 또라이예요……."

내 자책에 알카 형은 다시 한 번 한숨을 내쉬었다.

"왜 그러시는데요? 무슨 일 있으셨습니까?"

"쪽팔려서 죽을 것 같아요. 난 그냥 죽어야 돼. 이렇게 살아서 뭐 하냐고…… 흑흑……."

나는 아예 탁자에 엎어져 온몸을 베베 꼬았다. 속으로는 허공에 발차기를 수십 번도 더 했다.

거기서 왜 울어? 너 진짜 미친 거 아니야? 난 또라이다. 미쳤어. 정신이 나간 게 틀림없다. 이런 멍청한 새끼!

나는 속으로 온갖 욕을 지껄이다가 결국 비명을 질렀다.

"끄아악!"

"……저기, 겨울 님. 의원을 모셔올까요?"

"이건 고쳐지지도 않는 불치병이라고요! 멍청한 걸 어떻게 고쳐! 바보는 약을 먹어도 바보라고요! 난 진짜 미쳤어, 이런 또라이 같으니라고!"

나는 탁자 밑으로 발을 동동 구르며 온몸으로 괴성을 질러댔다. 알카 형은 내게 진정하라고 했지만 도무지 진정할 수가 없었다.

그렇게 한참을 혼자 자책하다가 정신을 차린 나는 숙이고 있던 고개를 퍼뜩 들었다. 내가 갑자기 정색을 하자 알카 형이 이상한 얼굴로 날 쳐다봤다. 나는 표정 없는 얼굴로 알카 형을 보며 말했다.

"뭐, 내가 잘못한 건 아니잖아. 살면서 그럴 수도 있는 거지. 세상에 한 번도 안 울어본 사람이 어디에 있겠어요? 그쵸? 우는 게 뭐, 죄는 아니잖아. 이런저런 일이 있으면 울 수도 있는 거고, 얼굴도 좀 빨개질 수도 있는 거지. 공부나 합시다, 공부."

내가 책을 펴자 알카 형이 얼떨떨한 얼굴로 다시 책을 폈다. 책을 빤히 보고 있다가 나는 다시 울상을 지었다.

"으흑흑흑……."

"……오늘은 그냥 쉴까요?"

나는 슬쩍 고개를 들어 알카 형을 쳐다봤다. 무슨 말이든 하고 싶었고, 또 변명하고 싶었기 때문에 나는 묻지도 않은 말을 줄줄 읊었다.

"제가 정말 그러려고 그랬던 건 아니에요. 근데 솔직히 생각을 해

보세요. 누구라도 그 상황에서는 그럴 수밖에 없었을 거란 말이에
요. 내가 설마 진짜 좋아서 그런 건……."

"……."

"어흑흑!"

어떡해, 진짜 어쩌면 좋아. 어떻게 하지……. 나는 입술을 물어뜯
으며 다시 탁자에 이마를 박았다. 정말 다시 눈물이 나올 것 같은 그
런 기분이었다.

다음 권에서 이어집니다.

외전 **어느 봄날의 병아리.**

명절 때만 모이던 친척들이 전부 모였다.

모르는 사람도 아주 많았다.

다들 짜기라도 한 듯 커다란 방 안에서 모두 소리 내어 울었다. 나는 머릿속에 웅웅 울리는 울음소리에 덜컥 겁이나 눈물이 나왔지만 재빨리 눈물을 닦았다.

형은 울지 않았기 때문이다. 형은 아무 말도 없이 앞만 바라보고 있었다.

그러니까 나도 울지 않기로 했다.

나는 포크로 계란 프라이를 쿡쿡 찌르면서 입술을 삐죽 내밀었다. 저녁엔 분명 햄 구워준다고 했는데 또 계란 프라이다.

"봄아, 너 지금 중학생이야. 아직 나이도 어리고 나중에 고등학교 들어가면 지금보다 훨씬 더 바빠질 텐데, 네가 어떻게 겨울이를 돌보니?"

나는 슬쩍 형의 눈치를 보며 입을 열었다.

"형아, 햄……."

"돌보고 말고의 문제가 아니에요. 쟨 낯가림도 심하고 겁이 많아서 낯선 곳에 가면 말라 죽는단 말이에요. 밥도 안 먹고 잠도 못 자고 울기만 할 게 뻔해요."

"네가 겨울이 걱정하는 건 알겠지만, 겨울이는 아직 나이도 어리고 그래서 처음엔 좀 울지 몰라도 금방 적응할 거야. 고모 못 믿니? 응? 할아버지도 그렇고, 고모가 걱정이 되니까……."

하지만 형이랑 고모는 내 쪽은 쳐다보지도 않았다. 햄 먹고 싶은데, 해준다고 해놓고 해주지도 않고……. 나는 고개를 푹 숙이고 포크로 접시를 탁탁 치다가 다시 말했다.

"형아, 나 햄……."

"시끄러워. 빨리 밥이나 먹어."

"……."

형은 도끼눈을 뜨고 날 노려봤다. 귀신처럼 눈까지 벌게서 훨씬 더 무서웠다. 더 뭐라고 말을 했다간 혼날 것 같아서 나는 얼른 입을 다물었다.

"봄이 너도 알다시피 고모가 애들이 많잖니. 될 수 있으면 봄이랑 겨울이 다 데리고 가고 싶은데……. 거기다가 고모부 사업 때문에 외국을 가야 돼서……. 평생 못 보는 거 아니야. 그건 너도 알지? 응? 몇 년 있다가 한국 들어올 거야. 그리고 봄이가 할아버지랑 같이 살면서 공부 열심히 하고 있으면 고모가 겨울이 데리고 한국 자주 놀러……."

"고모."

"봄아, 고모 말 들어. 정 그러면 차라리 겨울이랑 할아버지 집에 갈래? 둘이 할아버지 집에 가면……."

"할머닌 저희 싫어하시잖아요. 저 혼자 가는 거면 상관없는데 울이 데리고 가긴 싫어요."

나는 꾸역꾸역 밥을 다 먹고 물까지 마신 후에 의자에서 내려왔다. 형이랑 고모는 여전히 대화 중이었다.

무슨 말을 하는 건지도 모르겠고, 사실 별로 관심도 없어서 나는 주춤주춤 형에게 다가갔다.

"형아……."

또 화를 낼까 봐 무서워서 잔뜩 눈치만 보고 있는데 다행히 형은 화내지 않았다. 내가 손을 뻗자 형이 날 안아 들었다. 시야가 높아져 무서웠기 때문에 나는 반사적으로 형 목에 팔을 둘렀다.

"엄마가······."

날 안은 형이 고모를 보며 입을 열었다. 그 목소리가 평소와 다른 것 같아서 나는 형 어깨에 박았던 얼굴을 슬쩍 들었다.

"울이는 평소에 엄마가 다 해줘서 이 나이 되도록 혼자서는 아무 것도 못해요. 저 장례식장에 있을 때 앤 큰아버지 집에서도 이모 집에서도 울기만 했잖아요."

"봄아."

"걱정해주셔서 정말 감사합니다."

형은 날 안은 채 살짝 허리를 굽혔다. 고모는 이상한 얼굴로 형과 나를 번갈아 쳐다보다가 한숨을 내쉬었다. 불안해진 나는 목을 끌어 안고 있는 팔에 힘을 줬다.

그 뒤로 고모는 형에게 몇 마디 더 하더니 자리에서 일어났다. 고모는 형에게 안겨있는 내 머리를 토닥거리며 말했다.

"다음에 또 올게. 겨울이 그동안 형아 말 잘 들어야 돼."

"······."

꿀 먹은 벙어리처럼 입을 꾹 다물고 있는데 형이 나지막하게 말했다.

"대답해."

"네에······. 안녕히 가세요."

아까 형이 그랬던 것처럼 나도 슬쩍 허리를 숙였다.

고모가 다시 한숨을 내쉬며 등을 돌렸다.

고모가 나가고 현관문이 닫히는 소리를 마지막으로 적막이 찾아왔다. 고모가 갔는데도 형은 그 자리에서 꼼짝도 하질 않았다. 나는 의아한 얼굴로 형을 불렀다.

"형아."

"……."

"형아, 나 아까 계란이랑 밥 먹었는데……."

내가 우물쭈물 말하자 형이 그제야 날 쳐다봤다. 화가 난 표정 같아서 움찔하고 입을 다무는데 형이 되물었다.

"근데?"

"……내일 아침에는 햄……."

내 말이 끝나기도 전에 형이 한숨을 내쉬며 날 바닥에 내려놓았다.

"알았으니까 가서 씻고 와."

나는 다시 울상을 지었다. 하지만 형은 그런 내겐 시선도 주지 않고 부엌으로 가서 식탁만 치웠다. 내가 계속 주변에서 서성이자 형이 미간을 좁혔다.

"가서 씻으라니까."

"엄마는?"

식탁을 치우던 형의 움직임이 잠시 멎었다. 하지만 그건 아주 잠시였다.

"갔어."

"어디?"

"멀리."

날 쳐다보지도 않고 엄마가 어디에 갔는지 말도 안 해준다. 내가 울상을 짓자 형이 짜증 난다는 듯 한숨을 내쉬었다.

"안 씻나?"

아까 고모랑 둘이 싸웠나? 별로 싸우는 것 같진 않았는데……. 요즘 들어 자주 짜증을 내긴 했지만 오늘따라 유독 심한 것 같았다.

내가 계속 꼼지락거리기만 하자 형이 들고 있던 빈 그릇을 탁자에 놓으며 말했다.

"할 말 있으면 똑바로 해. 왜 자꾸 우물쭈물 거려?"

"……."

자꾸 다그치니까 더 말을 못하겠다. 내가 입을 꾹 다물자 형이 한숨을 내쉬더니 다시 식탁을 치우기 시작했다. 나는 그런 형을 가만히 보다가 형에게 다가갔다.

"나 어제 눈에 비누……."

"뭐?"

"세수하다가 비누 들어갔는데……."

엄마는 평소에 세수시켜줬단 말이야! 그렇게 소리치고 싶은 걸 꾹 참았다. 형이 또 날 친척 집에 맡기고 다른데 갈까 봐 무서웠기 때문이다. 힐끔힐끔 시선을 굴리자 형이 얼빠진 표정으로 날 쳐다보고 있었다.

"너 지금 몇 살이야?"

"……."

"몇 살인데 혼자 세수도 못해!"

형이 갑자기 버럭 소리를 질렀다. 갑작스러운 고함에 나는 화들짝 놀라 울상을 지었다. 형이 왜 저렇게 화를 내는지 몰랐기 때문이다.

내가 뭘 잘못했지? 밥도 잘 먹었고, 형이 해준 계란도 하나도 안 남겼는데…….

"아, 알았어. 혼자 할 수 있어."

나는 후다닥 화장실로 뛰어가 문을 잠갔다. 아직도 형이 소릴 지르고 있나 싶어서 문에 바짝 귀를 대보았지만 조용했다. 나는 안도의 한숨을 내쉬고 칫솔에 치약을 짰다.

천천히 양치질을 하고 있는데 갑자기 억울한 기분이 들었다. 엄마랑 아빠는 며칠째 집에도 안 온다. 형도 날 계속 친척집에 맡겨놓고는 며칠 동안 안 보이다가 오랜만에 같이 집에 온 건데…….

난 대충 양치질을 하고 세수를 했다. 비누칠은 안 하고 물로만 몇 번 세수를 한 후에 수건으로 얼굴을 닦고 밖으로 나왔다. 형이 설거지를 끝마쳤는지 손을 닦고 있는 게 보였다.

"왜 벌써 나와?"

"어?"

"비누칠 했어?"

"……."

그 자리에서 굳은 날 보더니 형이 이를 갈았다. 내게 성큼성큼 다가오는 형의 모습은 마치 산처럼 거대해 보였다. 잔뜩 졸아서 어깨를 움츠리고 있는데 형이 다시 화장실 문을 열어 날 밀어 넣었다.

"너 혼자 세수 안 해봤냐?"

"했는데……. 비누칠은 무서워서……."

눈에 거품이 들어갔을 땐 정말 세상이 끝나는 줄 알았다. 주사 맞는 것보다 더 아프고 끔찍했던 기억이었다. 내가 부르르 몸을 떨자 형이 내게 마른 비누를 건넸다.

"비누칠 해봐."

"내, 내일부터 하면 안 돼?"

"뭘 내일부터 해. 오늘도 하고 내일도 해야 되는 건데."

나는 결국 울며 겨자 먹기로 세면대의 물을 틀었다. 천천히 비누를 문질러 거품을 내고 있는데 굼뜬 내가 답답했던 건지 형이 손을 뻗어 내 얼굴에 물을 묻혀주더니 말했다.

"빨리해."

"……."

엄마는 왜 안 오지? 엄마는 내가 징징거리면 세수도 시켜주고 양치질도 시켜줬는데 형한텐 그런 게 하나도 통하지 않았다. 허옇게 질린 내 얼굴을 멀거니 보던 형이 미간을 좁혔다.

"눈에 거품 들어가면 내가 씻겨줄 테니까 빨리해봐."

"……."

"셋 셀 동안 안 하면 내일 햄 안 구워준다. 하나."

그 말에 나는 반사적으로 잔뜩 거품이 묻은 손을 얼굴로 갖다 댔다. 손으로 얼굴을 벅벅 문지르고 있는데 머리 위에서 형의 목소리가 들렸다.

"숨은 쉬어도 돼."

그 말에 나는 푸핫 하고 숨을 내쉬면서 번쩍 눈을 떴다. 욕조 턱에 앉아있던 형이 일그러진 얼굴로 벌떡 일어섰다.

"눈을 왜 떠!"

"으, 으아아앙!"

다시 눈을 꾹 감았지만 눈은 점점 따가워지기 시작했다.

펄쩍펄쩍 뛰면서 잔뜩 거품 묻은 손으로 눈을 비비는데 형이 갑자기 내 뒷목을 잡더니 세면대 쪽으로 얼굴을 밀었다. 물 묻은 커다란 손이 내 얼굴을 훑었지만 눈은 여전히 따갑기만 했다.

"으어어엉, 흡! 으읍! 콜록, 콜록! 으어어, 업!"

입을 쩍 벌리고 우느라 입속으로 물이 잔뜩 들어왔다. 형이 내 뒷목을 잡고 있어서 뒤로 물러날 수도 없고, 숨도 제대로 쉬어지지가 않아서 나는 엉덩이를 뒤로 쭉 빼고 계속 울기만 했다.

"뚝 안 그쳐?"

"안 해! 세수 안, 읍! 푸푸! 퉷!"

"이 씹……. 이게 얻다 대고 침을 뱉어!"

"따갑잖아! 으아앙!"

계속 눈이 따가워서 악을 쓰며 우는데 아무런 소리도 들리지 않았다. 나는 펑펑 울다가 슬쩍 눈을 떴다. 내가 실눈을 뜬 걸 본 형이 말했다.

"이제 안 아프지?"

"아파."

"뻥 치지 마. 시간 지나면 안 아파지니까 다음엔 거품 들어가도 울지 말고 좀 참아."

나는 울상을 짓고 형을 쳐다봤다. 아픈데 어떻게 참아? 눈이 좀 따끔거리긴 했지만 진짜 형 말대로 점점 괜찮아지고 있었다. 나는 얼굴을 닦으며 물었다.

"형아는 세수 언제부터 혼자 했어?"

"한 살 때부터."

"뭐? 진짜?"

내가 눈을 동그랗게 뜨자 형이 내가 들고 있던 수건을 빼앗아 내 목덜미를 닦아줬다.

"얼굴만 닦지 말고 물 묻은 덴 다 닦아."

"진짜 한 살 때부터 했어? 얼굴에 비누칠?"

"그래. 그러니까 너도 이제부턴 혼자 해."

형은 옛날부터 대단했는데 지금은 훨씬 더 대단해 보였다. 어떻게 얼굴에 비누칠을 한 살 때부터 혼자 했지? 내가 눈을 반짝반짝 빛내자 형이 내 등을 밀었다.

"이제 잠옷도 혼자 입어 봐."

난 내 방으로 뛰어가 옷장 문을 열었다. 옷을 뒤척이면서 잠옷을 찾고 있는데 갑자기 머리 꼭대기 위로 형의 주먹이 떨어졌다. 나는 울상을 짓고 머리를 감쌌다.

"왜 때려?"

"너 죽고 싶냐? 이거 네가 다 정리할 거야? 왜 개판을 만들어놔?"

"잠옷 찾고 있는데……."

"네 앞에 있네!"

나는 투덜거리며 잠옷을 꺼냈다. 바지를 입으려고 하는데 바지가 좀 이상했다. 나는 의아한 얼굴로 바지를 빤히 보다가 말했다.

"형아, 바지……."

"거꾸로 됐잖아, 돌려서 입어."

"아니, 끈 없어졌어."

"뭐?"

내 말에 형이 인상을 찌푸리며 바지를 빼앗아 갔다. 형은 곧 옷장 안에서 기다란 바지 끈을 찾았지만 그걸 들고 번갈아가면서 쳐다보기만 할 뿐이었다.

"이 끈 뭐야?"

"그거 여기에……. 묶어서……. 엄마가 리본 해줬는데……."

나는 바지의 허리 부분을 가리키며 더듬더듬 말했다. 형은 바지 끈을 들고 허리 부분에 난 작은 구멍에 넣으려고 했지만 끈은 잘 들어가지 않았다. 형은 몇 번 더 시도하다가 잠옷 바지를 옷장 안에 처박더니 말했다.

"오늘은 그냥 위에 거만 입고 자."

"어? 싫어, 나 저거……."

형은 내 팔에 잠옷을 껴 넣었다. 내가 계속 혼잣말처럼 웅얼거리자 형이 고개를 들었다.

"단추는 네가 잠가."

"나 이거 못하는데······."

형은 내 말을 무시하고 옷장 안에서 무언가를 찾기 시작했다. 진짜 단추를 잠가주지 않을 것 같아서 나는 끙끙거리며 단추를 잠갔다. 간신히 끝까지 단추를 채우자 형이 바지 하나를 내밀었다.

"이거 입어."

"이건 학교 갈 때 입는 건데······."

"잘 때 입어도 돼."

"안 되는데······."

계속 싫다고 했지만 형은 억지로 내 다리에 바지를 쑤셔 넣었다. 잠옷을 다 입고 거울 앞에 선 나는 잔뜩 불퉁한 얼굴로 형을 노려봤다. 형은 피곤한 얼굴로 머리를 짚더니 몸을 일으켰다.

"자."

"······."

나는 다리를 질질 끌고 침대 위로 기어 올라갔다. 형은 내가 침대에 눕는 걸 확인하고 불을 껐다. 작은 소리를 내며 문이 닫히자 아무것도 보이지 않았다. 나는 한참을 투덜거리다가 어느 순간 잠이 들었다.

나는 침대에서 일어나 눈을 비볐다. 한동안 멍하게 침대에 앉아 있다가 방을 나왔다. 거실에 나갔다가 부엌에도 가보고 안방에도 가보고, 화장실도 확인했지만 아직 엄마랑 아빠는 오지 않은 것 같았다.

나는 조심스럽게 형의 방문을 열었다.

"형아."

형은 아직 깨지 않은 것 같았다. 배가 고팠지만 아빠가 형이 잘 땐 그냥 내버려두라고 했던 말이 떠올랐다. 나는 다시 내 방으로 가서 스케치북과 크레파스를 들고 와 조심스럽게 형이 자고 있는 침대 위로 올라가 엎드려 누웠다.

형은 움직이지도 않고 죽은 듯 눈을 감고 있었다. 나는 가만히 형을 보다가 스케치북을 펴서 그림을 그렸다. 보라색 크레파스를 꺼내 포도를 다 그리고 이제 이파리를 그리려고 하는데 귓가로 잔뜩 가라앉은 목소리가 들려왔다.

"뭐야, 이거……."

형은 부스스 일어나 머리를 짚었다. 나는 앉아서 잔뜩 인상을 쓰고 있는 형을 멀뚱멀뚱 보다가 스케치북에 다시 그림을 그리며 말했다.

"나 배고파."

"한겨울."

"으응?"

나는 콧노래를 부르며 잎사귀 하나를 그리다가 어깨를 움츠리고 고개를 들었다. 목소리고 표정이고 암만 봐도 화가 난 것처럼 보였다.

내가 또 뭘 잘못했지? 나는 데룩데룩 눈을 굴리다가 크레파스 통이 엎어져 있는 걸 봤다. 새하얀 침대보와 이불에 형형색색으로 크레파스가 묻어 있었다.

나는 히익 하고 숨을 들이켜며 손으로 크레파스를 닦아보려고 했지만 더욱 흉하게 번지기만 할 뿐이었다.

"미, 미안……."

"……."

"포도 그리다가……."

"……."

내가 변명해도 형은 빤히 날 쳐다보기만 했다. 나는 그 눈빛이 무서워서 스케치북을 끌어안고 조심스럽게 침대에서 내려왔다. 형 침대는 내 침대보다 좀 높아서 펄쩍 뛰어내리는데 형이 이불을 걷고 몸을 일으켰다.

"침대 위에서 그림 그리지 마."

"잘못했어……."

"햄 구워줄 테니까 침대보 걷어서 세탁기 안에 넣어놔."

형은 등을 돌리고 방을 나서며 말했다.

혼난 건 아니었지만 괜히 기가 죽어서 나는 고개를 끄덕이면서 이불을 걷었다. 세탁기 앞에 의자를 갖다 놓고 그 위에 올라서 이불을 안으로 넣는데 진땀이 다 났다.

헉헉거리면서 부엌으로 가자 지글지글 햄이 익는 소리가 나고 있었다. 나는 찬장에서 과자를 꺼내 식탁 의자에 앉았다. 햄을 굽고 있는 형을 멀뚱멀뚱 보면서 과자를 먹고 있는데 형이 뒤를 돌아 날 쳐다봤다.

"가서 씻고 와."

"어?"

"씻고 먹어."

나는 다시 울상을 지었다.

"어제도 씻었는데……."

형은 왜 자꾸 씻으라는 말만 하는 건지 모르겠다.

내가 과자를 입안 가득 넣고 움직이질 않자 형도 더 이상 뭐라고 하지 않았다. 어쩌면 안 씻어도 될 수도 있다는 생각에 들떠서 의자 밑으로 다리를 흔들고 있는데 형이 햄이 담긴 접시를 식탁 앞에 내려놓으며 말했다.

"씻고 오라니까."

"아까 씻었어."

나는 과자 부스러기가 묻은 손을 뻗어 햄을 집으며 거짓말을 했다.

"언제?"

"아까 전에 형아 잘 때."

내 말에 형이 한숨을 내쉬었다. 그러더니 까치집이 된 내 머리카락을 툭툭 건드리면서 말했다.

"이게 씻은 거냐, 이게?"

"어제도 씻었잖아!"

"원래 매일 씻어야 돼."

"왜?"

내가 햄을 우물우물 씹으며 묻자 형이 입을 다물었다. 형은 무언가 한참 생각하는 것 같더니 툭 내뱉었다.

"그래, 그냥 밥 먹고 씻어라."

"헤헤."

"쳐 웃지 말고 포크로 먹어. 손으로 주워 먹지 말고."

의자에서 내려와 포크를 가지고 오자 형이 밥을 퍼서 내 앞에 놓았다. 그리고 냉장고에서 이것저것 다른 반찬도 식탁 위에 놓더니 부엌을 나가려고 했다. 나는 의아한 얼굴로 물었다.

"형아, 밥 안 먹어?"

"안 먹어."

형은 뒤도 돌아보지 않고 말했다. 나는 다리를 이리저리 흔들면서 밥을 먹다가 고개를 숙였다.

갑자기 엄마가 보고 싶었다. 나는 밥을 몇 숟가락 먹다가 포크를 내려놓고 후다닥 형에게 달려갔다. 형은 세탁기 앞에 서서 인상을 쓰고 있었다.

"형아!"

"벌써 다 먹었어?"

"엄마 언제 와?"

내 물음에 형이 다시 세탁기 쪽으로 고개를 돌렸다. 한참 침묵이 흐르다가 내가 다시 조용히 「형아」 하고 부르는데 형이 날 지나쳐 자기 방으로 들어갔다. 나는 형의 뒤를 졸졸 쫓았다. 형은 핸드폰을 꺼내더니 어딘가로 전화를 걸었다.

"야, 세탁기 어떻게 돌리냐?"

형은 전화를 하면서 다시 세탁기 앞으로 갔다.

"세제? 그게 뭔데? 파란 거? 아, 그거 그냥 들이 부었는……, 씨발. 왜 소리를 질러!"

갑작스러운 고함에 나는 어깨를 움츠렸다.

"뭐? 섬유유연제? 그거 처음에 다 같이 넣는 거 아니야? 몰라, 그냥 넣고 돌리다 보면 알아서 되겠지. 아무튼 다 넣고, 그다음엔? 아, 씨발 세제 이미 넣었다니까! 넣은 걸 어떻게 다시 빼, 병신아!"

형은 한참 통화를 하더니 세탁기에서 소리가 나자 어깨를 축 늘어뜨리고 한숨을 내쉬었다.

"됐어, 끊어."

형은 소파에 핸드폰을 던지고 부엌으로 들어갔다. 형의 뒤를 졸졸 쫓던 나는 형이 갑자기 휙 돌아서 날 쳐다보자 다시 어깨를 움츠렸다.

"왜 다 남겼어?"

"그, 그냥 안 먹을래."

혼자 먹기도 싫었고, 아까 과자를 먹어서 그런지 배가 불렀다.

엄마는 언제 오냐고 다시 물어보려는데 형이 팍 인상을 구겼다.

"햄 구워달라며?"

"………."

"왜 안 먹어?"

형의 살벌한 눈동자에 나는 눈치만 살폈다. 고개를 푹 숙이고 손가락을 꼼지락거리는데 형이 밥솥에서 새로 밥을 펐다.

"앉아."

형도 밥을 먹으려는 것 같았다. 나는 형 맞은편에 앉아 포크를 들었다. 아깐 밥맛이 별로 없었는데 갑자기 햄이 아주 맛있었다. 우걱우걱 먹고 있는데 형이 어이없다는 얼굴로 날 쳐다봤다.

"이 새끼가……."

"으엉?"

입안 가득 햄을 넣고 고개를 들자 형이 이를 갈고 있었다.

"넌 혼자 밥도 못 먹냐?"

"엉?"

"……됐으니까 밥이나 처먹어."

나는 천진난만한 얼굴로 고개를 끄덕이며 밥그릇을 싹 비웠다. 식탁을 치우고 설거지를 하는 형 뒤에서 펄쩍펄쩍 뛰면서 구경하고 있는데 형이 인상을 썼다.

"뭘 봐?"

"재밌어?"

"죽고 싶냐?"

나는 얼빠진 얼굴로 날 쳐다보는 형을 보며 손을 뻗었다.

"나도 해볼래."

"귀찮게 하지 말고 꺼져."

"나도."

내가 발을 동동 구르며 재촉하자 형이 숟가락 통에서 숟가락 하나를 꺼내 내게 쥐여 줬다.

"화장실 가서 이거 씻고 와."

"이거 깨끗한데……."

"번쩍번쩍 광이 날 정도로 깨끗하게."

그 말에 나는 숟가락을 품에 꼭 안고 화장실로 뛰어갔다. 나는 세면대에 물을 틀고 손에 비누칠을 해서 열심히 숟가락을 씻었다.

뽀득뽀득하게 씻었지만 아까와 별반 다른 게 없어 보여서 이번엔 샴푸를 짰다.

세면대 구멍을 막아 잔뜩 물이 고이게 한 다음 거기에 샴푸를 쭉쭉 짜고 치약도 짜고 바디 워시도 줄줄 뿌렸다. 손으로 휘휘 젓자 거품이 나기 시작했다. 몽글몽글 거품이 나는 게 재미있어서 나는 계속 손으로 철벅 철벅 물을 치면서 놀았다. 솔직히 숟가락 따윈 이제 안중에도 없었다.

거품이 더 났으면 좋겠다는 생각에 샴푸를 더 짜고 있는데 갑자기 화장실 안으로 형이 들이닥쳤다. 벌컥 문이 열리는 소리에 화들짝 놀라 바닥에 떨어진 거품을 밟고 넘어지려는 걸 형이 잡아줬다. 벌렁거리는 심장을 애써 진정시키는데 형이 저승사자 같은 얼굴로 날 쳐다봤다.

나는 슬쩍 고개를 숙여 내 꼴을 확인했다. 옷은 다 젖어 있었고 바닥과 세면대, 그리고 나에게도 잔뜩 거품이 묻어 있었다. 나는 거품이 묻은 손을 옷에 문지르며 말했다.

"나 채, 책 읽을……."

내 말이 끝나기도 전에 형이 내 머리통을 후려갈겼다.

나는 깨질 것 같은 머리를 부여잡고 울상을 지었다.

"아파……."

"세면대에 뭘 넣은 거야?"

물을 빼자 세면대 바닥에 채 녹지 않은 치약과 샴푸, 바디 워시 같은 것들이 찐득하게 붙어 있는 게 보였다.

형은 세면대 위에 쪼그라져 있는 치약을 가만히 보다가 다시 날 노려봤다.

"옷 벗어."

형은 엉망이 된 내 꼴을 보며 짜증 난다는 듯 말했다. 내가 옷을 벗고 있는 동안 형은 세면대를 깨끗이 닦았다. 거울에 튄 거품도 닦고, 바닥에도 물을 뿌리고, 다 쓴 치약은 쓰레기통에 넣었다. 그 다음 형은 샤워기로 내 몸에 물을 뿌리며 말했다.

"한 번만 더 이러면 맞는다."

"벌써 때렸으면서……."

나는 혹이 난 머리를 부여잡고 투덜거렸다. 나는 샤워볼에 거품을 내고 있는 형을 빤히 보다가 입을 열었다.

"형아, 근데 엄마랑 아빠는……."

"갔다니까."

"어디를? 그럼 언제 와?"

형은 샤워볼을 내 몸에 문지르며 말했다.

"돌아가셨어."

"돌아가? 어딜?"

"죽었다고."

나는 형의 말을 잘 이해할 수가 없어서 고개만 갸웃거렸다. 고개를 들어 화장실 천장을 멀뚱멀뚱 보다가 나는 다시 말했다.

"그럼 언제 와?"

형은 내 몸을 뒤로 돌리더니 등을 문질렀다.

손에 묻은 거품을 후후 불고 있는데 형이 다시 말했다.

"안 와."

"으응? 왜?"

"자꾸 움직이지 말고 가만히 있어!"

갑자기 형이 버럭 소리를 질렀다. 아까 맞은 머리도 아팠고, 형은 계속 화만 내고, 서러움이 북받쳐서 울컥 눈물이 나왔다. 바들바들 몸을 떨면서 울음을 삼키고 있는데 형이 다시 날 돌려세웠다.

"왜 울어?"

눈물을 닦으려고 거품이 묻은 손을 올리려는데 형이 내 팔목을 잡았다. 나는 샤워기 물을 틀려고 몸을 일으키는 형을 보다가 잽싸게 화장실을 벗어났다. 다급하게 화장실 문을 열고 거실로 뛰어 나가는데 뒤에서 벼락같은 고함이 터졌다.

"야!"

"으아아앙!"

나는 펑펑 울면서 집 밖으로 나가려고 했다. 나가면 왠지 엄마가 있을 것 같아서 발바닥에 불이 나도록 달렸지만 거실 중간에서 형에게 붙잡혔다.

형은 한 팔에 날 끼웠다. 내가 발버둥을 치자 형이 이를 갈았다.

"가만히 안 있어? 거품 다 떨어지잖아!"

"으아아앙!"

"울지 마!"

"으허어엉!"

비명을 지르듯 울고 있는데 갑자기 현관문에서 띠리릭 하는 소리가 났다.

화장실 쪽으로 걸어가던 형도, 사지를 뒤틀면서 펑펑 울던 나도 현관문 쪽으로 시선을 돌렸다. 나는 화색이 된 얼굴로 현관문 쪽으로 손을 뻗었다.

"엄마! 형아가 자꾸 나……. 어?"

하지만 문을 열고 들어온 건 엄마가 아니었다.

"뭐하냐, 너네?"

문 손잡이를 붙잡은 채 가을이 형이 얼빠진 표정으로 말했다. 나는 다시 눈물이 나서 세상이 떠나가라 소리치며 울었다.

홀쩍거리는 날 달래며 가을이 형이 말했다.

"그러니까 네가 공부 열심히 하고 편식하지 말고 시금치도 잘 먹고 그러면 온다니까?"

"흑⋯⋯. 시금치 싫은⋯⋯, 으윽. 으흑⋯⋯."

내가 다시 울음을 터뜨리려고 하자 가을이 형이 안절부절못하면서 다시 말을 바꿨다.

"아, 알았어. 그럼 시금치는 빼고."

"공부 열심히 하면 엄마 와?"

"그래! 나중에 네가 크면⋯⋯. 음, 그래. 올 거야."

가을이 형이 어색하게 웃으며 말했다. 그 말에 눈을 벅벅 문지르고 웃으려고 하는데 화장실에서 나온 형이 피곤하다는 얼굴로 말했다.

"개소리하고 있네."

수건으로 젖은 머리카락을 털면서 나오는 형을 보며 나는 다시 울상을 지었다.

가을이 형이 그런 나를 안아 들고 거실을 빙빙 돌았다.

"너 잠 안 오냐?"

가을이 형이 그러니까 잠이 오는 것 같기도 했다. 나는 훌쩍거리면서 작게 잠이 온다고 말했다.

가을이 형은 어색하게 내 등을 두드리더니 날 침대에 눕혀줬다. 내가 이불을 끌어안고 다시 훌쩍거리자 가을이 형이 한숨을 내쉬며 몇 번 내 머리를 토닥거리더니 나갔다.

나는 침대에서 뒤척이다가 책상 위에 아까 그리다가 만 포도를 발견했다. 나는 훌쩍거리면서 침대에서 일어나 책상 앞에 앉았다. 자꾸만 눈물이 났지만 포도를 다 완성해갈 때쯤엔 더 이상 눈물이 나오지 않았다.

이파리까지 다 그리고 노란색 크레파스를 들어 배경을 칠하고 있는데 희미하게 귓가로 가을이 형 목소리가 들려왔다. 나는 의아한 얼굴로 닫힌 문을 쳐다봤다. 내 이름이 나온 것 같았기 때문이다.

나는 의자에서 내려와 살금살금 문 쪽으로 다가가 문에 귀를 댔다.

"그냥 겨울이 너희 고모한테 보내면 안 되냐? 야, 솔직히 네가 애를 어떻게 키워? 너도 그냥 너희 할아버지 집에 가서 학교 다녀. 이러고 매일 어떻게 사냐? 좀 있으면 시험도 쳐야 되는데."

순간 심장이 밑으로 뚝 떨어지는 것 같았다. 설마 또 형이 날 친척 집에 보내려고 하나? 그렇지 않아도 요 며칠 계속 친척 집에 있다가 어제 겨우 형을 만났는데. 불안한 기분에 크레파스를 쥐고 있는 손에 잔뜩 힘이 들어갔다.

암만 귀를 대고 있어도 형의 목소리는 들리지 않았다. 날 또 보내려고 하는가 보다. 날 내버려두고 형이 또 안 오려고 그러는가 보다.

갑자기 다시 눈물이 줄줄 흐르기 시작했다. 나는 벌컥 문을 열고 거실로 뛰어 나가서 형 다리에 매달렸다.

"뭐야?"

형이 당황한 얼굴로 날 내려다봤다. 나는 머리를 도리도리 흔들면서 다리를 잡은 팔에 더욱 힘을 줬다. 또 운다고 혼낼 것 같아서 다리에 얼굴을 묻고 입술을 깨물고 있는데 형이 날 안아 올렸다.

윽 하고 입술 밖으로 소리가 새어나갔다. 놓칠세라 형의 목에 두르고 있던 팔에 힘을 꽉 주자 형이 마른기침을 했다. 하지만 나는 팔에 더욱 힘을 줬다.

"가을이 형아 집에 가라고 해……."

나는 흑흑 거리면서 애처롭게 말했다. 아까까지만 해도 형보다 가을이 형이 더 좋았는데 이젠 가을이 형이 싫어졌다. 여기가 우리 집인데 왜…….

하도 몸에 힘을 주고 있어서 그런지 식은땀까지 나는 것 같았다. 형은 손바닥으로 내 이마와 눈가를 훑더니 혀를 찼다.

"꺼져, 인마."

"안 그래도 학원가야 됩니다. 아무튼 내 말도 잘 생각해봐."

가을이 형은 한숨을 내쉬며 나갔다. 가을이 형이 갔지만 나는 마음이 진정되질 않았다. 계속 몸을 떨면서 울음을 삼키고 있는데 형이 물었다.

"왜 또 울어?"

"……."

"아까 화내서 그러나?"

나는 눈을 꾹 감고 고개를 저었다.

"그럼 엄마랑 아빠 안 온다고 그래서 그래?"

내가 다시 한 번 고개를 젓자 형이 한숨을 내쉬었다.

"일단 알았으니까 팔에 힘 좀 풀어봐."

나는 다시 한 번 더 고개를 저었다. 귓가로 욕지거리가 들려왔다. 턱 끝으로 눈물이 뚝뚝 떨어져서 형의 어깨를 적셨다. 형은 한동안 말이 없다가 물었다.

"고모 집에 보낸다고 해서 우나?"

나는 입을 꾹 다물고 있다가 고개를 끄덕였다. 형은 혀를 쯧쯧 차더니 날 안은 채 소파에 앉으며 말했다.

"안 보낼 테니까 그만 울어."

"……."

"안 보낸다니까."

"……저번에도 좀 있다가 온다고 해놓고 며칠 동안 안 왔잖아."

나는 며칠 전에 큰아빠 집에 있다가 이모 집까지 갔는데 형이 오지 않았던 걸 떠올렸다. 그때도 나한테 금방 온다고 해놓고 며칠이 지나도록 오지 않았었다.

그때 형이 진짜 목이 아팠던 건지 날 떼어내 소파에 앉혔다. 나는 무릎을 모아 얼굴을 묻고 흑흑 울었다.

"거짓말쟁이……."

"……."

"엄마도 안 오고 아빠도 안 오고 형아도 안 오고……. 큰아빠 집에 있을 때도 나한테 형아 보러 가자고 해놓고 이모 집에 갔었단 말이야."

한참 중얼거리고 있는데 갑자기 형이 일어나는 소리가 들렸다. 나는 퍼뜩 고개를 들어 소파에서 내려와 형의 옷깃을 잡고 울먹거리는데 형이 말했다.

"옷 입어."

"……."

나는 헉하고 숨을 들이켰다. 계속 울어서 그런가? 화나서 고모 집에 보내려고 그러나?

나는 소리도 내지 못하고 울지도 못하고 튀어나올 정도로 눈을 부릅뜨고 형만 쳐다봤다. 그런 날 보며 형이 내 머리를 툭 건드렸다.

"포도 사줄 테니까 나가자."

"어? 진짜?"

아까 울었다는 게 거짓말인 것처럼 나는 방실방실 웃으면서 옷을 입었다. 봄이지만 아직 날씨가 쌀쌀해서 난 패딩 점퍼를 입고 현관문 앞에 앉았다. 나는 내 신발을 신겨주는 형에게 웃으며 말했다.

"포도도 사고 과자도 사도 돼?"

"그래."

"아이스크림은?"

"하루에 하나만 먹으면."

나는 신발을 다 신고 날 일으켜주는 형을 보면서 헤헤 웃었다.

"그럼 씽씽이도……."

"시끄러워."

"……."

갑자기 정색을 하는 형을 보며 나는 입을 꾹 다물었다. 저번에 아빠가 씽씽이를 사줬는데 내리막길에서 타다가 넘어지는 바람에 씽씽이 바퀴가 고장이 났다. 고쳐달라고 했지만 엄마랑 아빠는 두 번 다시 씽씽이는 타지 말라며 씽씽이를 버렸다. 나는 그때 버려진 씽씽이를 보면서 세상이 무너지는 줄 알았다. 까진 무릎이 아픈 게 문제가 아니었다.

나는 형의 손을 잡고 잔뜩 몸을 웅크렸다. 바람이 너무 차가워서 귀가 아팠다.

"눈은 이제 안 오지?"

"몰라."

"비도 안 오지?"

"몰라."

형은 내 질문에 계속 모른다는 말만 했지만 나는 과자랑 포도랑 아이스크림을 산다는 생각에 기분이 엄청 좋았다. 펄쩍펄쩍 뛰기도 하고 덩실덩실 거리면서 길을 걷고 있는데 형이 어이없다는 표정으로 날 쳐다봤다.

"그렇게 좋냐?"

"응!"

내가 활짝 웃자 형이 착잡한 표정으로 고개를 돌렸다.

한숨을 내쉬는 형을 의아한 얼굴로 보고 있는데 형이 대뜸 말했다.

"너 누가 맛있는 거 사준다고 하면 어쩔래?"

"으응?"

"아이스크림 사 줄 테니까 같이 가자고 하면 어떻게 해야 돼?"

나는 형을 보면서 자신 있게 말했다. 이건 학교에서 배운 적이 있었기 때문이다.

"감사합니다!"

"뭐?"

"잘 먹겠습니다!"

"……."

형은 멀거니 날 보다가 다시 고개를 돌려 앞을 바라보며 한숨을 내쉬었다. 그 반응에 나는 고개를 갸웃했다.

틀렸나? 이게 아니었나? 아닌데, 학교에서 어른이 뭐 주면 공손하게 인사하라고 했는데…….

"아니야?"

내가 조심스레 묻자 형이 다시 날 내려다봤다.

"그럼 그게 맞겠나?"

"어? 아니야? 틀렸어?"

"먹을 거 준다고 따라오라고 해도 따라가지 말고, 어디서 이상한 거 함부로 주워 먹지도 마. 배고프면 집에 와서 밥 먹고."

"왜?"

먹을 거 준다고 하는데 왜?

내가 모르겠다는 얼굴로 말하자 형이 미간을 구겼다.

"따라가지 말라면 따라가지 마."

"왜?"

"그거 누가 너 잡아가려고 그러는 거니까 토 달지 말고 가지 말라면 가지 마."

잡아가? 왜? 나는 궁금해서 더 묻고 싶었지만 형의 표정이 심상치 않아서 그냥 입을 다물었다.

마트에 도착한 우리는 포도도 사고 과자도 사고 아이스크림도 샀다. 나는 거기서 한 번 더 씽씽이 사달라고 징징거렸다가 머리통을 얻어맞았다.

그 뒤로 2주 정도가 지났다.

엄마도 보고 싶고, 아빠도 보고 싶었지만 가을이 형이 엄마랑 아빠는 나중에 온다고 했던 말을 떠올리며 꾹 참았다. 그리고 엄마나 아빠 얘기를 하면 형이 또 고모 집에 날 보낸다고 할까 봐 무서운 것도 있었다.

오늘도 학교를 마치고 친구랑 놀이터에서 놀다가 집으로 갔다.

비밀번호를 누르고 안으로 들어가자 식탁 위에 랩이 씌워진 햄이 보였다. 나는 가방을 거실 바닥에 던져두고 햄을 전자레인지에 데웠다.

밥솥에서 밥을 푸고 전자레인지 앞에서 발을 동동 굴렀다. 전자레인지에서 땡 소리가 나자 나는 햄을 꺼냈다. 식탁에 앉아서 햄이랑 밥을 먹은 뒤에 거실 소파에 누워서 텔레비전을 봤다. 만화영화를 보면서 깔깔깔 웃고 있는데 문이 열리는 소리가 났다. 고개를 돌리자 피곤한 얼굴로 들어오는 형이 보였다.

"형아!"

"밥 다 먹었으면 그릇이랑 숟가락 싱크대에 넣어 두라니까."

"까먹었어."

나는 몸을 움츠리고 다시 텔레비전으로 고개를 돌렸다. 형이 무시무시한 눈으로 날 쳐다보고 있었기 때문이다.

"가방 여기에 버려두지 말고 네 방에 갖다놔."

"나중에……."

"맞고 할래, 그냥 할래?"

"그냥 할래."

나는 벌떡 소파에서 일어나 가방을 들고 내 방으로 갔다. 조심스럽게 방에서 나오자 형이 식탁을 치우고 있는 게 보였다.

"형아 밥 안 먹어?"

"너 구구단 외웠어?"

"어? 어……. 왜?"

내가 움찔하자 형이 인상을 팍 구겼다. 안 그래도 며칠 전부터 선생님도 그리고 형도 그리고 자꾸만 구구단을 외우라고 해서 짜증이 나 있었다. 울상을 짓고 투덜거려 봤지만 형은 바늘 하나 들어가지 않을 것 같은 표정으로 말했다.

"외워봐. 2단부터."

"……."

나는 형이 설거지를 다 끝낼 때까지 입술을 뗄 수가 없었다. 벌을 서는 것처럼 그 자리에 멀뚱멀뚱 서서 고개를 푹 숙이고 있는데 형이 젖은 손으로 내 머리를 밀었다.

"방에 들어가서 구구단 외워. 9단까지 다 외웠으면 나한테 검사받으러 오고."

"오, 오늘까지 다 외워?"

어떻게 그걸 하루 만에 다 해? 이건 말도 안 된다. 하지만 형은 자기 방으로 들어가며 말했다.

"텔레비전 끄고 네 방에 들어가서 공부해. 알겠냐?"

"혀, 형은 뭐하는데?"

"내일부터 시험이야. 빨리 가서 외워."

쾅하고 문이 닫혔다. 나는 울상을 짓고 내 방으로 들어가서 책상에 앉았다.

책을 펴고 2단부터 공책에 적었는데 4단까지 쓰니까 점점 질리기 시작했다. 나는 책상에 엎드려 몸을 베베 꼬다가 공책에 그림을 그렸다.

한참 그림도 그리고 그림책도 보고 인형 놀이를 했더니 배가 고팠다. 창밖을 보니 날도 저물어 있어 나는 방에서 나와 형을 불렀다.

"형아!"

벌컥 문을 열고 들어가자 형이 대번에 인상을 썼다.

"왜?"

"나 배고파."

"밥 있으니까 냉장고에서 반찬 꺼내서 먹어."

나는 발을 동동 구르면서 인상을 썼다.

"비엔나 먹고 싶어."

"내일 해줄 테니까 오늘은 그냥 대충 먹어."

"싫어, 빨리해줘."

형은 이제 대답도 하지 않았다. 나는 책상에 앉아있는 형에게 가서 손을 뻗었다.

"그럼 비엔나 말고 계란말이……."

"씹……."

내 말에 형이 날 돌아보며 인상을 썼다. 나는 형을 보며 울상을 짓고 혼잣말처럼 중얼거렸다.

"엄마는 내가 해달라고 하면 해주는데……."

형은 욕지거리를 내뱉으며 의자에서 일어나 부엌으로 갔다. 나는 졸졸졸 형의 뒤를 쫓으며 말했다.

"나 케첩도 뿌려줘."

"네가 뿌려 먹어!"

"왜, 형아가 해줘."

내가 헤헤 웃자 형이 다시 욕지거릴 내뱉었다. 밥을 푸고 숟가락이랑 포크를 들고 의자에 앉아서 학교에서 배운 동요를 부르고 있는데 형이 계란말이랑 비엔나가 담긴 접시를 식탁 위에 놓더니 말했다.

"다 먹고 그릇 싱크대에 넣어놔."

형은 계란말이에 대충 케첩을 뿌리고 등을 돌렸다.

"형아는 밥……."

내 말이 채 끝나기도 전에 쾅하고 문이 닫혔다. 나는 투덜거리면서 밥을 먹었다. 밥을 다 먹고 빈 그릇을 싱크대에 넣고 화장실로 갔다. 양치질을 하려고 하는 데 치약이 없었다. 나는 한참 치약을 찾다가 칫솔을 들고 다시 형에게 달려갔다.

"형아!"

"……한겨울, 씨발 너 진짜 죽고 싶냐?"

"치, 치약 없……."

내가 어깨를 움츠리자 형이 주먹을 쥐고 의자에서 일어났다. 형의 뒤를 다시 졸졸졸 쫓아가는데 화장실에 도착한 형이 이를 갈며 말했다.

"치약 저기 있네."

"저거 매운데……."

"네 건 아침에 다 썼잖아. 오늘만 저걸로 해, 내일 올 때 사올 테니까."

"그럼 오늘 양치질 안 하고……."

내일부터 해도 되냐고 물으려는데 갑자기 형이 뒤로 넘어갔다.

나는 눈을 동그랗게 뜨고 입을 쩍 벌렸다. 형이 화장실 바닥에 앉아서 머리를 짚고 있었다.

"혀, 형아."

형이 고개를 몇 번 흔들더니 욕실 벽을 잡고 몸을 일으켰다. 그때 후두둑 새하얀 화장실 타일 위로 피가 떨어졌다. 형은 인상을 쓰고 세면대에 물을 틀었다.

나는 얼빠진 얼굴로 바닥에 떨어진 피를 쳐다봤다.

"형아, 피……."

"나가."

형은 창백한 얼굴로 날 노려보며 말했다. 그때 멎은 줄 알았던 피가 다시 흘렀다. 막을 새도 없이 코에서 떨어지는 피를 보며 나는 사색이 됐다.

"나가!"

형이 다시 고함을 질렀다. 나는 화들짝 놀라 화장실에서 나왔다. 무서워서 얼른 내 방으로 가서 침대 속으로 기어들어 가 이불을 머리끝까지 썼다. 그리고 보니까 칫솔도 들고 그대로 나왔다.

나는 잔뜩 몸을 웅크리고 칫솔을 꽉 부여잡은 채 눈을 감았다. 그리고 바보처럼 그대로 잠들어 버렸다.

귓가로 희미하게 형의 목소리가 들렸다.

"이 새끼는 왜 칫솔을 들고 자고 있어?"

나는 몸을 뒤척이면서 손에 힘을 줬다. 형이 자꾸만 빼앗아 가려는 것 같아서 잠결에 하지 말라고 손을 저었다.

"밥 차려놨으니까 일어나서 밥 먹고 학교 가. 알겠어?"

"……."

"대답 안 해?"

"……으응."

내가 작게 대답하자 형이 내 머리통을 쥐고 날 앉혔다. 내 몸이 획획 흔들리자 나는 인상을 쓰고 눈을 떴다.

"정신 차리고 씻어."

"……."

나는 눈을 비비며 고개를 끄덕였다. 형은 불안한 얼굴로 날 보더니 방을 나섰다. 나는 꾸물꾸물 일어나려다가 현관문이 닫히는 소리에 다시 침대로 엎어졌다. 조금만 더 있다가 씻어야겠다. 5분만 더 누워 있다가…….

잠깐 눈을 감고 있는데 전화벨 소리가 들려왔다. 나는 주춤거리면서 일어나 거실로 나갔다. 지금 몇 시지? 나는 전화기 쪽으로 손을 뻗다가 그 자세 그대로 굳어버렸다.

시곗바늘이 12에 멈춰있었다. 나는 눈을 벅벅 비비고 다시 시계를 쳐다봤다. 열두 시? 열두 시라고? 나는 헉하고 숨을 들이켜며 전화기를 쳐다봤다. 시끄럽게 울리던 전화벨 소리가 멎었다.

서, 설마 선생님 전화가? 나는 바들바들 떨면서 울상을 지었다. 어쩌지? 어떻게 하지? 분명 잠깐 눈만 감고 있었는데 왜 열두 시야? 나중에 선생님한테도 혼나고 형한테도 엄청 혼날 것 같았다.

하지만 이제 와서 학교에 가기도 늦었으니, 오늘은 그냥 안 가야겠다. 나는 잠깐 몸을 떨다가 부엌으로 갔다. 형이 차려놓고 간 아침을 먹으면서 나는 다리를 흔들었다.

형이 어제 밥 먹었나? 오늘 아침은 먹었나?

형이 밥 먹는 걸 오랫동안 못 본 것 같았다. 나는 남은 밥을 입에 욱여넣고 싱크대에 빈 그릇을 넣었다. 그리고 냉장고 문을 열어봤다.

어제 코피 난 게 밥을 안 먹어서 그런 걸 거다. 나중에 형아 오면 밥 먹을 수 있게 계란도 하고 햄도 구워야지. 그럼 어쩌면 오늘 학교 안 간 것도 봐줄 수도 있을 거다.

나는 계란 하나랑 비엔나 봉지를 꺼냈다. 그리고 식탁 의자를 끌고 와 가스레인지 앞에 두고 그 위로 올라섰다. 일단 프라이팬에 비엔나를 쏟아 붓고 불을 켠 후에 다른 프라이팬엔 계란을 넣었다. 깨질 때 껍질도 좀 들어갔지만 이 정도면 나중에 골라서 먹어도 될 것 같았다.

계란을 넣은 프라이팬 쪽도 불을 켜고 가만히 있자 지글지글 소리가 나기 시작했다.

나는 프라이팬을 가만히 보다가 의자에서 내려와 다시 냉장고 문을 열었다. 또 뭐 할 거 없나? 나는 곰곰이 생각하다가 며칠 전 형이 비엔나랑 케첩을 같이 넣고 요리하던 걸 떠올렸다. 그래서 케첩을 꺼내 다시 의자 위에 올라가 지글거리고 있는 비엔나에 쭉쭉 짰다.

얼마나 넣어야 할지 몰라서 케첩을 끝까지 다 짜 넣자 케첩 통이 텅 비었다. 케첩에 잠겨서 비엔나가 잘 보이지도 않았다. 케첩이 너무 많나? 머리를 벅벅 긁고 있는데 계란에서 갑자기 연기가 나기 시작했다.

나는 화들짝 놀라 숟가락으로 계란을 툭툭 건드렸다. 하지만 계란은 프라이팬에 딱 붙어서 뒤집히지도 않았다. 안절부절못하고 있는데 갑자기 비엔나 쪽에서도 시커먼 연기가 나기 시작했다.

덜컥 겁이 나서 그대로 굳어있는데 띠리릭 하고 현관문이 열리는 소리가 났다. 의자에서 내려오는데 빠르게 뛰어오는 소리가 났다. 형은 숨을 헉헉거리다가 날 보더니 커다랗게 숨을 내쉬며 허리를 굽혔다.

"형아."

무릎에 손을 집고 한참 동안 허리를 굽히고 있던 형이 허리를 펴고 내 쪽으로 왔다. 시커먼 연기를 내뿜고 있던 프라이팬 두 개를 본 형은 가스레인지 불을 끄더니 말했다.

"이거 뭐야?"

"어? 아, 이거 형아⋯⋯."

"학교는 왜 안 갔어?"

"아⋯⋯."

자다가⋯⋯. 나는 우물쭈물하면서 입술만 달싹였다. 형은 내 손에 들린 숟가락을 빼앗다시피 낚아채더니 그대로 싱크대 안으로 처박았다. 챙그랑 하고 커다란 소리를 내며 숟가락이 빙글빙글 돌았다.

"학교 왜 안 갔어?"

"⋯⋯."

형이 다시 물었다. 슬쩍 고개를 들자 형의 표정이 그 어느 때보다 무섭게 굳어 있는 게 보였다. 나는 고개를 숙이고 손가락을 꼼질거렸다. 어떻게 하지, 화 많이 난 거 같은데⋯⋯.

그때 아까 내가 했던 계란이랑 비엔나가 생각났다. 나는 손을 들어 올려 프라이팬 손잡이를 잡으며 말했다.

"이거⋯⋯."

그때 프라이팬이 주룩 미끄러져 내 위로 떨어졌다. 프라이팬이 바닥으로 떨어지려고 할 때, 형이 날 잡아당겼다. 형이 뒤로 넘어가면서 그 위로 쓰러진 나는 끙끙거리며 고개를 들었다.

바닥엔 프라이팬과 비엔나가 사방팔방으로 흩어져 있었다. 거기다가 시뻘건 케첩이 냉장고며, 식탁, 바닥에 어지럽게 튀어있었다.

형은 내 겨드랑이에 손을 껴 날 일으켜 세우더니 물었다.

"안 다쳤어?"

"으응⋯⋯."

형은 한숨을 내쉬며 싱크대에 놓여있는 행주를 들었다. 나는 잔뜩 굳어서 울상을 짓고 형의 뒷모습을 쳐다보다가 말했다.

"형아⋯⋯."

잘못했어, 그렇게 말하려는데 형이 날 쳐다보지도 않고 나지막하게 말했다.

"울아."

"으응?"

"제발 부탁이니까 시끄럽게 하지 말고 네 방으로 꺼져."

나지막한 그 말에 나는 갑자기 울음이 터지는 걸 느꼈다. 나는 입술을 꾹 깨물고 대충 신발을 신은 뒤에 집을 뛰쳐나왔다. 아니, 뛰쳐나가려는데 갑자기 커다란 소리가 들려왔다. 움찔하고 현관문 앞에서 멈춰선 나는 부엌 쪽을 쳐다봤다.

"⋯⋯."

아무런 소리도 들리지 않았다. 나는 혹시나 싶어 입을 열었다.

"혀, 형아⋯⋯."

대답은 없었다. 나는 다시 신발을 벗고 살금살금 부엌 쪽으로 갔다.

"형아. 형아, 형⋯⋯."

부엌에 도착했다. 형이 바닥에 쓰러져 있는 게 보였다.

그 뒤로 무슨 일이 일어났는지도 잘 모르겠다. 나는 엄마랑 아빠가 내 씽씽이를 버렸을 때보다 훨씬 더 크게 울었다. 더듬더듬 전화기를 잡아서 고모한테 전화를 하고 무작정 울기만 했다.

잠시만 기다리라는 고모의 말에 전화를 끊고 나는 다시 형에게 다가가 울었다. 계속 형을 불렀지만 형은 눈을 뜨지 않았다. 형의 가슴을 내리쳐도 봤고, 어깨를 붙잡고 흔들기도 해봤다. 결국 마지막엔 형의 옷깃을 쥐고 고개를 쳐든 채 울기만 했다.

엉엉 우는데 문이 열리는 소리가 났다. 고모는 나와 형을 보더니 급히 어딘가로 전화했다. 곧 삐용삐용 하는 소리와 함께 앰뷸런스가 왔다. 이상한 사람들이 자꾸만 형을 어딘가로 데리고 가려고 해서 나는 더욱 크게 울었다.

고모랑 앰뷸런스를 타고 가는 도중에도 나는 계속 울었다. 고모가 내게 뭐라고 말을 하는 것도 같았지만 하나도 들리지 않았다. 형은 창백한 얼굴로 누워서 내가 아무리 불러도 눈을 뜨지 않았다.

병원으로 할아버지가 찾아왔다. 고모는 계속 울기만 하는 날 안고 한숨을 내쉬었다.

"겨울이 좀 달래러 밖에 나가서 바람 좀 쐬고 들어올게요. 아까 의사랑 얘기했는데, 큰 병이 있거나 그런 건 아니래요. 그냥 피곤해서 그렇다고……. 심한 건 아닌데 영양실조도 좀 있는 것 같다고 잘 먹고 잘 쉬고 하면 괜찮다니까 너무 걱정하지 마세요. 혹시나 해서 겨울이도 같이 검사받게 했는데 겨울이는 건강하대요."

"쯧쯧."

할아버지는 잔뜩 인상을 쓰고 형을 보며 혀를 찼다. 내가 다시 흑 하고 소리를 내자 고모가 얼른 날 데리고 밖으로 나왔다. 나는 안긴 채로 길을 외웠다. 혹시 고모가 날 또 다른 집으로 데리고 갈 수도 있다는 생각 때문이었다.

눈물을 줄줄 흘리면서 길을 외우고 있는데 병원 밖으로 나온 고모가 날 의자에 앉혔다.

"잠시만, 마실 것 좀 사올 테니까 여기에 앉아 있어. 그만 울고, 응?"

"……."

"형아 괜찮으니까 울지 마. 우리 겨울이 많이 놀랐지?"

고모는 내 머리를 쓰다듬고 소매로 얼굴을 닦아줬다. 나는 고개를 푹 숙이고 아무 말도 하지 않았다. 고모는 그렇게 한참 날 보더니 어딘가로 걸어갔다.

멀리 있는 슈퍼 안으로 들어가는 고모를 멀뚱멀뚱 보다가 나는 의자에서 내려왔다. 나는 의자 밑에 핀 노란색 꽃을 빤히 보다가 다시 고모를 쳐다봤다.

그리고 등을 돌려 아까 왔던 길을 되짚어 형에게 달려갔다.

나는 숨이 턱 끝까지 차오를 정도로 뛰어서 병실에 도착했다. 문을 열고 안으로 들어가려고 하는데 형 목소리가 들려왔다.

"됐다니까요."

"네 고모랑 내가 남이냐? 넌 무슨 겨울이 얘기만 꺼내면 애 밴 살쾡이처럼 눈을 치켜떠!"

형이랑 할아버지가 싸우고 있었다. 다시 눈물이 났지만 나는 눈물을 닦고 입을 꾹 다물었다.

"요즘 시험기간이라 좀 피곤해서 그런 거예요. 그러니까 그 소리 좀 그만 하세요."

"네 꼴 좀 봐라, 이놈아! 네 애미랑 애비 죽은 지 얼마나 됐다고 날 또 병원에 오게 만들어!"

"죄송합니다."

"죄송하단 소린 이제 넌더리가 난다. 네 고모랑 얘기 끝냈어. 겨울이 네 고모 집으로 보내고, 넌 퇴원하면 할애비 집으로 들어와라."

할아버지의 단호한 말에 나는 부들부들 몸을 떨었다. 이게 전부 다 나 때문이다. 내가 학교도 안 가고, 가방도 매일 거실에 내팽개쳐 두고, 밥 먹고 그릇 싱크대에 넣어두지도 않고, 또 매일 형을 화나게 해서……

"싫다고 했잖아요!"

그때 갑자기 형이 버럭 소리쳤다. 어른들 앞에서는 큰 소리 한 번 내지 않던 형의 고함에 할아버지도 놀란 건지 여기까지 숨을 들이켜는 소리가 들려왔다.

"됐다고요! 싫다고 몇 번을 말해요! 싫어요, 싫으니까 제발 그냥 좀 내버려두세요! 내 동생 내가 데리고 있겠다는데 왜 그렇게 못 데리고 가서 안달이냐고요! 엄마도 아빠도 없고 이제 울이 밖에 없는데 왜 자꾸……"

나는 눈을 부릅뜨고 슬쩍 열린 문으로 고개를 내밀었다. 할아버지 등에 가려서 형의 얼굴은 잘 보이지 않았다.

"봄아, 이놈아. 내가 진짜……"

그때 할아버지가 손을 뻗어 형을 안았다. 할아버지가 몸을 일으켜 허리를 굽히고 형을 안자 형의 얼굴이 보였다.

나는 하얗게 질려서 창백한 형의 얼굴을 가만히 보다가 그대로 뒤를 돌아 복도를 뛰었다.

말도 안 된다. 이건 말도 안 돼……. 나는 줄줄 흐르는 눈물을 닦을 생각도 하지 못했다. 자꾸만 세상이 뿌옇게 보여서 앞도 잘 보이지 않았다.

소리를 내지 않으려고 입을 꾹 다물어도 자꾸만 입에서 이상한 소리가 흘러나왔다.

한참 그렇게 뛰고 있는데 누군가가 날 잡았다. 고개를 돌리자 후드득 눈물이 떨어졌다.

"겨울아, 너 왜……."

"고모."

나는 고모 목에 팔을 감았다. 고모는 들고 있던 음료수를 바닥에 내려놓고 날 들어 올렸다. 나는 고모를 꽉 안으며 울먹였다.

"고, 고모……."

"그래, 겨울아. 고모야. 울지 마, 응? 왜 자꾸 울까, 우리 겨울이가. 괜찮아, 괜찮으니까 울지 마."

"고모……. 고모 집에 갈래."

형이 울고 있었다. 한 번도 본 적 없는 얼굴로 울고 있었다.

"나 고모랑 같이 살래."

그게 전부 다 나 때문이었다.

고모 집은 병원 근처였다. 고모는 날 거실에 내려놓더니 전화를 했다.

"네, 아버지. 지금 겨울이 데리고 집에 왔어요. 봄이한텐 제가 말할 테니까 아버지는 아무 말도 하지 마세요. 네, 네. 괜찮아요, 겨울이도 이제 안 울어요. 봄이한테는 일단 고모가 겨울이 데리고 집에 가서 재웠다고만 말하세요. 지금 여기 있다는 거 말하면 걔 링거 빼고 당장 쫓아올 수도 있잖아요. 걘 진짜 그러고도 남아요……."

한숨을 내쉬는 고모를 멀뚱멀뚱 보고 있는데 문이 열리는 소리가 났다. 고개를 돌리자 세찬이 형이 보였다.

"너 오랜만이다."

"……."

나는 어깨를 움츠리고 고모 뒤로 숨었다. 세찬이 형은 내 옆으로 와서 웃으며 내 머리를 헝클었다.

"얜 여전히 겁이 많네. 내가 무섭냐?"

"강세찬! 너 겨울이 괴롭히지 말고 세진이 옷이나 한 벌 내와!"

전화를 끊은 고모가 날 안아 들더니 버럭 소리를 질렀다.

세찬이 형은 우리 형보다 훨씬 더 나이도 많고, 키도 컸다. 아빠랑 형은 커도 안 무서운데 세찬이 형이 날 위에서 내려다보면 너무 무서웠다.

"고모……."

"그래, 세찬이 형아도 겨울이 좋아서 그러는 거니까 너무 나쁘게 생각하지 마. 세찬이 형아가 겨울이 어렸을 때 얼마나 많이 놀아줬는데."

"……."

"세찬이 형아랑, 세화 누나랑 세희 누나랑 세진이랑 앞으로 친하게 지내."

고모는 내 뺨에 뽀뽀를 하며 말했다. 나는 고개를 푹 숙였다.

너무 울어서 그런지 눈도 아프고 머리도 아팠다. 얼굴에 자꾸만 열이 몰려서 빨리 자고 싶은 생각뿐이었다. 고모는 날 씻겨주고 옷까지 입혀줬다. 내가 계속 눈을 비비자 고모가 날 침대에 눕혔다.

"고모가 지금 일하다가 나온 거라 다시 들어가 봐야 돼. 금방 올 테니까 한숨 자고 있어. 알겠지?"

고모가 다시 내 이마에 뽀뽀를 했다.

나는 고모가 나가는 걸 본 후에 이불을 머리끝까지 덮어썼다. 이상하다. 여긴 우리 집 냄새가 아니라 다른 냄새가 났다. 이불도 다르고, 천장도 높아서 무서웠다.

아까 형이 울던 모습이 떠올랐다. 끅끅거리면서 다시 울고 있는데 문이 열리는 소리가 들렸다.

얼른 눈물을 닦고 슬쩍 고개를 들자 세진이가 보였다.

"야! 한겨울!"

"……."

쟨 나보다 나이도 어리면서 볼 때마다 한겨울이래……. 형이라고 부르지도 않고……. 나는 입술을 삐죽 내밀고 몸을 웅크렸다. 형이랑 있을 땐 형이 쟤한테 뭐라고 해줬는데…….

"야! 넌 나보다 나이도 많으면서 왜 나보다 키가 작냐?"

세진이는 웃으면서 침대 위로 기어 올라왔다. 세진이 손에는 장난감 인형이 들려 있었다.

"너 이거 있어?"

장난감 인형을 내밀며 말하는 세진이를 보며 나는 잔뜩 몸을 움츠리고 고개를 저었다.

"이것도 없냐?"

"……."

"야! 너 왜 아무 말도 안 해? 내 말 무시해?"

나는 입을 꾹 다물고 고개를 저었다. 세진이랑 같이 있으면 어차피 잠도 못 잘 것 같고 해서 나는 그냥 조용히 침대에서 내려왔다.

힐끗 고개를 돌리자 세진이는 혼자 장난감 인형을 가지고 놀고 있었다.

문을 열고 나오자 주스를 마시고 있던 세찬이 형이 날 쳐다봤다.

"안 자? 주스 마실래?"

나는 방에서 나오다 말고 그 자리에서 굳었다.

문턱에 반쯤 발을 걸치고 굳어있는데 세찬이 형이 내게 다가왔다. 움찔하고 어깨를 움츠리자 형이 날 들어 올렸다.

"왜 그렇게 얼어있어? 봄이 쓰러졌다며? 그것 때문에 그러냐? 괜찮아, 인마. 한숨 자고 일어나면 괜찮아지니까 너무 걱정하지 마라."

세찬이 형이 다시 날 바닥에 내려놓더니 내 머리를 헝클었다. 커다란 손이 내 머리를 이리저리 흔들어서 머리가 어지러웠다. 나는 손을 들어 올려 헝클어진 머리를 꾹꾹 눌렀다.

"근데 너 올해 몇 살이었지? 넌 무슨 애가 유치원생 같냐?"

"……."

초등학교 다니는데……. 유치원생 아닌데……. 나는 나오지 않는 말을 꾹 삼키며 고개를 숙였다. 그때 세찬이 형이 날 번쩍 들었다. 그러더니 소파로 가서 날 자기 무릎 위에 앉히더니 말했다.

"잠 안 오면 형이랑 텔레비전이나 보자."

"……."

시, 싫은데……. 텔레비전 보는 건 상관없는데 세찬이 형이랑 같이 보긴 싫었다.

내가 슬쩍 고개를 들자 내 시선을 느낀 건지 세찬이 형이 날 내려다봤다. 그러더니 다시 웃었다.

"야, 너 진짜 왜 이렇게 겁이 많냐? 누가 잡아먹는대?"

"……."

"겁도 많고 낯도 많이 가리고……. 봄이가 너 싸고도는 이유를 알겠다."

뭐가 그렇게 웃긴 건지 세찬이 형은 푸하하 하고 웃었다. 나는 잔뜩 굳어서 앞만 쳐다봤다. 솔직히 텔레비전에서 뭘 하는 건지도 모르겠고, 뭐라고 말을 하는지도 모르겠다. 그냥 그렇게 잔뜩 긴장을 하고 움직이지도 못하고 있는데 문이 열리는 소리가 났다.

혹시 고모가 왔나? 재빨리 현관문 쪽으로 고개를 돌리자 보이는 건 고모가 아니라 세화 누나였다.

"어, 오빠. 이 시간에 웬일로 집에 있어?"

"넌 왜 벌써 들어와? 학원 안 갔나?"

"오늘 학원 안 가는 날이거든? 어, 이게 누구야. 겨울이 아니야?"

세화 누나까지 내 옆으로 와 바짝 얼어있는 날 보며 세진이 형이랑 똑같은 소릴 했다.

"우리 귀여운 겨울이, 겁 많은 건 여전하구나. 누나 누군지 알지?"

"……."

"아유, 귀여워라. 옛날이랑 변한 게 없네. 키는 좀 컸어? 겨울이가 몇 살이더라, 세진이 보다 어렸나?"

뒤엔 세찬이 형이 있고 앞엔 세화 누나가 있다.

진짜 죽을 것만 같았다. 갑자기 형이 보고 싶어서 눈물이 났지만 나는 꾹 참았다.

"얘 세진이보다 나이 많아."

"뭐? 그럼 초등학생이란 말이야? 근데 왜 이렇게 작……."

말을 하던 누나가 입을 다물고 날 쳐다보며 웃었다. 그러더니 내 머리를 토닥거리면서 말했다.

"괜찮아, 괜찮아. 봄이도 키는 크니까 겨울이도 많이 클 거야. 봄이도 네 나이 때까진 엄청 작았거든. 키가 갑자기 큰 게 아마 중학교 입학하고 나서였나, 초등학교 6학년 때부터였나……."

"근데 진짜 걘 무슨 중학생이 키가 그렇게 크냐?"

"요새 애들 발육이 얼마나 좋은데. 지금 봄이가 한 175쯤 되나? 저번에 보니까 남자 티가 좀 나긴 나더만. 장담하는데 걘 완전 내 스타일로 자랄 거야. 키도 앞으로 쭉쭉 더 클 거고."

"넌 남자 좀 그만 밝히고 공부나 좀 해라. 그 성적으로 졸업은 하겠냐?"

"오빠나 빨리 졸업하세요. 군대 가기 전에 학점 다 말아 먹어서 지금 간당간당하지?"

날 사이에 두고 세화 누나랑 세찬이 형이 속사포처럼 말을 했다. 무슨 말을 하는 지 하나도 들리지 않았다. 빨리 여기서 벗어나고 싶었고, 또 형이 보고 싶었다. 엄마랑 아빠도.

다음 날 아침, 누가 깨우지도 않았는데 번쩍 눈이 떠졌다. 나는 반사적으로 방을 나와 주변을 살폈다.

거실에도 가보고 화장실에도 가보고 부엌에도 가봤다.

"겨울이 일찍 일어났네? 배고프지? 잠시만, 고모가 금방 밥 차려 줄게."

역시나 형은 없었다. 그래도 혹시 일어나면 있을까 했는데⋯⋯. 나는 얌전히 의자에 앉아 창밖을 쳐다봤다. 밖엔 부슬부슬 비가 내리고 있었다. 순간 등 뒤로 소름이 끼쳐왔다.

"어, 세화야. 오늘 학교 가니?"

"아니, 약속. 밥만 먹고 올 거야. 오빠 오늘 수업 없다더라."

"겨울이도 있으니까 빨리빨리 들어와."

"네, 네. 겨울아 누나 갔다 올게!"

세화 누나는 내게 손을 흔들더니 부리나케 밖으로 나갔다. 나는 세화 누나가 나간 현관문을 빤히 보다가 다시 고개를 돌려 창밖을 쳐다봤다.

"볶음밥 좋아하니? 오늘 저녁엔 겨울이가 좋아하는 거 먹자."

나는 모락모락 김이 나고 있는 볶음밥을 보며 숟가락을 들었다.

"세희 누나는 학교 갔고, 세진이는 어린이집 갔어. 고모 일 마치고 집에 바로 올 테니까 세찬이 형아랑 세화 누나랑 놀고 있어, 알겠지?"

나는 고개를 끄덕이며 볶음밥을 오물오물 씹었다.

무슨 맛인지도 모르겠고, 식탁 위엔 반찬으로 시금치까지 있었다. 시금치는 쳐다보는 것도 싫어서 나는 재빨리 볶음밥을 다 먹고 의자에서 내려왔다.

"고모 일 갔다 올 테니까 세찬이 형아랑 놀고 있어. 야! 강세찬! 엄마 일 갔다 올 테니까 그만 자고, 겨울이 좀 봐!"

고모는 부랴부랴 집을 나섰다. 자꾸만 시계를 확인하는 거 보니까 아마 엄청 늦었나 보다.

적막한 거실에 혼자 서서 멀거니 창밖을 바라보고 있는데 문이 열리는 소리가 났다. 세찬이 형이 길게 하품을 하면서 밖으로 나왔다.

"밥은 먹었나?"

나는 두어 번 고개를 끄덕였다. 세찬이 형은 부엌에 가더니 빈 그릇을 힐끔 보고 냉장고 문을 열었다. 나는 아차 싶어 재빨리 부엌으로 가서 빈 그릇을 싱크대에 넣었다.

"뭐해?"

세찬이 형이 의아한 얼굴로 날 쳐다봤다. 내가 우물쭈물 거리자 세찬이 형이 피식 웃으며 내 머리를 토닥였다.

"형이 할 테니까 내버려 둬. 그나저나 밖에 비도 오고 하루 종일 뭐할까? 넌 평소에 봄이랑 집에서 뭐하고 놀았나?"

형은 나랑 놀아주지 않았다. 청소하고 빨래하고 밥하고, 공부하기 바빠서 하루 스물네 시간도 모자란다고 했었다. 고개를 푹 숙이고 있다가 나는 순간 든 생각에 퍼뜩 고개를 들었다.

"구구단⋯⋯."

"뭐? 구구단?"

"구구단 외울래."

"이야, 누가 한봄 동생 아니랄까 봐 너한텐 노는 게 공부하는 거냐?"

구구단 9단까지 외우면 형이 잘했다고 말할까? 어쩌면 다음에 만 났을 때 화내지 않을 수도 있었다. 그럼 그때 부엌에서 그랬던 거랑 학교 안 갔던 거랑 다 잘못했다고 말해야겠다.

"형이 구구단 2단부터 9단까지 공책에 써줄 테니까 그거 보고 외워."

내가 고개를 끄덕이자 세찬이 형이 공책에 구구단을 쓰기 시작했 다. 한 번도 막히지 않고 거침없이 쓰는 그 손놀림에 나는 입을 쩍 벌렸다. 눈을 동그랗게 뜨자 세찬이 형이 날 쳐다봤다.

"왜 그렇게 놀라? 또 내가 뭐 무섭게 했나?"

"……세찬이 형아는 구구단 언제 다 알았어?"

"뭐?"

내 말에 세찬이 형이 얼빠진 표정으로 날 보더니 푸핫 하고 웃었다.

"나도 세찬이 형아처럼 크면 구구단 다 외울 수 있어?"

"지금부터 열심히 하면 나보다 안 커도 다 외울 수 있어."

나는 고개를 끄덕거리면서 다시 공책을 쳐다봤다. 9단까지 다 쓴 세찬이 형이 내게 공책을 건넸다. 나는 공책을 받으면서 슬쩍 말했다.

"근데 우리 형아도 구구단 다 아는데……. 그리고 얼굴에 비누칠 한 살 때부터 했다고 했어."

"우리 형아? 누구, 봄이? 걔가 한 살 때 얼굴에 비누칠을 했다고?"

내가 눈을 반짝반짝 빛내며 고개를 끄덕이자 세찬이 형이 다시 웃 었다.

"야, 난 엄마 뱃속에 있을 때부터 혼자 세수했거든?"

"……."

그 말에 나는 입을 다물었다. 거짓말쟁이다. 엄마 뱃속에 있을 때부터 어떻게 얼굴에 비누칠을 해? 나는 잔뜩 불안한 표정으로 공책에 적힌 구구단을 쳐다봤다. 이게 과연 다 맞는 걸까?

"난 텔레비전 보고 있을 테니까 넌 구구단 외워라."

나는 불안한 얼굴로 세찬이 형을 보다가 바닥에 엎드려 공책에 구구단을 썼다.

그렇게 얼마나 지난 건지 모르겠다. 한참 구구단을 외우고 있는데 세찬이 형 핸드폰에서 소리가 났다. 고개를 돌리자 세찬이 형이 전화를 받는 게 보였다. 다시 고개를 돌려 구구단을 쓰고 있는데 형이 텔레비전을 끄고 몸을 일으켰다.

"겨울아, 나 잠시 나갔다 올 테니까 집에 있어. 30분도 안 걸려."

나는 쏴아아 하고 비가 내리는 창밖을 보다가 세찬이 형을 쳐다봤다. 잔뜩 울상을 지었지만 세찬이 형은 점퍼를 입느라 내 표정을 보지 못했다. 고개를 푹 숙이는데 세찬이 형이 내 머리를 헝클어뜨리며 말했다.

"금방 올 테니까 구구단 외우고 있어."

띠릭 하고 현관문이 닫히는 소리가 났다. 등 뒤로 식은땀이 나기 시작하고 몸을 제대로 움직일 수가 없었다. 나는 슬금슬금 자리에서 일어나 창가로 다가갔다.

태풍이 부는 것처럼 비가 온다. 하늘은 먹구름이 잔뜩 껴 흐리기만 했다. 나는 하늘을 멀거니 보다가 주먹을 꾹 쥐고 현관문 쪽으로 갔다.

형한테 가야겠다. 그런 생각이 든 건 아주 순식간이었다. 무언가에 홀린 것처럼 신발을 신는데 갑자기 현관문 옆에 있는 창문이 번쩍하고 빛났다. 나는 그 자리에서 굳어 천천히 고개를 들어 창문을 쳐다봤다.

콰가가강!

"………."

나는 신발을 신은 채 엉금엉금 바닥을 기었다. 몸이 떨려서 제대로 걸을 수도 없었다. 빨리 움직여야 되는데 몸이 말을 듣질 않는다.

"윽……."

잇새로 울음소리가 자꾸만 나왔다. 나는 후두둑 떨어지는 눈물을 닦지도 못하고 어렵사리 방 안으로 들어와 옷장 문을 열었다.

그때 다시 콰가가강 하고 천둥이 치는 소리가 들려왔다. 나는 화들짝 놀라 옷장 안으로 기어들어 가서 문을 쾅 닫았다. 그리고 무릎을 모으고 얼굴을 묻었다. 손에 잡히는 옷가지로 얼굴을 가리고 잔뜩 숨을 죽였다.

귀를 막아도 천둥이 치는 소리가 들려왔다. 하도 울어서 머리가 아팠지만, 지금은 천둥이 훨씬 더 무서웠다. 속으로 엄마랑 아빠, 그리고 형을 찾으면서 빨리 비가 그치기만 기다렸다.

그렇게 시간이 얼마나 지났을까. 현관문이 열리는 소리가 들려왔다.

"겨울아?"

세찬이 형이 날 부르는 소리가 들렸지만 나는 꼼짝도 할 수가 없었다. 귀를 막은 손에 더욱 힘을 주고 눈을 꾹 감았다.

"한겨울!"

머리가 어지럽다. 숨이 막히고 무서워서 머리가 터질 것 같았다. 나는 턱이 아플 정도로 이를 악물었다.

"여보세요? 할아버지? 옆에 봄이 있어요? 봄이 있으면 봄이 좀 바꿔주세요. 아, 빨리요! 어, 야. 야, 그러니까……."

밖에서 세찬이 형 목소리가 들렸다. 봄이라는 말에 슬쩍 고개를 들었지만 사방이 어두웠다. 잔뜩 웅크리고 있던 몸을 펴려고 하는데 다시 천둥소리가 났다. 나는 다시 몸을 웅크렸다.

"아니, 별 게 아니라……. 혹시 네 동생 다니는데 어디 없나? 그러니까, 뭐 놀이터라든지, 아니면 친한 친구 집이라든지……. 어? 아니, 그게 아니라……. 어제 겨울이 우리 집에 왔는데 지금 없어졌……. 아, 깜짝이야. 이 새끼가 왜 갑자기 소리를……."

"비 오는데 현관문은 왜 열어놔!"

세화 누나 목소리와 함께 다시 천둥소리가 들렸다.

"겨울이 없어졌어."

"뭐?"

"아, 진짜 환장하겠네. 잠깐 나갔다 왔는데 문도 열려있고, 신발도 없잖아!"

"그게 뭔 소리……."

부산스럽게 움직이는 소리와 세화 누나랑 세찬이 형의 고함, 그리고 천둥소리만 들렸다. 나는 얼굴을 가리고 있는 옷가지가 축축하게 젖어 있는 걸 깨달았다.

나는 젖은 옷가지에 다시 얼굴을 묻고 이를 물었다.

"일단 경찰에 신고부터 해!"

"비가 이렇게 오는데 애가 어딜 간 거야?"

"그러게 오빠는 왜 겨울이만 두고 나가, 나가길!"

이젠 목소리도 희미하게만 들려왔다. 숨이 막혀서 머리가 어지럽다. 차라리 잠이 들고 싶었다.

"야, 너 꼴이 그게……."

그때 쿠당탕하고 커다란 소리가 들려왔다.

"뭐? 한겨울 없어졌다고?"

나는 눈을 번쩍 뜨고 고개를 들었다.

그건 형 목소리였다.

나는 벌벌 떨면서 옷장 밖으로 나가려고 했지만 다시 천둥이 쳤다. 머릿속에 울려 퍼지는 시끄러운 소리에 온몸이 산산조각 나는 것 같았다.

"넌 몸도 안 좋은 애가 비를 다 쳐맞고 여기까지……."

"언제 없어졌어? 애가 왜 없어져? 그리고 걔가 여기 왜 있어? 애가 없어졌는데 형이랑 누나는 여기서 뭐해? 지금 장난해? 울이 없어질 때까지 뭐했는데? 옆에서 구경했냐?"

"야, 너 일단 진정 좀……."

"내가 지금 씨발, 진정하게 생겼어!"

천둥소리보다 훨씬 더 큰 고함이 터졌다. 목소리만 들어도 형이 엄청 화가 난 것 같았다.

나는 눈물을 줄줄 흘리면서 입을 다물었다.

어떻게 하지? 진짜 어쩌지? 나가도 혼날 것 같고, 가만히 있어도 혼날 것 같았다.

내가 자꾸 말도 안 듣고, 학교도 안 가고, 공부도 안 하고……. 그래서 형이 울었으니까 아마 엄청 화가 났을 거다. 나는 어떻게 해야 될지를 몰라서 계속 울기만 했다.

그때 다시 천둥이 쳤다. 지금까지 났던 소리 중에 제일 컸다. 심장이 미친 것처럼 뛰어서 입 밖으로 튀어나올 것만 같았다.

"비……."

"뭐?"

"비 언제부터 왔어?"

"무슨 소리야? 너, 인마 좀 진정하라니까! 지금 경찰에 신고했으니까……."

쾅쾅 문이 열렸다가 닫히는 소리가 들렸다. 그 소리는 점점 가까워져 왔다. 내가 부들부들 몸을 떨면서 잔뜩 몸을 웅크리는데 어느 순간 밝게 빛이 들어왔다.

잘 떠지지도 않는 눈을 힘겹게 떠서 고개를 들자 비에 젖어 축 늘어진 형이 보였다.

"아, 진짜 이 귀찮은 새끼……."

형이 중얼거리는데 다시 천둥이 쳤다.

"으아악!"

나는 번개처럼 앞으로 튀어 나가 형에게 손을 뻗었다.

형은 뒤로 넘어갈 듯 휘청였지만 곧 중심을 잡고 날 안아 올렸다. 아까까지만 해도 소리라곤 하나도 나오지 않는데 형을 보자마자 미친 것처럼 울음이 터져 나왔다.

"으허어어엉! 으어어엉, 콜록! 윽, 흐어어엉!"

"뚝 안 그쳐? 넌 왜 비만 오면 옷장 속으로 기어들어 가고 지랄이야!"

"으아아아앙!"

"울지 마!"

목에 휘감은 팔에 잔뜩 힘을 줬다. 형은 축축하고 차가웠지만 손을 놔버리면 또 여기에 혼자 있어야만 될 것 같아 놓을 수가 없었다.

"으어어엉! 나, 구구단…… 콜록, 콜록! 으아앙!"

"넌 아무튼 집에 가기만 해봐."

"구구단 4단까지 외웠는데…… 으허어어엉……!"

"뭐?"

형이 잔뜩 화가 난 목소리로 날 떼어냈다. 나는 팔에 힘을 주고 훌쩍거리면서 형 어깨에 얼굴을 파묻었다.

"4단까지…… 구구단……."

"뭔 구구단이야, 갑자기?"

"잘못했어……."

"까고 있네, 씨발. 구구단이고 나발이고 넌 집에 가면 대가리 터질 때까지 맞을 줄 알아."

그 말에 나는 서러워서 더 크게 울었다.

"네 엄마 오면 쟤네 그냥 내버려 두라고 말 전해줘라."

슬쩍 고개를 들자 언제 온 건지 할아버지가 보였다. 혀를 차며 욕지거릴 내뱉는 할아버지를 멀뚱멀뚱 보다가 나는 형을 쳐다보며 말했다.

"구구단 4단까지 외웠는데 한 대만 때리면 안 돼?"

훌쩍거리면서 말하는 날 보며 형이 웃었다. 그리고 난 집이 아니라 바로 고모집에서 맞으면서 엉엉 울면서 잘못했다고 싹싹 빌어야 했다. 나는 세찬이 형이랑 세화 누나, 그리고 할아버지까지 형한테 이제 그만 좀 하라고 할 때까지 이마에 딱밤을 맞고, 종아리, 그리고 엉덩이까지 맞았다.

내가 태어나서 그렇게 뒈지게 맞은 건 이번 해 봄이 처음이었다.

외전 마침.

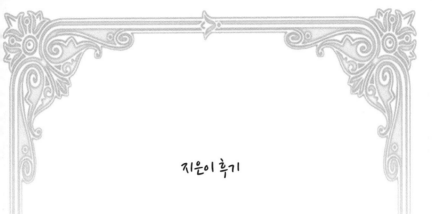

지은이 후기

안녕하세요, 권새나입니다. 병아리 3권이 나왔어요! 1권이나 2권 나올 때도 그랬지만 새로운 책이 나올 때마다 가슴이 두근두근 거리네요.

3권 마지막에 봄이랑 겨울이 외전은 제가 생각했던 것보다 좀 길어졌네요. 봄이랑 겨울이 외전 뒤의 이야기는 앞으로 나올지 안 나올지는 모르겠지만 어쨌든 저도 쓰면서 즐거웠습니다.

그리고 3권에 드디어 나오게 된 가을이 고백 장면. 하하하하하……. 저거 쓰면서 몇 번을 지웠다가 새로 쓴지 모르겠네요. 어쨌든 가을이가 고백하고 겨울이도 이제 가을이를 심하게 의식하기 시작했으니 4권부턴 이제 뭐 일사천리겠네요. 가을이 성격상 오매불망 기다리진 않을 테니까요.

둘이 사귀면 결혼까진 금방입니다. 가을이는 봄이가 가장 큰 장애물이라고 생각하고 있지만, 봄이야 뭐 사실 겨울이가 하겠다고 버티면 결국 들어줄 거예요. 자식 이기는 부모는 세상에 없으니까요.

다음 권에는 그동안 설명으로만 나왔던 가을이 가족들이 잠깐 카메오로 출현할 예정이에요. 가을이 성격을 보면 아시겠지만 가을이 가족들도 평범한 사람들은 아닙니다. 예를 들어서 겨울이가 사람을 죽였다고 해도 다들 그러려니 하고 넘어갈 거예요. 가을이 아빠랑 가을이 동생은 겨울이가 사람을 죽이든 말든 아예 관심도 없을 거고, 가을이 엄마 같은 경우에는 겨울이만 안 다쳤다고 하면 역시 상관하지 않습니다.

가을이는 사람 죽였다고 펑펑 우는 겨울이 달래면서 죽은 사람이 잘못했네, 뭐 이런 말이나 하고 앉아 있을 거고요……. 그렇다고 진짜 겨울이가 사람을 죽이는 장면 같은 건 나오지 않습니다!^^

3권 기다려주신 모든 분 제 사랑을 받아주세요. 앞으로 나올 4권도 열심히 쓰고 있으니 많은 기대 바랍니다. 그럼 다음 권에서 봬요!

2013년 7월
권새나

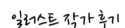

일러스트 작가 후기

또 한 번의 폭풍 같았던 마감이 휩쓸고 지나간 자리에 페인처럼 쓰러져 후기를 적고 있습니다. 여름 작업을 힘들어하는 탓도 있지만, 이번 권은 여러 가지로 힘든 작업이었어요.

그래도 순조롭게 불고 있는 연애 순풍과 외전 덕분에 대기권을 뚫고 내려왔습니다. 완결 직전에나 볼 것 같았던 뽀뽀씬이 있다는 사실만으로 3권은 영구보존 되어야 한다고 생각합니다.

사실 후기에 외전 관련으로 이것저것 그려보고 싶은 게 많아서 잔뜩 벼르고 있었어요. 그러나 마감을 어긴 죄인에게 시간의 자비란 없는 것. 흑……. 그저 좋은 이야기를 풀어 주신 작가님께 엎드려 삼보일배를 드리옵니다. 더불어 언제나 많이 이해하고 도와주시는 출판사분들께도 감사드려요!

그럼, 더 나은 결과물로 또 다음 권에서 뵙겠습니다!

2013년 7월

신사고

Have A Good Dream —

병아리 3

초판 1쇄 발행 | 2013년 7월 31일

지은이 ⓒ 권새나 2013
일러스트 ⓒ 신사고 2013

교정교열 | 장혜미
편집담당 | 김미리
타이틀 디자인 | 주예지
커버 디자인 | 서유미

펴낸이 | 김혜랑
펴낸곳 | 메르헨 미디어
등록일자 | 2012년 6월 27일
등록번호 | 제 2012-000141 호
ISBN 978-89-98328-25-2 04810
ISBN 978-89-98328-08-5 (세트)

nabinovel@nabinovel.net
http://nabinovel.net

여라의 잿빛늑대 1, 2

이야기꾼 지음
정에녹 일러스트

또 다른 세계, 란트라를 완벽히 창조해 낸
이야기꾼의 첫 번째 작품.
심장이 몸 밖에서 자라는 마법사와,
마법사의 심장을 지키는 종복의 잔혹하고 아름다운 메르헨 판타지.

병아리 1, 2

권새나 지음
신사고 일러스트

'병아리' 한겨울의 달콤 살벌!
위험한 빙의 생활기!

평범한 고교생, 한겨울!
갑작스런 차 사고 후 눈을 뜨니,
다른 세계, 초절정 미소녀의 몸에 들어왔다?
더구나 함께 죽은 악마새끼 같은 형까지 무려 교황으로 환생?

타임리스 타임 1, 2

박미정 지음
김유빈 일러스트

생과 사의 중간에 있는 망량 유진과,
수명을 대가로 시간을 되돌려주는 사신(死神) 이안의
시간의 계약 이야기.

유진은 사신, 이안과 함께 기묘한 동거를 시작한다.